LUCIE BRITSCH

HAPPY FUCKING CHRISTMAS, CHÈRE JANET !

Traduit de l'anglais
par Karine Lalechère

10/18

LE CHERCHE MIDI

Titre original :
Sad Janet

Éditeur original : Riverhead (Penguin Random House LLC)

ISBN 978-2-264-08058-5
Dépôt légal : octobre 2022

Aux Janet

Si vous venez de rompre, soyez triste ; si vous avez renversé quelqu'un alors que vous conduisiez en état d'ivresse, soyez abattu. On ne devrait pas prendre une pilule pour se sentir bien quand il se passe quelque chose d'horrible.

John Waters

Il est 8 heures du matin, un dimanche, et je coule un bronze au travail. Du moins j'essaie.

Melissa attend devant la porte comme un chien, ou un enfant, mais plutôt comme un chien. Elle fait semblant d'avoir envie. En vrai, elle veut seulement savoir ce que je fais. Si elle pouvait, elle entrerait là-dedans avec moi, sauf qu'il y a tout juste assez de place pour une personne, alors, deux, jamais de la vie. Mes genoux touchent presque la porte. Je pourrais me fracasser la tête contre le lavabo à tout moment. Je pourrais le faire.

Il est 8 heures du matin, un dimanche, et le reste de l'humanité est encore au lit. Au lit, où j'ai laissé mon copain – qui à cette minute doit se masturber –, tandis que je suis au travail, en train de démouler un cake. Un instant de grâce arraché au chaos et à la dépression. Je me sens toujours mieux après. Plus légère. Comme si j'expédiais dans un monde meilleur une partie de la merde responsable de mon état.

Sauf que chier avec quelqu'un qui monte la garde devant la porte, c'est un peu l'opposé de la grâce.

Laisse Janet tranquille, Melissa, dit Debs. Melissa

rit nerveusement et répond qu'elle a envie de pisser, mais elle ne trompe personne.

Je me sens triste pour nous. Ces chiottes, en fait, c'est juste des W-C de chantier qu'on a ajoutés à côté du bureau. Genre on a construit le refuge, puis on s'est souvenu qu'il y aurait des humains dedans et que parfois les humains avaient des besoins pressants.

Que font les gens normaux en ce moment ? Comment démarrent-ils leur journée ? Ils se préparent pour le brunch ou je ne sais quelle autre abomination. Ils vont à la messe, peut-être. Même la messe, ça doit être mieux qu'ici.

Je suis triste pour nous, qui devons passer notre dimanche matin à m'écouter déféquer.

Je m'interroge. La première fois qu'un être humain s'est senti triste, est-ce qu'il a tout de suite compris ce qui lui arrivait ? Peut-être qu'il a cru qu'il avait envie d'aller aux toilettes, justement, ou qu'il avait faim, ou encore qu'il était très fatigué. Nous sommes tous tellement fatigués.

Notre époque restera dans l'histoire comme celle de la Très Grande Dépression.

Je me demande ce qui est apparu en premier, le bonheur ou la tristesse. Je me demande, mais je pense connaître la réponse. On pourrait imaginer que c'est le bonheur, qu'on était heureux jusqu'au jour où on s'est pris une grosse tuile sur la tête et que, soudain, *coucou*, la tristesse était là. Moi je crois que tout a commencé par la tristesse. C'était le sentiment primordial. Le premier homme s'est dit *Putain, c'est quoi ce merdier ?* Il s'est regardé, il a regardé le monde autour de lui et il a constaté que ça ne rimait à rien. La tristesse était un trou béant à l'intérieur des êtres humains. Et aussi à l'extérieur, parce qu'ils n'avaient encore rien construit. Tout ce vide, ça ne leur plaisait pas, ils ne savaient pas quoi en faire. Alors, ils l'ont rempli. Et seulement après ils se sont sentis heureux.

Pendant un temps, en tout cas.

UN

Je regarde la télé au lit. Une émission matinale avec un type qui m'annonce qu'il reste cent quatre-vingt-un jours avant Noël. À l'évidence, je suis censée être prête, comme pour une guerre ou un ouragan. C'est les deux à la fois.

Je le fais taire d'un coup de télécommande. Je dois me lever et me traîner au travail. Je le fais et j'ai l'impression d'être une héroïne. Mon copain va au travail, lui aussi, mais il trouve ça normal, ce qui est agaçant. Mon copain est agaçant.

Cent quatre-vingt-un jours. Six mois à flipper à l'idée que je serai incapable de m'exciter pour le père Noël, pour mon copain, et même pour moi. À ma déprime ordinaire s'ajoute maintenant l'angoisse d'être déprimée à Noël, alors que j'aimerais autant ressentir autre chose – pas du bonheur, n'exagérons rien, il faudrait déjà savoir ce que c'est –, juste un truc différent. Mais je ne sentirai sans doute rien, hormis les effets de l'alcool qui étoufferont tout semblant de motivation en moi, et je n'aurai plus qu'à attendre que ça passe, comme chaque année ou presque.

Dès que je rentre du travail, j'allume la télé, peut-être ma seule véritable amie, vu que mon copain n'est pas là. Je crois qu'il a dit qu'il faisait quelque chose ce soir, mais j'ai arrêté d'écouter après le mot *faire*. Une femme avec des seins et des lèvres énormes apparaît sur l'écran. Elle orchestre le goûter d'anniversaire totalement extravagant de son enfant, et elle dit que l'important dans la vie, c'est d'être heureux. *Pourquoi est-ce que ce gosse n'est pas couché ?* Voilà ce que je me demande. Mes rares pensées maternelles surgissent aux moments les plus absurdes, dans les circonstances les plus absurdes.

Elle tire sa notoriété d'une vidéo porno. La femme, pas l'enfant. Elle a claqué tout l'argent de la vidéo dans ce goûter d'anniversaire. C'est obscène, cette fête, mais elle est heureuse. La femme, pas l'enfant. L'enfant a l'air zinzin. Ils ont tous l'air zinzin.

J'éteins la femme aux gros nibards et j'essaie de dormir. Cent quatre-vingt-un jours. J'ai intérêt à être prête.

Le lendemain, au refuge, on est censé réfléchir à des moyens de trouver de l'argent, parce qu'on n'a pas un rond. En fait, je pense surtout à la tristesse. Melissa se triture la cervelle pour proposer des solutions toutes plus ineptes les unes que les autres, et Debs regrette déjà d'avoir mis le sujet sur la table. Melissa en revient toujours au même point : il faut qu'on fasse des gâteaux. Je ne vois pas le rapport, mais peu importe, vu qu'on ne l'écoute pas.

En ce moment, je me dis que le monde est horrible, mais je crois que je l'ai toujours su.

Aussi loin que je me souvienne, la tristesse était là. Maintenant, par exemple, je suis triste parce qu'on n'a pas une thune. Et un peu énervée, parce que tout l'argent est concentré entre les mains de quelques connards. Mais surtout triste, car je pense qu'on n'y peut rien, et que ce n'est pas en faisant des cupcakes qu'on gagnera de quoi donner un sens à nos vies.

De toute façon, ce n'est pas ça, le problème. Ma tristesse n'est pas de celles qu'on peut toucher du doigt. C'est un sentiment omniprésent, qui semble remplir jusqu'à mes poumons à la place de l'air. Ce sentiment n'est pas moi, mais il est partout autour de moi, et il devient moi par osmose.

On pourrait croire que c'est mieux d'être en phase avec le monde.

Les gens n'aiment pas ma tristesse. Ils sont prêts à tout pour nier son existence, pour nier mon existence à moi. Si je n'avais pas choisi de travailler dans un refuge pour chiens délabré perdu au milieu des bois, ils m'auraient sans doute exilée dans un magasin d'usine au fin fond d'une zone commerciale.

Et pourtant je suis là, j'existe. Plus ou moins. Coucou !

Il n'existe pas de mot en anglais pour décrire ce que j'éprouve. Ce sentiment qui met les autres mal à l'aise. Le sentiment qu'ils voudraient que je soigne avec du maquillage, un pull propre, une jolie robe et des chaussures. Des chaussures de fille, pas des écrase-merdes, ou en tout cas pas des pompes de mec. Comme si les pompes avaient une préférence. Comme si de nos jours un homme ne pouvait pas porter une robe. Comme si un chien ne le pouvait pas.

Les Japonais ont un terme pour ça : *mono no aware*, la tristesse des choses.

Les existentialistes ont basé toute une théorie là-dessus – ils ont littéralement transformé le néant en philosophie –, mais, pour être membre du club, il faut accepter pleinement la tristesse. Je ne serais pas contre, si Sartre n'était pas un gros misogyne.

Les Français parlent de malaise, je crois, ce qui me fait penser à une sauce.

Les intellos branchés préfèrent mélancolie, à cause du film de Lars von Trier où Kirsten Dunst sanglote à la lune.

Avant, les vieux parlaient de *se ronger les sangs*, mais je suppose que c'est parce qu'ils n'avaient rien d'autre à se mettre sous la dent et qu'ils mouraient tous de trucs pas possibles, genre le rachitisme ou la syphilis.

Ma mère dit simplement : de mauvaise humeur. Difficile.

Les Japonais, eux, ont tout compris. Ils ont quatorze mots qui n'existent pas en anglais pour décrire ça : le sentiment qu'il est presque impossible de garder la tête hors de l'eau.

Perso, tout me va, appelez-le comme vous voulez.

Au moins, je ne suis pas goth, tout espoir n'est pas perdu.

Quand même, cette histoire de bonheur, les gens, ça les obsède. Ils voudraient vraiment que je sois heureuse, alors que, honnêtement, ça ne me fait ni chaud ni froid. J'ai envie de leur dire : Le bonheur, j'ai essayé, mais ce n'est pas mon truc.

Et aussi, j'aimerais dire à Melissa : *J'adorerais* penser à des cupcakes, malheureusement, mon cerveau ne marche pas comme le tien.

Parfois, je me demande si c'est de ma faute, si j'ai laissé entrer la tristesse. Avant, je faisais des compils larmoyantes de chansons tristes que je me passais le soir dans mon lit au lieu de dormir. Et je pleurais. Je pleurais sur toutes les horreurs à venir. Je n'étais même pas ado, mais je me sentais fragile, à vif, ouverte à la souffrance. Toutes ces chansons débiles sur l'amour et le cœur brisé. J'aurais mieux fait d'écouter les Muppets.

Tout ça pour dire que je l'ai peut-être attirée, la tristesse. Et je l'ai accumulée au lieu de la jeter au fur et à mesure. J'ai entassé la tristesse, comme si je me figurais qu'un jour il y aurait une émission de téléréalité là-dessus et qu'on viendrait m'aider à faire le tri.

Personne ne viendra.

Melissa propose de laver des voitures, maintenant. Trop, c'est trop. Qu'est-ce qu'elle croit ? Que je vais finir par l'enlever, mon manteau ? Qu'en dessous je cache un corps de déesse et que c'est la réponse à toutes nos prières ?

Une bagnole passe, laissant échapper quelques notes d'un boys band que je ne devrais pas connaître, mais que je connais quand même, parce qu'il n'y a pas moyen de les éviter.

Je *devrais* être heureuse, à ce qu'il paraît. Pas parce qu'on a gagné la guerre contre le terrorisme, survécu de justesse à une collision mortelle avec un astéroïde, ou trouvé le remède contre le cancer, mais uniquement parce que le bonheur est là, qui n'attend qu'une chose : que je me bouge le cul pour aller chez le médecin, puis à la pharmacie. Peut-être qu'un sourire suffirait.

Je n'ai pas les mots pour décrire ce sentiment de vide. Ce que j'aimerais, c'est que quelqu'un me voie ici, dans mon manteau trop grand avec un sac de crottes de chien à la main, tâchant de faire le boulot tandis que Melissa me parle de vendre des gâteaux ou de laver des voitures, et que ce soit une évidence que ça ne va pas. Que ça ne va pas du tout.

Il paraît qu'il existe d'excellents antidépresseurs aujourd'hui. On a fait de gros progrès.

Melissa tourne au Lexapro. Debs au bon vieux Prozac des familles ; elle se targue d'avoir été l'une des pionnières. Le conducteur de la voiture qui écoutait le boys band prenait quelque chose, c'est clair. Tout le monde prend quelque chose, sauf moi.

Ma meilleure amie, Emma, s'est mise au Zoloft parce qu'il y avait un chapeau offert avec. Elle n'avait pas une tête à chapeaux, mais elle s'est dit que ça changerait peut-être si elle était plus heureuse. Elle n'est jamais devenue une fille à chapeaux, en revanche elle allait tellement mieux qu'elle s'est tirée à Ibiza et n'est jamais revenue. Je ne peux même plus prononcer le nom Ibiza.

L'avantage, c'est qu'il n'y a plus de stigmatisation, maintenant que tout le monde se dope. C'est un immense soulagement pour un tas de gens et je suis sincèrement heureuse pour eux. Loués soient les médocs. Ce n'est pas pour autant que j'ai envie d'en prendre.

Personne ne le veut, rétorque Debs.

Ce en quoi elle a tort. Je connais des gens qui sont prêts à prendre n'importe quoi. Ils estiment que s'ils ont un problème et qu'il existe un remède, ce serait idiot de s'en priver. Ils gobent une dizaine de pilules différentes. Ma mère, au hasard. Pour elle, c'est un don du ciel. J'aime lui rappeler que le ciel n'a rien à voir là-dedans, à moins que Dieu soit un vieux pervers dans un labo qui a du fric à jeter par les fenêtres. Ce qui est peut-être le cas, après tout.

Pourquoi veux-tu qu'il soit pervers ? demande-t-elle, et je me dis qu'elle n'a peut-être jamais connu d'autre homme que mon père.

Mon père est plombier, mais il n'a rien de super et ne s'appelle pas Mario, donc personne ne le trouve drôle. Quand il ne fait pas de la plomberie, il regarde la télé et évite ma mère, comme nous tous.

Pendant les vacances, la plupart des ados travaillaient au centre commercial. Moi, j'apprenais à réparer un robinet et à déboucher des toilettes. Mon père pensait que c'était uniquement pour échapper au centre commercial ; ma mère était persuadée que c'était pour la contrarier. Son rêve, c'était d'avoir une fille qui resterait à la maison pour se faire bronzer avec elle, pas une folle qui préférait plonger le bras dans les chiottes d'un inconnu. La vérité, c'est que j'étais curieuse. La vie des autres m'intéressait. Je ne voyais que les salles de bains et les cuisines, mais l'essentiel est là, non ? C'est l'âme d'une maison et de ses habitants. J'aime autant vous dire que, cette année-là, j'ai vu un paquet de merde.

Si ma mère avait eu à sa disposition tous ces cachetons quand elle était plus jeune, elle ne nous aurait peut-être pas eus, mon frère et moi. On était censés remplir un vide. Ça n'a pas marché, évidemment, ce qui ne l'empêche pas de penser que je devrais avoir des enfants. Ça ne peut pas faire de mal, dit-elle. Manifestement, elle a oublié à quoi ressemble un accouchement.

Ma mère a longtemps travaillé à la mairie, un emploi qui l'obligeait à porter une jupe droite affreuse et des chaussures encore plus moches. J'aime bien les chaussures moches, mais celles-là étaient vraiment trop déprimantes, même pour un enterrement.

Finalement, tout le monde s'est retrouvé au chômage à cause de la mauvaise gestion du budget de la commune. Elle a commencé à prendre d'autres pilules et elle est devenue prof de fitness-jazz. Avant ça, on n'était pas sûrs qu'elle avait des jambes. Maintenant, je sais qu'on a au moins une chose en commun.

Parce qu'ils n'avaient pas eu des Noëls très heureux dans leur enfance, mes parents voulaient que ce soit différent pour nous. En clair, ils en faisaient des caisses et nous mettaient un max de pression. Ils pensaient que c'était important. Plus que notre santé mentale. Et le monde entier semblait de leur avis.

Ma mère avait besoin de compenser je ne sais quoi – tout, peut-être, comme la plupart des gens. C'est le but des fêtes, après tout. Combler le vide. Tout ça pour dire que Noël, chez nous, c'était violent. Imaginez un malabar assis sur votre poitrine qui vous balance des gnons, sauf qu'il porte un pull immonde avec des flocons et que Dolly Parton chante « Jingle Bells » en fond sonore.

Noël, vous connaissez, non ? Pas la peine de vous faire un dessin. Une production à grand spectacle, grotesque. Quand on est enfant, ça semble normal. C'est ce qu'on fait à la fin de l'année. Mais déjà ma mère se débrouillait pour tout gâcher. Trop de pression. Il fallait montrer à tout le monde qu'on était une famille heureuse, et aussi qu'on était heureux individuellement. Le problème, c'est que ses petites pilules l'empêchaient de voir à quel point ça me coûtait. Elles lui permettaient d'avancer et elle ne regardait pas en arrière. Avec la bénédiction générale, elle se sentait autorisée à m'imposer son bonheur obligatoire. Tu grimpes dans le train de Noël, Janet, ou on te roule dessus.

En dépit de tout ça, j'ai longtemps adoré Noël, jusqu'au jour où j'ai cessé de l'aimer. Je savais que je me faisais baiser, mais je continuais de simuler. C'est comme avec les mecs. Je me laissais faire, parce que je ne savais pas comment dire que j'en avais assez.

Bien sûr, ma mère n'est pas toute seule. Chaque année, en décembre, le monde entier se précipite dans les magasins en criant : Plus on claque, plus on s'éclate ! Le trop-plein c'est trop bien ! C'est à celui qui aura le plus de guirlandes lumineuses. Si le 25, t'as pas ta combi-pyjama de Noël et un sourire jusqu'aux oreilles, c'est que t'as raté ta vie. Il y en a qui s'endettent pour ça. Il y en a même qui se jettent par la fenêtre. C'est déprimant.

Le monde entier est déprimant, mais les gens ne veulent pas l'admettre parce que c'est eux qui l'ont fait comme ça.

Voilà pourquoi j'aimerais disparaître sous terre pendant les fêtes. Je me sens nulle. J'attends que ça passe, planquée au fond des bois.

Au moins, je ne traîne pas mes larmes et mes vêtements de deuil dans les centres commerciaux, les parcs et les endroits fréquentés par les gens heureux, pour leur rappeler que la tristesse existe encore. Je passe presque tout mon temps au refuge, où ce sentiment n'est pas déplacé.

Je ne suis pas un cas unique. Il y en a d'autres comme moi. Les Janet, je les surnomme. Toutes celles qui n'y arrivent pas. Les malheureuses, les éplorées, les solitaires. Autrefois, on trouvait des articles à leur sujet, disant à quel point c'était terrible de ne pas ressentir ce qu'il fallait à Noël. Puis ces articles ont disparu. C'était comme si les gens préféraient ne pas savoir. Ils ne voulaient plus que de belles histoires.

On a commencé à lire d'autres articles, sur tous les rabat-joie touchés par la grâce chimique, qui pouvaient enfin profiter des fêtes. Une campagne financée par les labos, c'est sûr. En ce qui me concerne, j'aime penser que les Janet sont toujours là, quelque part.

J'espère que certaines se seront enfuies, elles aussi.

Parfois, quand je promène les chiens en forêt, je croise des PJ. Des Personnages Joueurs, des adeptes de jeux de rôle grandeur nature. Les couillons de PJ, dit Debs, comme si c'était leur nom de famille. M. et Mme Couillon de Péji. Genre je me balade peinarde et je me retrouve nez à nez avec un gus costumé en chevalier. Il me sort un truc style pardon gente dame, puis s'incline et décampe. Et moi je me retrouve comme une conne, à me dire que les mecs sont vraiment bizarres, mais aussi que c'est le truc le plus romantique qui me soit jamais arrivé. Une fois, un PJ est venu frapper au refuge et a demandé s'il pouvait utiliser les toilettes. Si je te dis oui, après, je devrais dire oui à tout le monde, a répondu Debs, et je ne veux pas avoir l'air de cautionner ce que vous faites. J'ai des enfants.

Tout ça pour dire qu'il y a un tas de cinglés dans les bois et que, parfois, je me sens moins seule.

Je travaille dans un refuge pour chiens, donc, la tristesse, je connais. C'est un peu l'anti-Disney World.

Si vous ne vous êtes jamais retrouvé dans une camionnette avec un chien qui va se faire piquer sur les genoux, alors vous ne savez rien de la tristesse. Je me suis préparée toute ma vie pour ce job. Les années passées à pleurer toutes les larmes de mon corps, c'était pour être capable de faire un jour ce boulot avec les yeux secs.

Debs n'est pas au courant mais, avant d'aller chez le véto, on fait un détour par McDonald's. C'est notre petit secret. On n'achète pas au chien un Happy Meal, hein ! On n'est quand même pas tordues à ce point. On prend juste un hamburger qu'on lui donne par petits morceaux, à la main, en lui répétant qu'il est un bon chien (ou une bonne chienne, mais pour être honnête, en général, c'est un chien).

La première fois, ce n'était pas prémédité. J'avais la dalle et on est passées devant un McDo. Est-ce que je lui prends quelque chose ? j'ai demandé, à moitié pour déconner. Tant qu'à faire, a répondu Melissa. Au départ, elle ne tenait pas à s'arrêter, alors je lui ai dit que je lui achèterais ce qu'elle voulait. Elle avait envie d'une petite brique de lait, mais c'était trop la honte, j'ai refusé et on est tombées d'accord sur un milk-shake.

J'ai déballé le hamburger. Pas très appétissant. Le chien n'était pas de cet avis, bien sûr. Il était au septième ciel. Mais c'était aussi l'effet que lui faisait mon entrejambe. Enfin, pas seulement le mien, n'importe quel entrejambe.

Je ne comprends pas que les gens bouffent cette merde, j'ai dit à Melissa. Melissa et moi, on est véganes – c'est ce qui arrive quand on travaille avec des chiens –, en théorie du moins, car on n'est pas pratiquantes. On essaie d'être des bonnes personnes, mais ce n'est pas évident. Tout est tellement triste que tu te dis à quoi bon ? Je voudrais vraiment être végétarienne, le problème, c'est que beaucoup de vins ne le sont pas, à ce qu'il paraît. Le plus con, c'est que je n'aime pas vraiment ça, le goût du vin. C'est juste que, petite, j'imaginais que je deviendrais une de ces femmes qui boivent seules la nuit. Je voulais qu'au moins un de mes rêves se réalise.

Donc, je suis triste et je passe mes journées dans les bois avec des clébards abandonnés, mais, à part ça, je ne suis pas très différente de tout un chacun. J'ai un travail, des gens autour de moi, et je bouffe des cochonneries dans ma voiture après avoir fait piquer un chien.

Et parfois j'emmène Melissa au McDo. Je ne suis pas totalement garce non plus.

DEUX

Je n'avais pas prévu de rompre avec mon copain et ma famille le même jour, mais voilà, ils ont décidé de m'organiser une fête – une fête chez moi, en plus – qui s'est transformée en opération de sauvetage. Ils pensaient que ce serait une bonne idée, parce que je regarde *Intervention*, une émission de téléréalité où un pauvre bougre souffrant d'une addiction quelconque voit ses proches le prendre entre quatre yeux pour le forcer à se soigner. Je regarde, d'accord, je leur dis – contente de découvrir qu'ils savent au moins une chose à mon sujet –, mais ce n'est pas pour autant que j'aime ça. Ce que j'aime, c'est qu'on s'abstienne de me tendre des guets-apens pour mon bien.

Par chance, il y a du gâteau. Sinon, je ne serais peut-être pas aussi calme.

Tout ce qu'on veut, c'est que tu sois heureuse, dit ma mère. J'aurais préféré plus mince, plus jolie ou plus intelligente. N'importe quoi, mais pas *heureuse*. En plus, c'est un mensonge. Ce qu'elle veut, c'est que je sois quelqu'un d'autre.

Bon Dieu, prends ces putains de médicaments, ajoute mon frère, et j'ai envie de répondre s'il te plaît, ne mêle pas Dieu à tout ça : il n'est bon qu'à provoquer des disputes. Sagement, je m'abstiens et j'essaie de me concentrer sur le gâteau pour éviter de massacrer toute ma famille.

Mon frère se permet de parler comme ça parce que lui, le bon fils, il en prend, des cachetons. C'est le genre avant-et-après. Avant, il se laissait totalement aller. Après, il a réussi à convaincre une pauvre innocente de l'épouser et de porter son enfant. Il est l'exemple vivant de l'efficacité des traitements. Ça arrondit les angles, répète-t-il à tout bout de champ. Les gens aiment dire ça, comme si les angles, c'était mal. Mais sans les angles, qu'est-ce qu'on serait ? Demandez à Picasso.

Il faut dire que ses angles, je les ai vus de près. Un soir, il m'a attaqué avec une fourchette au dîner. Il ne m'a pas agressé avec des couverts depuis qu'il prend son traitement, on peut donc en déduire que ça marche, si le but, c'est d'éviter de trucider sa sœur.

J'aime mes angles comme j'aime les os de mes hanches. C'est mieux de savoir à quoi on se cogne. Inutile de prétendre que le monde est un coussin moelleux alors qu'on sait tous que c'est un gros rocher tranchant.

Les antidépresseurs ont aidé mon frère, mais il n'est pas chez moi pour que je me marie et que je me reproduise. Il est venu parce qu'il en a marre que notre mère lui prenne le chou à mon sujet. Elle, en revanche, c'est une autre histoire. Si elle veut que je me soigne, c'est précisément pour que je trouve un bonhomme et que je me transforme en poule pondeuse. Je ne pourrais pas simplement me refaire les nichons ? Je me suis laissé dire que les mecs les préféraient aux filles sous médocs. En fait, je sais que c'est faux. Il y en a qui adorent les droguées. Vous

vous souvenez de l'époque où on avait toutes peur qu'un type verse une saloperie dans nos verres, parce que aucun d'eux n'était capable de lever une fille normalement, avec de l'alcool et des lumières tamisées ? Maintenant qu'on prend tous des médicaments, c'est plus facile. Si un gars te demande ce que tu fais dans la vie, tu lui montres ton ordonnance. Montre-moi la tienne et je te montrerai la mienne.

Tu fais de la peine à ta mère, dit mon père, parce que c'est son unique réplique. En clair, ça signifie : tant que c'est toi et pas moi qui lui fais de la peine, elle me fout la paix, donc, surtout ne t'arrête pas. Super, merci papa.

Ton frère ne veut pas que ses enfants te voient comme ça.

Comme quoi ? je demande. On se voit qu'une ou deux fois l'an, de toute manière.

Comme tu es, répond-elle.

Malheureuse, précise mon frère.

Je ne suis pas malheureuse.

Dépressive, alors.

Ma mère tressaille comme si c'était une maladie honteuse qu'il fallait soigner de toute urgence.

Je ne suis pas dépressive, je proteste, sur la défensive. Je suis triste.

On est tous tristes, Janet.

Fais-toi aider, andouille, dit mon frère.

Mon copain ne moufte pas, mais c'est un sujet de dispute tellement fréquent entre nous que je le soupçonne d'être à l'origine de cette petite mise en scène.

Je l'imagine très bien appeler ma mère en cachette et lui confier qu'il ne sait plus quoi faire avec moi. Comme si j'étais un objet dont on était censé faire quelque chose. Pour peu qu'il ait insinué qu'il m'épouserait si j'étais un peu différente, elle a sauté dans un taxi pour le retrouver et organiser l'opération de sauvetage.

Et j'ai clairement besoin d'être sauvée, mais de ma famille, pas de mes *humeurs noires*. C'est ma mère qui dit ça, ce qui n'est pas pour me déplaire, à cause du petit côté sorcière. Et puis ça laisse penser que c'est un phénomène que je ne contrôle pas, alors que s'il y a une chose que je contrôle, ce sont bien mes humeurs.

En plus, elles ne sont même pas si noires. La plupart du temps, elles sont grises, au pire. C'est une mélancolie raisonnable, ce qui lui donne un petit cachet chic et français. Ce sont les autres qui ont un problème.

Il dit que tu dors beaucoup, continue ma mère, *Il* désignant le copain silencieux, bien sûr. Que tu te contentes d'aller au travail et de rentrer chez toi. Est-ce que seulement vous couchez encore ensemble ? ajoute-t-elle, provoquant un mouvement de panique du côté de mon père et de mon frère.

Je refuse de répondre à cette question.

C'est une pente glissante, Janet. Si tu prenais juste une petite pilule, tu aurais peut-être envie de faire plus de choses.

Quelles choses ?

Des choses, dit-elle, même si elle a des idées très précises sur le sujet, son regard appelant mon père et mon frère à la rescousse. Pas mon copain. Il n'y a rien à attendre de lui.

Des choses normales, ajoute-t-elle.

Si ma famille me connaissait un minimum, elle saurait que je ne crois pas aux choses normales.

Ma mère fait partie de cette catégorie de la population qui clame qu'il suffit de faire du yoga pour aller mieux. Bien sûr, elle omet de mentionner les médocs. C'est comme ces stars à la beauté artificielle qui essaient de nous vendre des crèmes pour le visage. On sait bien qu'elles sont entièrement refaites, pourtant on marche, parce qu'il faut bien croire à quelque chose, ne serait-ce qu'à une crème pour le visage.

J'ai passé toute mon enfance à écouter ma mère me parler d'études prouvant que l'exercice était le meilleur remède contre la déprime. Des études toutes financées par l'industrie sportive, bien entendu. Il n'y avait pas beaucoup de travaux s'attachant à montrer que conseiller à sa fille de courir pour évacuer son mal-être pouvait avoir le résultat inverse. Si seulement on m'avait dit que faire du jogging était un bon moyen pour fuir sa famille, là, j'aurais peut-être tenté le coup.

Cette fois, j'en ai assez. Je leur demande de débarrasser le plancher. Et je garde le gâteau.

Lorsqu'ils sont partis, je m'assieds par terre et je me prends dans mes bras, parce que personne ne le fera à ma place. Plus tard, je me frotte contre la photo d'un acteur d'une série quelconque sur mon téléphone et je m'endors avec un certain sentiment de liberté. C'est ce qui ressemble le plus au bonheur pour moi.

Je viens de perdre d'un coup tous mes proches et je m'en tape. Et ce n'est pas seulement parce que je suis shootée au sucre. C'est parce qu'ils m'épuisent.

On se disputait beaucoup. Bien sûr, je me prends la tête avec ma famille depuis que je sais parler – je me suis montrée précoce, à leur plus grand dépit –, mais je m'engueulais aussi avec mon copain depuis quelque temps. Parce qu'il voulait que je me soigne, et aussi pour des histoires de couple classiques. Par exemple, quand je lui disais : Rabats la lunette des toilettes, il comprenait la lunette avec l'abattant, si bien que je pissais sur le couvercle quand je me levais en pleine nuit. Alors je le réveillais pour le pourrir. Il estimait que ça aurait pu attendre le lendemain matin. Pas moi.

Au début, lui et moi, on était pareils. Le soir de notre rencontre, on essayait tous les deux de fuir une fête où on nous avait traînés. Il aimait bien ma tristesse. Puis il s'est lassé de la sienne. J'ai renoncé à essayer de le maintenir à mon niveau.

On s'était promis qu'on ne serait jamais comme les autres, et tant pis si c'est un cliché : tous ceux qui n'aspiraient qu'à posséder, tous ceux qui couraient après le bonheur. Nous, on vivrait d'amour. L'amour, ce n'est pas le bonheur, c'est autre chose qui transcende tout le reste. S'il fallait vraiment le rapprocher d'un sentiment, ce serait plutôt de la tristesse.

Puis il a commencé à travailler et à gagner un peu d'argent. Ça lui a plu. Il en voulait toujours plus. J'avais un boulot qui payait mal et ça me convenait. Je n'avais pas besoin d'acheter quoi que ce soit. Au contraire, je voulais moins de choses.

Soudain, il était prêt à embrasser le capitalisme comme s'ils étaient faits l'un pour l'autre, ce qui est certainement le cas, quand on est un homme blanc. De mon côté, c'était toujours niet.

Lorsqu'il s'est rendu compte que l'argent n'avait aucun effet sur moi, il s'est dit que les médicaments marcheraient peut-être. Mais seulement quand j'ai cessé de m'intéresser au sexe.

Je ne peux baiser que dans le noir et avec quelques verres dans le nez. Pas besoin qu'il fasse noir noir ni que je sois ivre morte. Juste un peu des deux, pour que la vie m'apparaisse légèrement floue.

On se disputait beaucoup à ce sujet. Je me souviens d'un mardi après-midi, notamment. Il avait envie qu'on baise et moi je ne voulais rien entendre. Au refuge, je n'ai qu'un jour de congé par semaine et j'en profite pour faire des trucs de Janet, et notamment éviter les interactions humaines. Ce mardi, il est rentré à l'appartement plus tôt que d'habitude, je ne sais plus pourquoi. En tout cas, il avait une idée en tête, mais je n'étais pas prête, pas mentalement et encore moins physiquement. L'esprit a besoin d'autant de temps que le corps. Pour finir, il a hurlé : Il y a des choses pires que de baiser sobre à la lumière du jour, Janet ! et j'ai crié : Oui, mais pas beaucoup !

Quand il disait : Ce n'est pas normal, Janet, les gens veulent être heureux, en fait ça signifiait : Ce n'est pas normal, Janet, tu devrais avoir envie de coucher avec moi.

On était devenu des personnages d'un roman du XIXe siècle. Je ne m'acquittais pas de mon devoir conjugal. Je ne m'occupais pas de notre foyer. Je n'étais jamais contente, même le jour où il a rapporté un téléviseur géant, et pourtant ce n'est pas faute d'aimer la télé.

J'avais toujours été triste, mais ça ne lui convenait plus.

Pour qu'il me lâche, je lui ai promis que j'irais chez le docteur. Je savais que si je m'amusais à expliquer à un médecin ce que je ressentais, il me dirait que ça ne pouvait pas continuer ainsi et voudrait à tout prix me soigner. Je suis un cas limite. À la limite de toutes les pathologies mentales imaginables. Je suis bourrée de symptômes. Mais je ne veux pas qu'on essaie de corriger ça. Avoir des symptômes, c'est juste être humain.

Donc, lorsque le médecin m'a demandé comment je me sentais, j'ai répondu que j'étais à la fois gavée et vidée. Il était déconcerté. Puis j'ai ajouté que j'étais triste. Erreur. C'est presque toujours une erreur de dire ça. Les gens n'écoutent plus quand je précise que ce n'est pas gênant. Que j'ai toujours été comme ça.

Je m'attendais presque à ce qu'il dise : Votre compagnon prétend que vous n'avez plus envie de faire l'amour. J'aurais répondu : Avec lui seulement. Les hommes vivants ne m'intéressent plus beaucoup, en fait. Vous ne lisez pas la presse ? Ce sont des monstres. Il aurait peut-être cru que j'étais nécrophile, alors je lui aurais expliqué que je pensais à une photo sur mon téléphone, ou à ma main, à quelque chose qui ne parlait pas, et on aurait ri ensemble.

J'aurais pu lui demander s'il s'était déjà réveillé à côté de quelqu'un qui se masturbait. C'est le premier signe de l'apocalypse intime, aurais-je dit.

Malheureusement, on n'est pas allés jusque-là. Il ne m'a pas laissé le temps de faire la moindre blague. Il a essayé direct de me refiler une ordonnance. Non, merci, j'ai répondu.

Lorsque je suis rentrée à l'appartement, mon copain a demandé comment ça s'était passé. Je lui ai dit que le médecin m'avait trouvée en pleine forme.

Quelques heures après que je les ai tous mis à la porte, il revient comme si de rien n'était.

Une personne plus fonctionnelle que moi aurait sans doute pensé à changer la serrure ou à jeter ses affaires dans la rue, mais une telle démarche exige un minimum d'efforts. Moi, tout ce que je voulais, c'était me pelotonner dans un coin et mourir – pas totalement, vu qu'il restait du gâteau, et que j'avais toujours la possibilité de me masturber jusqu'à l'abrutissement, si je le voulais. Et je le voulais. On se lasse de ne rien vouloir du tout.

Il n'a été absent que trois heures, mais ça m'a suffi pour réaliser que j'étais mieux sans les autres et leurs conneries. Je le lui explique calmement. Il ne devrait pas être surpris. Il sait que je préfère les gens de la télé à ceux de la vraie vie, parce que je le lui répète à tout bout de champ. Au moins, eux n'exigent rien de moi.

Je lui demande s'il peut aller dormir chez ses parents. Probablement, dit-il, mais est-ce qu'il peut rester encore ce soir ? J'accepte uniquement parce qu'il est tard et que je n'ai pas pensé à jeter ses affaires dans la rue.

On dort donc ensemble une dernière fois. Maintenant, je sais quel bruit fait un cœur qui se brise, et ça ressemble beaucoup au chat du voisin quand il gratte dans sa litière. On est là, côte à côte, comme tant d'autres nuits, sauf qu'on n'essaie même pas de dormir. On n'entend que le chat et le râle de l'espoir qui meurt.

Le matin, je me lève avant lui et je laisse un message disant : *S'il te plaît, j'aimerais que tu sois parti à mon retour*, et, heureusement, il l'est. Avoir un travail qui t'oblige à te réveiller à l'aube n'a pas que des inconvénients.

Comme si ce n'était pas assez douloureux, le samedi, il se pointe avec sa mère pour déménager ses affaires.

C'est l'enfer.

Heureusement, elle vient avec sa chienne, et je peux m'asseoir par terre et jouer avec elle pendant qu'ils effacent toutes traces de notre vie de couple. Ils manquent de nous faire tomber un carton dessus. C'est de bonne guerre.

Je n'étais avec lui que pour la chienne de sa mère, de toute façon.

L'appartement est à nos deux noms. Pas de compte joint, rien de commun. Je voulais garder mon indépendance. Ça aurait sans doute dû nous mettre la puce à l'oreille. C'était sympa d'avoir quelqu'un qui payait la moitié du loyer. Un corps chaud, c'était bien aussi, parfois. Mais c'est tout.

Je n'ai jamais pris de chien, parce que c'est interdit dans l'immeuble et que j'ai tous les chiens que je veux au travail. Je pleure dans leur fourrure de temps en temps, mais je ne suis pas obligée de regarder leurs yeux tristes toute la soirée, juste les miens qui se reflètent dans l'écran de la télé.

J'ai quand même ramené un chiot à la maison une fois, une petite femelle malade qui avait besoin d'aide. Je l'ai cachée sous mon manteau pour ne pas me faire prendre, mais tout le monde s'en fichait. J'étais sûre de pouvoir la sauver. Je me trompais.

Debs a été super compréhensive. Elle a dit qu'elle serait morte de toute façon et qu'au moins elle avait eu un foyer avant. Personne ne m'a balancé : Tu as tué un chiot, Janet.

Après ça, je n'ai plus ramené qui que ce soit à la maison.

TROIS

Je n'ai pas toujours été contre les médicaments. Au lycée, j'aurais donné n'importe quoi pour en avoir. Parce que c'était encore fun, parce que c'était un choix, parce que je me les procurais par une fille, qui les piquait à son frère. Maintenant que tout le monde en prend, ça ne m'intéresse plus. C'est devenu normal et, franchement, qui a envie d'être normal ?

Pourquoi est-ce que tout a changé ? Je pense que les gens en ont eu marre d'attendre d'éprouver des émotions qui finissaient toujours par les décevoir. Alors ils se sont tournés vers les antidépresseurs qui leur promettaient qu'au moins, ils se sentiraient *différents*. Parfois, ça suffit.

C'est le monde d'aujourd'hui, aucune patience.

Ils sont malins, les gars de l'industrie pharmaceutique, car c'est des gars, en général. Ils ont vite compris ce que voulaient les gens. Pas la pilule du bonheur, c'est dépassé – tellement XXe siècle –, mais plutôt la pilule *ça va*, même si ce n'est pas vrai et que ça ne le sera jamais. Ça les a rendus très riches, alors que nous, derrière la façade, on était toujours super tristes. Tout le monde s'est jeté dessus parce que les médicaments étaient partout et que soudain ça semblait plus facile. Résister est épuisant. Et il y avait tellement de pilules : on n'avait que l'embarras du choix. Le pire, c'est qu'elles marchent.

Arrête de te cogner la tête contre les murs, dit ma mère. Mais cette tête, c'est elle qui me l'a donnée. Elle devrait comprendre.

Je vais au travail et j'ai l'impression d'être une héroïne. Sur la route, je vois un panneau qui clame : *La pharmacologie ! C'est personnel !* La publicité est partout. Pour l'éviter, je m'efforce de ne pas lever les yeux. Le *personne* dans *personnel* est en gras, au cas où on n'aurait pas compris. Il ferait mieux de dire simplement : *We want you, Janet.* Tous les labos pharmaceutiques essaient de nous faire croire que chaque patient bénéficie d'une prescription personnalisée, correspondant à ses besoins, mais cette nouvelle marque prétend faire encore mieux.

Si les autres ont envie de prendre des médicaments, ça ne me dérange pas. Quand j'étais petite, ma mère restait des heures dans sa chambre, les rideaux fermés, et mon père murmurait : N'embêtez pas votre maman, elle se repose. Alors je me plantais devant la porte et j'attendais. Quand elle n'était pas allongée dans le noir, elle s'enfermait dans la salle de bains. J'ai l'impression d'avoir passé mon enfance à attendre ma mère devant des portes closes en me demandant ce que j'avais fait de mal.

Avec les antidépresseurs, elle a arrêté de se cacher. Lorsque j'ai été un peu plus grande, c'était moi qui les lui préparais. Deux fois par jour, j'alignais les pilules devant elle et je trouvais ça génial. Puis elle est passée à quatre fois par jour, et ça empiétait sur mon temps de télé. Désormais, c'était moi qui me barricadais dans mes propres ténèbres.

Aujourd'hui, le monde est divisé entre ceux qui prennent des médicaments et les autres. Je suis ce qu'on appelle une résistante. Ça fait très *Guerre des étoiles*, ce qui n'est pas pour me déplaire. Je résiste au bonheur et pour eux c'est incompréhensible. Tout le monde veut être heureux, non ? Eh bien non, pas moi.

En fait, il y a un tas de gens pour qui ce n'est pas une fin en soi. On en trouve un certain nombre chez les personnes âgées, qui ont connu des épreuves et qui savent que le bonheur ne signifie rien. Mon père a été un résistant lui aussi, puis ma mère a insisté pour qu'il prenne quelque chose s'il tenait à leur mariage. Il a cédé, parce qu'il était fatigué et que divorcer à son âge lui paraissait trop compliqué.

Le bonheur ne fait pas partie de mes priorités. Je veux autre chose. Avoir un minimum de contrôle sur ma vie et sur mon corps, pour commencer. Pouvoir passer une journée sans avoir l'impression que ce que je fais est mal. Je veux *sentir* mes émotions, pas les ravaler. Et si c'est elles qui finissent par me bouffer, eh bien tant pis.

Donc, il y a ceux qui prennent des médocs et il y a les autres. Les résistants. Et pas seulement des femmes en colère comme moi, même si c'est *surtout* des femmes en colère comme moi. Il faut dire qu'on a de bonnes raisons d'être énervées.

Parfois le simple fait d'arriver au travail en un seul morceau me fait l'effet d'une victoire.

Ma tristesse me rend parfaitement heureuse la plupart du temps. Ce n'est pas une tristesse écrasante, mais un sentiment auquel je me suis adaptée. Comme un pull trop grand que je remplis peu à peu. Je ne sanglote sur l'épaule de personne, je ne suis pas allongée par terre, incapable de bouger ou de manger. Je ne menace pas de me jeter du haut d'un immeuble ou de me faire du mal. Je suis tranquillement triste, et je ne me lamente pas seulement sur mon sort, mais sur l'état du monde en général. Vous avez vu ça ? C'est quand même une saloperie. Si j'habitais en France, personne ne me reprocherait de me plaindre. Je pourrais m'en donner à cœur joie. Ce qui serait le comble.

Je n'ai jamais réussi à rester dans l'obscurité aussi longtemps que ma mère. Il y a toujours quelqu'un qui veut m'en faire sortir. Un homme, en général. Qui a peur d'avoir fait quelque chose, ce qui est souvent le cas. J'ai juste besoin de solitude, de calme, dis-je, ce qui est vrai, même si l'inverse l'est aussi. La plupart du temps, je ferme les yeux et je retiens ma respiration, et parfois je me bouche les oreilles pour que le monde s'arrête de tourner un instant, avant de l'autoriser à repartir. Une renaissance miniature. Je ne pense pas que ma mère faisait ça. Elle n'avait peut-être pas la recette.

Ma tristesse ne concerne que moi, je ne fais pas de prosélytisme.

Je peux sourire quand c'est requis, rire quand quelque chose est drôle. J'accepte les embrassades et il m'arrive même de prendre quelqu'un dans mes bras. Je ne vais pas aux mariages pour rappeler aux nouveaux époux que la plupart se terminent en divorce, je ne rôde pas dans les maternités pour susurrer aux jeunes parents que, quoi qu'ils fassent, ils trouveront le moyen de bousiller leur mioche. Je n'ai jamais interrompu une manifestation sportive en criant : Il n'y a pas de gagnant parce qu'on crèvera tous un jour ! Je ne suis pas totalement morte à l'intérieur. Je peux encore me lever quand je le veux. C'est juste que, la plupart du temps, je n'y tiens pas particulièrement.

Le lendemain, après le travail, j'ai rendez-vous chez le docteur. Le secrétariat a téléphoné pour me dire que mon dernier examen gynéco remontait à trois ans et qu'il était temps de venir faire un frottis vaginal. On est loin du frotti-frotta dont j'aurais sans doute eu besoin mais tant pis, pour une fois que quelqu'un s'intéresse à mon vagin, je ne vais pas le décourager.

Le médecin porte une tenue sport, mais élégante, le genre prêt-à-golfer : c'est comme ça que j'appelle les types qui rêvent de fuir leur existence pour s'adonner à l'activité la plus vaine jamais conçue par l'esprit humain. Voyant que je commence à me déshabiller, il dit : Désolé, en fait je me suis trompé au sujet de ton examen, tu n'en as pas besoin cette année. L'histoire de ma vie. Mais puisque tu es là, continue, ajoute-t-il. Et sinon, comment ça va ? À part les bonhommes qui me font perdre mon temps, il veut dire ? Eh bien, à part ça, tout va bien, merci.

Il me sourit et me demande si j'ai essayé le dernier yaourt à la mode et j'en déduis qu'il est d'intelligence avec ma mère. Mais parler d'intelligence, c'est peut-être leur faire trop d'honneur. J'attends le moment où il va me sortir : Alors, il paraît que tu ne veux pas te marier et avoir des enfants ? Même les homosexuels le font, aujourd'hui, Janet, qu'est-ce qui ne va pas chez toi ? Et avant d'avoir eu le temps de répondre : Il y a d'autres manières de vivre, je me retrouverai inscrite sur un groupe Facebook appelé Salopes Stériles.

Je déteste parler pour ne rien dire. Enfin, pour être honnête, je déteste parler tout court.

Est-ce que je vais mourir ? je demande, ne plaisantant qu'à moitié.

Ah ! dit-il. Tu es une vraie comique, Janet.

Les comiques meurent aussi.

Ah ! répète-t-il.

La dernière fois, je suis venue le voir parce que je ne dormais pas et il m'a dit que je devais faire attention au stress. Comment ? j'ai demandé, et je lui ai parlé de mon travail, de l'état du monde, de ma mère, de mon copain et je crois que j'ai aussi mentionné les armes nucléaires. Une chose est sûre, je l'ai accusé d'être un homme blanc privilégié. Il n'a pas l'air de m'en vouloir, mais c'est surtout parce que le golf accapare la plus grande partie de son temps de cerveau disponible. Je ne pense jamais au golf.

Pourquoi m'avoir fait venir, dans ce cas ? je demande, comme si j'étais une femme d'affaires à qui il faisait perdre un temps précieux.

Janet, si je souhaitais te voir, c'est que j'aimerais te parler de quelque chose de très intéressant, dit-il en fouillant dans le tiroir de son bureau.

Pitié, faites qu'il ne sorte pas un yaourt. Je sais que les visiteurs médicaux distribuent toujours des échantillons et, si ça se trouve, l'industrie des produits laitiers emploie les mêmes représentants.

Il me tend un prospectus. Un bout de papier, à l'ancienne, rescapé de l'ère pré-Google, quand il y avait encore des documents imprimés. Vu que je suis peut-être l'une des dernières à m'entêter à lire des vrais livres, je prends son prospectus.

Je lui en veux toujours de m'avoir fait croire que j'étais là pour un frottis – je me suis quand même douchée exprès –, alors je regarde le papier d'un air ahuri, ce qui est de toute manière l'air qu'ont la plupart des gens quand ils doivent lire un truc. J'envisage un instant de faire une plaisanterie, mais à quoi bon, puisqu'il sait déjà que je suis comique.

C'est quoi ?

La réponse à tes problèmes, répond-il, comme tous les hommes qui veulent mon bien.

Autant que je sache, je n'ai pas de problème, dis-je. Hormis le fait que tout le monde veut m'obliger à me soigner. Ça, je le garde pour moi, pensant toujours à mon pauvre vagin frustré.

C'est un nouveau médicament, insiste-t-il.

Je ne veux pas de médicament. Alors, non merci. Je lui rends son prospectus, ce qui est une erreur, car c'est sans doute la dernière fois que je touche du papier imprimé et aussi parce que j'ai cru l'entendre mentionner une pilule de Noël, ce qui n'a aucun sens, non ?

Ce n'est pas un antidépresseur comme les autres, explique-t-il. Ce n'est pas un traitement sur le long terme. Le but, c'est juste de passer les fêtes dans de bonnes conditions. Cette pilule est faite pour toi, Janet.

Quand quelqu'un prononce mon nom, ça allume un minuscule neurone dans mon cerveau qui m'oblige à me concentrer. C'est magique. Style les chiens de Pavlov, sauf que moi, je salive à la simple idée qu'on me remarque.

Je vous écoute, dis-je, parce que je suis ma plus grande fan, et peut-être bien la seule.

Enfin, pas uniquement pour toi, mais pour les gens comme toi, croit-il bon de préciser, et j'ai envie de lui balancer un coup de pied dans les parties. Connard ! je voudrais crier. Je me retiens. J'ai l'impression de passer mon temps à me retenir. Le jour où je lâcherai tout, le jour où je péterai un câble au supermarché, j'aime autant vous dire que ça vous fera tout drôle.

Je sais ce que tu penses des traitements, Janet,

poursuit-il. Bien sûr qu'il le sait – je le lui ai assez souvent répété –, mais il n'y a pas que ça. Je suis sur une liste noire de résistants. Je parie que cette histoire de nouvelle pilule est née quand cette liste a atterri sur un bureau du gouvernement. La liste des enfants qui n'ont pas été sages. Je l'entends de là, le père Noël ministériel : Oh oh, ces petits cons n'auront pas de jouets tant qu'ils n'auront pas pris leur médicament. Un lutin proteste : Mais, patron, on a essayé ! Alors le père Noël se penche vers lui et hurle : Eh bien, essayez encore ! en postillonnant son whisky sur le pauvre lutin. Voilà ce qu'il y a derrière cette pilule : un labo de chimie où se démènent des lutins terrorisés.

C'est un médicament particulier, poursuit le docteur, qui te permettra de voir arriver Noël avec le sourire. Est-ce que tu n'as pas envie d'être heureuse pour Noël, Janet ? C'est le plus beau moment de l'année. Tu ne penses pas que tu mérites des vacances ?

Merde, il n'a pas tort, en fait. Si en temps normal je préfère qu'on nous lâche la grappe, à ma mélancolie et à moi-même, je ne serais pas contre un Noël sans tristesse. Une perm' pour bonne conduite, parce que je n'ai assassiné personne pendant l'année. À se demander si le docteur a lu dans mes pensées. Pendant un instant, je trouve que c'est une idée super, jusqu'à ce que je réfléchisse à ce que ça implique. Je dois être surveillée, ce qui est très gênant, car je suis certaine d'avoir fait des choses que j'aimerais mieux garder secrètes. Maintenant, je ne suis plus que regrets à 90 %. Tout le monde enregistre tout le monde. De nos jours, la moindre entreprise a une puce planquée quelque part chez vous, histoire d'avoir des armes en cas de poursuites judiciaires.

Tu seras l'une des premières à essayer cette pilule révolutionnaire, ajoute-t-il, comme si la célébrité faisait partie de mes motivations. Puis il prononce la formule magique : Félicitations, Janet. Et une fois de plus, je suis tétanisée. À cause du mot *félicitations*, qui me donne l'impression d'avoir gagné quelque chose, et aussi à cause de mon prénom. La plupart des gens ne savent même pas que j'en ai un.

Le traitement commence début novembre et dure huit semaines. Ce n'est pas la mer à boire, dit-il. C'est tout juste s'il ne me secoue pas en criant : C'est un miracle de Noël, Janet ! Le cadeau dont tu rêvais !

Lis le prospectus, ajoute-t-il. Regarde sur Google, si tu veux.

Je veux, dis-je et il hoche la tête. On est tous les putes de Google.

L'ancienne Janet aurait fait une boule de ce prospectus et l'aurait jeté à la poubelle ostensiblement en sortant, ou elle l'aurait déchiré en petits morceaux qu'elle aurait balancés sur le médecin.

La nouvelle Janet, la Janet avide de sensations inédites, le range dans son sac et rentre à la maison.

Plus tard dans la soirée, je retombe dessus en cherchant des chewing-gums. Je l'avais déjà oublié.

Je me plais à penser que, un peu partout à travers le monde, des filles dans mon genre exhument ce prospectus en cherchant un tampon qui, s'il existe, traîne au fond de leur sac depuis trop longtemps ; et en plus, elles n'ont pas vraiment leurs règles, juste des pertes brunâtres assorties à leur humeur. Autant dire qu'elles n'en peuvent plus et qu'elles sont bien contentes de trouver ce bout de papier qui les distrait un instant de ce qui se passe entre leurs jambes.

Enfin, pas exactement entre leurs jambes, mais plus *à l'intérieur*. Elles ne le lisent même pas, elles se contentent d'y jeter un œil, ce qui leur permet de se faire à l'idée progressivement. À l'idée qu'il y a le choix. Préférant oublier que le prospectus leur a été donné par un homme blanc dans un cabinet clairement surveillé par le gouvernement. Ces filles décident de garder le prospectus. Elles pourront peut-être s'en servir pour un projet artistique quelconque. Au pire, ça fera office de papier toilette. Elles le laissent à côté de leur lit et, de temps en temps, y jettent un coup d'œil avant de s'endormir et de rêver d'une autre vie. Une vie où tout serait un peu plus doux et où il y aurait toujours des tampons neufs.

Sauf que je ne sais pas s'il y a vraiment des filles comme moi. À l'école, c'était plutôt genre on s'en fout de ton sabbat de sorcières, Janet ! Nous, notre truc, c'est de torturer les garçons et de les embrasser. Si ça t'intéresse pas, t'as qu'à aller à la bibliothèque. En fait, j'y étais déjà, en train de chercher des livres qui m'expliqueraient comment leur jeter un sort à tous.

Je défroisse le prospectus et l'affiche sur le frigo avec les menus des restaurants qui font de la vente à emporter. Il ressemble à n'importe quel autre prospectus, sauf qu'en le regardant attentivement, on distingue à l'arrière-plan le visage du père Noël. Ou alors j'ai une hallucination et je crois voir le père Noël là où la plupart des gens voient Jésus.

Ils sont prêts à tout pour m'obliger à rentrer dans le rang.

Je commande un plat chinois et j'essaie de ne pas penser à ce qui pourrait être différent.

Tu ne peux pas passer ta vie dans ta chambre à écouter les Smiths, se plaignait ma mère, et moi je disais : Je crois que Morrissey ne serait pas d'accord avec toi. Morrissey n'est plus ce qu'il était, aurait-elle pu répondre, et j'aurais bien dû admettre qu'elle avait raison.

C'était avant que je découvre le pouvoir des Doc Martens et du soutien-gorge push-up, agrémentés de quelques verres. Avant que j'apprenne à faire en sorte que tout le monde me regarde, ce qui était compliqué, car, en même temps, je voulais que personne – moi y compris – ne me voie.

Je ne savais pas comment les autres filles s'y prenaient, alors je me suis débrouillée comme j'ai pu.

Ces pilules me donneraient peut-être l'occasion de lâcher prise, d'avoir quelqu'un qui prendrait les décisions à ma place pendant un temps. De toute manière, je n'ai pas mieux à faire.

Si tout le monde te répète que tu n'as pas de vie, à force, tu finis par le croire.

QUATRE

Lorsque j'ai commencé à travailler au refuge, on m'a donné des bottes en caoutchouc et un casque antibruit. Sur le moment, je me suis dit que je n'en aurais pas besoin. J'aime les jappements des chiens en mal d'affection. Je me mets très bien à leur place.

Comment est-ce que tu supportes ce boucan ? dit toujours ma mère. Comment est-ce que les gens supportent tout le reste ? Voilà la vraie question.

Les chiens m'apportent ce qui pour moi ressemble le plus à du bonheur. Pas seulement les chiots : ce serait trop facile. Pas ceux qu'on affuble de manteaux ridicules : c'est trop triste. Non, ceux qui me rendent heureuse, ce sont les vieux schnocks, les éclopés, les corniauds galeux : ceux dont personne ne veut. Moi, je les veux. Tous autant qu'ils sont.

Les chiens sont rigolos, il est donc facile d'imaginer que les gens qui les aiment le sont aussi. Mais non. Il y a toujours une tristesse derrière.

Ma mère est persuadée que le refuge sert de couverture à un laboratoire clandestin qui fabrique de la méthamphétamine, parce qu'elle regarde trop la télé. Je lui ai dit que Debs avait un doctorat en études féminines. Tout ce que ça a changé, c'est que maintenant elle pense que c'est un labo de méthamphétamine lesbien.

J'aime Debs, parce qu'elle n'exige rien de moi, ce qui est une qualité rare chez un employeur. Elle dit que sa porte est toujours ouverte. C'est une blague, car sa porte est cassée et elle ne ferme pas vraiment. Ce qu'elle veut dire, c'est : Ne venez pas me prendre la tête à moins d'avoir le bras arraché.

Il est arrivé une sale histoire à Debs, et plus d'une, sans aucun doute. Ça se sent. Elle croit que l'odeur des chiens masque tout, mais ça ne suffit pas.

Parfois, quand un animal trouve un foyer, je pense que c'est un morceau de nous qui s'en va. Un morceau de notre tristesse, de ce qu'on aurait pu être. Alors, pendant une seconde, j'ai l'impression que je vais étouffer, que je vais exploser. Puis je me souviens que je ne suis qu'éclats. Éclats et moutons de poussière. Penser aux moutons me fait du bien.

Ma tristesse n'est pas due à un événement si grave que je ne pourrais même pas en parler, comme le soupçonne ma mère. C'est plutôt l'accumulation de mini-tristesses, que j'amasse depuis que je suis consciente de l'intérêt des poches. *Je vais avoir besoin de plus de poches* est ma version de *Nous allons avoir besoin d'un yacht plus grand.*

Peu importe la raison de notre tristesse, aux yeux de Debs. Tout ce qu'elle demande, c'est qu'on sache à peu près qui on est.

Elle m'a dit que je pouvais prendre tous les médicaments que je voulais, en revanche, pas de drogue. Un peu d'herbe, je ne suis pas contre, a-t-elle ajouté, tant que tu partages. Mais pas de drogue dure. Lorsque je lui ai assuré que je ne prenais aucune drogue, avec ou sans ordonnance, elle ne m'a pas crue. Maintenant, elle me connaît assez pour savoir que c'est mon état naturel.

Melissa parle de son traitement à qui veut l'entendre. Une notification sur son téléphone lui dit ce qu'elle doit prendre et quand, et dès que la sonnerie retentit, elle nous en informe, parce que c'est une enfant. Elle nous fait savoir qu'elle va aux toilettes et ce qu'elle va y faire. Elle nous avertit également de la date de ses règles. Elle espère sans doute qu'un jour, on va craquer, et que nous aussi on lui dira quand on les a, mais elle peut toujours courir. Une fois, j'ai cru que j'allais avoir les miennes en même temps qu'elle et je me suis retenue de toutes mes forces, pour ne pas qu'on se retrouve synchronisées. Sinon, elle ne va plus me lâcher.

Le lendemain du guet-apens, je me lève et je vais au travail un peu plus guillerette, surtout parce que je sais qu'il n'y aura pas d'autre fête surprise avant un moment. J'ai toujours vécu dans l'angoisse des fêtes improvisées, mais maintenant, je suis tranquille. Je me dis que je vais peut-être pouvoir enfin regarder mes séries en paix, comme si j'avais cent ans.

Personne ne m'attend chez moi et ça ne me manque pas. Pourtant, je suis prête. Je me dis que ça va peut-être me tomber dessus à peine la porte franchie – que je vais me prendre en pleine figure le souvenir de notre vie commune avant d'avoir le temps de faire quoi que ce soit –, mais rien. Il est trop tôt pour les fantômes. Et s'ils viennent, je les attends. Je n'ai plus besoin de faire comme si ma journée avait été autre chose qu'épuisante.

Je croyais que nous n'étions pas le genre de couple à s'embrasser sur la joue en rentrant du travail et à se dire : Tu as passé une bonne journée ? J'avais tort. J'ai compris d'un coup qu'il avait traversé une sorte de crise silencieuse, la pire forme qui soit. Une crise dont il n'avait parlé à personne. Une crise qui l'avait transformé sans qu'il juge nécessaire de prévenir qui que ce soit. Une crise dont on s'accommoderait, pensait-il. Autrement dit, dont je m'accommoderais. J'ai besoin que tu me donnes plus, Janet, disait-il sans le dire. J'ai besoin que tu sois quelqu'un d'autre, maintenant, parce que moi je suis quelqu'un d'autre. C'était injuste d'exiger soudain que je sois heureuse. Je n'avais jamais cherché à le tromper sur la marchandise. Et permettez-moi d'ajouter que lui-même n'était pas si joyeux que ça. Il pensait juste que sa copine devait l'être.

Rentrer le soir dans un appartement vide ne me pèse toujours pas.

L'un des avantages de travailler au refuge c'est que personne ne veut m'obliger à être heureuse. Je n'aime pas qu'on me dise ce que je suis censée éprouver. C'est l'opposé du Disney Store. Ma copine Emma a décroché un entretien là-bas, une fois. Elle n'est même pas allée au-delà du premier tour, parce qu'elle n'était pas assez enjouée – et Emma est la personne la plus enjouée que je connaisse, à cause du Prozac, mais aussi parce qu'elle a toujours su qu'un jour elle se tirerait d'ici. Peut-être pas pour aller à Ibiza ; elle pensait sans doute à Beverly Hills. Elle aurait harcelé Luke Perry pendant quelque temps puis se serait rabattue sur un petit génie de l'informatique. D'une manière ou d'une autre, elle savait qu'elle ne serait pas là à faire semblant de prendre toutes ces conneries au sérieux.

Emma n'a jamais rien pris au sérieux et c'est pour

ça que je l'aime. Debs et elle s'entendraient comme larrons en foire. Je ne veux surtout pas qu'elles se rencontrent, ça achèverait de me démoraliser.

En rentrant du travail, un type en pull de Noël me double dans l'escalier. Joyeuses fêtes, me lance-t-il. Il a l'air persuadé d'être hilarant et farfelu alors que je le trouve juste irritant. Tout est irritant pour les gens comme moi.

Je me réjouissais à l'idée de m'enfermer chez moi, pour m'avachir devant la télé et peut-être me masturber un peu, histoire de m'aider à m'endormir, avant d'affronter une nouvelle journée. Un train-train pas désagréable. Mais voilà qu'un abruti a décidé de fêter le 25 décembre en plein juillet. Maintenant, ma soirée est gâchée par le bourdonnement ténu de chants de Noël, ponctués de *ho ho ho* occasionnels, et je dois faire appel à tout mon sang-froid pour ne pas monter l'escalier quatre à quatre et leur pourrir l'ambiance en leur parlant de mon stress post-traumatique.

Je me tape donc les vocalises de petits connards à la croix de bois avec l'impression de retomber en enfance. Petite, quand j'allais me coucher, j'écoutais les adultes mener une vie nocturne excitante. Serrant ma peluche mitée contre moi, je pensais un jour être à leur place. Maintenant que je suis adulte, je donnerais n'importe quoi pour être de nouveau dans mon lit avec ma peluche.

Les adeptes de Noël en juillet vont réussir à me dégoûter de leur secte, moi qui pourtant n'aime rien tant qu'une bonne secte.

Je mets un oreiller sur ma tête et ça s'arrange un peu, surtout parce que je manque de mourir étouffée. Il fait trop chaud : sous l'oreiller, sous le plafond de mon appartement, sous le soleil. Je pourrais ouvrir grand la fenêtre, mais ce serait encore plus bruyant.

Les autres se figurent que j'aime l'été parce que je travaille en plein air. Tout est mieux en été, a décrété Melissa un jour. Va dire ça aux ours polaires. Les gens se conduisent comme si le soleil allait les sauver, alors qu'il nous tue à petit feu. Les gens sont cons. J'ai un tee-shirt qui dit ça, mais Debs ne veut pas que je le mette au refuge. Ce n'est pas grave : mes bras n'ont pas vu le soleil depuis des années.

Les êtres humains se métamorphosent en été. Ils passent du grisâtre au rose vif, l'air aussi bête et palpitant qu'une bite géante. Je ne sais pas ce que je déteste le plus, toute cette chair exposée ou les accoutrements incongrus. Les shorts. Les tongs. Le nombre de personnes qui pensent pouvoir venir au refuge en tongs me sidère. Même en bottes, je ne suis pas à l'abri d'un accident. Ils mériteraient tous d'avoir les orteils croqués.

Les gens voudraient tellement que j'aime l'été. Une goth qui déteste l'été, original, disait mon frère avant d'aller retrouver ses copains qui buvaient de la bière au parc et s'amusaient à se balancer des trucs dessus. Je ne suis pas goth, espèce de débile, répondais-je, alors qu'il faisait 32 degrés et que je restais à l'intérieur avec mon sweat noir à manches longues et mon bouquin. Ma mère ne disait jamais : Ne traite pas ton frère de débile, parce qu'elle savait qu'il en était un. Elle ne disait jamais : Ne traite pas ta sœur de goth, parce qu'elle savait que si elle osait émettre la moindre remarque sur mon apparence elle aurait droit à une leçon de morale bien méritée : on ne fait pas de commentaire désobligeant sur le corps de quelqu'un. En plus, le fait que je sois toujours enveloppée de plusieurs couches de vêtements lui évitait d'avoir mes seins sous les yeux, ce qui pour elle signifiait que je ne les montrais sans doute pas aux garçons non plus et ça la rassurait. (Elle se trompait.)

La chaleur me rend dingue, mais il y a des choses qui ne me sont pas désagréables, en été. J'aime bien les glaces, et puis la nature n'est pas trop mal. Le grand air, c'est sympa. Je travaille dehors, donc je ne veux pas qu'il fasse trop froid. Curieusement, je n'ai rien contre les pique-niques. Il m'arrive d'aller dans des parcs, contrairement à ce qu'on imagine. OK, j'y allais surtout à l'adolescence, pour boire et me faire tripoter. Mais j'y suis retournée à l'âge adulte, ayant oublié à quel point la faune y était exaspérante.

Le problème, c'est que j'ai la sensation que je vais mourir quand il fait trop chaud, et je déteste ça. Même quand ce n'est pas l'été, je fais des pieds et des mains pour éviter les situations où je pourrais transpirer et être mal à l'aise. Ce que j'aime, c'est respirer : me remplir d'air frais et vif. Pourquoi est-ce que je célébrerais la saison de l'humidité accablante, qui m'écrase les poumons et le cerveau ?

Donc, on est en juillet et c'est déjà le festival de la connerie. Le soleil rend vraiment les gens plus imbéciles que jamais. On se calme, ai-je envie de leur dire. Vous avez des mois devant vous.

Dans mon lit, je me demande comment on peut déjà penser à Noël. Il y a les commerciaux diaboliques, bien sûr. Ils planifient leur attaque depuis le 26 décembre dernier. Et cette femme avec qui j'ai travaillé, qui préparait son anniversaire cinq mois à l'avance. Elle faisait aussi ses courses de Noël pendant les soldes d'été. Elle avait l'air tellement contente d'elle qu'on avait tous envie de l'assassiner. Principalement pour lui chourer ses cadeaux.

Puis il y avait la vieille dame de notre quartier qui faisait des confitures et des gâteaux l'été en prévision de Noël. Ma mère disait qu'elle les congelait pour les envoyer à nos soldats. Elle était sans doute la seule personne à espérer qu'on serait toujours en guerre.

Je n'ai pas envie de penser à une vieille dame qui doit être morte à l'heure qu'il est. Mais je continue quand même, et je me dis que, pour le coup, c'est moi qui vais mourir d'ennui, avant d'être enfin rattrapée par le sommeil. Le cousin de la mort.

Je soupçonne ma mère d'avoir longtemps cru que mon unique but dans la vie était de gâcher Noël. Que, une fois que j'en aurais fini avec leur maison, j'irais en visiter d'autres pour répandre la mauvaise nouvelle, comme si j'avais une liste. Ce qui faisait de moi l'exact opposé du père Noël : il apportait la joie et je la détruisais. De toute manière, à part mes parents, je ne connaissais personne qui avait les moyens de vivre dans une maison, donc sa théorie, elle pouvait se la garder.

Quoi de neuf ? m'a lancé mon oncle, une fois à Noël. Il pensait à ce que j'étudiais ou à ce que je regardais à la télé. Mais je lui ai demandé s'il avait entendu parler des MGF. Non. Alors je lui ai expliqué. Tout ce qu'il avait toujours rêvé de savoir sur les mutilations génitales féminines. Assez, Janet, s'est interposée ma mère et mon oncle a dit : C'est bon, j'ai lu quelque part que les femmes avaient besoin de parler, aujourd'hui.

Le premier Noël où j'étais à la fac, j'ai décidé de me saouler, même si je devais passer la soirée chez mes parents. J'avais par je ne sais quel miracle survécu au premier trimestre et j'avais envie de me lâcher, mais à la Janet : seule avec un pack de bières. Je voulais quand même être une bonne fille, donc j'avais prévu de venir au petit raout familial. Puis il s'est vite révélé que j'étais une mauvaise fille et que c'était trop de responsabilités pour moi. J'ai bu assez pour être sûre de m'endormir dans le bus et je me suis retrouvée très loin de la maison. Et bien sûr, j'avais oublié de recharger mon téléphone, donc personne ne pouvait me joindre. Ma mère a appelé la police, convaincue que j'étais morte. Ce n'était pas le cas. Je me demandais juste où j'étais et pourquoi personne ne m'avait réveillée. Où sont les lourdauds de service toujours prêts à vous draguer quand on a besoin d'eux ? Mon père a dû venir me chercher – il était content d'avoir une excuse pour s'échapper, en réalité –, mais il était trop tard : j'avais déjà gâché Noël.

Cette histoire a achevé de me convaincre que je n'étais pas une adulte responsable et ne le serais peut-être jamais.

La première fois que mon frère nous a amené sa femme à Noël, il m'a demandé si je me soignais enfin. Tu es peut-être marié, maintenant, mais tes baskets sont toujours aussi nases, je lui ai dit. Il attache de l'importance à ces conneries, donc il a accusé le coup. Ma mère s'est sentie obligée d'intervenir. N'écoute pas ta sœur, tes baskets sont très jolies, mon chéri. Et pendant ce temps, sa femme nous regardait, genre c'est quoi c'est cette famille de cinglés ?

Et il y a eu le Noël où mon neveu n'arrivait pas à faire caca. Ça nous a tous traumatisés. Mon frère et ma mère avaient l'air de penser que c'était une urgence médicale et le gamin était lui aussi dans tous ses états. Ma belle-sœur était très calme, en revanche. Elle savait que le stress favorise la rétention. Ma mère n'arrêtait pas de répéter qu'être constipé à Noël le marquerait à vie. Ça viendra quand ça viendra, disais-je, ce qui est ma devise pour pas mal de choses : les selles, mais aussi le sexe, les règles et la vie en général. Le seul truc avec lequel ça ne marche pas, c'est Noël, parce que ça arrive toujours trop vite, comme une éjaculation précoce. Enfin, juste avant le dessert, le gosse nous a posé une pêche géante – là, à table – et il était tellement content qu'il s'est désapé et s'est mis à courir partout. Ce doit être mon plus beau souvenir de Noël.

Mon père a réagi différemment. Il était plombier, la merde des autres, ça le connaissait. Mais le week-end et pendant les vacances, il n'avait vraiment pas envie qu'on le fasse chier, si vous me passez l'expression. C'est sans doute cette année-là qu'il a compris que, si c'était la vie qui l'attendait, il allait lui aussi devoir se résoudre à prendre quelque chose.

Quand j'habitais encore chez mes parents, je me souviens avoir dit à ma mère : Est-ce qu'on pourrait faire simple cette année ? Pour Noël ? Elle m'a regardée comme si j'étais une crotte sous sa chaussure et elle a répondu : Je travaille toute l'année pour ça, Janet. Un jour, tu comprendras.

Quelques années plus tard, j'ai eu la même conversation avec mon copain. Mais c'est un truc énorme, Janet. Il faudra bien que tu finisses par l'accepter. Il a continué sur un ton moralisateur, comme quoi Noël était plus important que jamais en ce moment, étant donné les choses horribles qui se passaient dans le monde. Ça crée du lien, il a dit. Est-ce que je ne voulais pas que les gens soient unis ? Après tous les événements ? Là, j'ai explosé de rire. Les événements ? La planète était à feu et à sang, mais lui préférait faire comme si ce n'était qu'un désagrément qui pouvait se régler avec un peu de bonne volonté.

Il n'avait pas totalement tort, bien sûr. Personne n'a envie de déclencher une émeute à Noël. Les dernières années ont été pénibles pour tous. Aucun pays n'a été épargné par les gouvernements corrompus. Les gens ne savent même plus pourquoi ils se battent, seulement qu'il faut continuer jusqu'à la victoire. Il n'y a que Noël pour créer l'unanimité. Tout le monde adore acheter des cochonneries, manger des cochonneries et regarder des cochonneries, et puis il y a ce gros bonhomme blanc en costume rouge : on a tous envie d'oublier que l'un d'eux est passé aux infos pour avoir eu des gestes déplacés avec les femmes-lutins qui travaillaient pour lui.

Noël est le dernier bastion qu'on n'a pas encore détruit.

Pourquoi est-ce que tu crois que je veux gâcher Noël ? ai-je demandé une fois à ma mère. J'aime Noël.

On fait toujours du mal à ceux qu'on aime, Janet, a-t-elle répondu.

CINQ

Un matin, un mois après le guet-apens, j'arrive au boulot et je reste assise dans ma voiture quelques minutes. Une autre fille en profiterait sans doute pour se maquiller ou pour envoyer des SMS à des garçons. Moi, je regarde le bâtiment.

Sur l'enseigne, c'est écrit LE REFUGE DE JOE en lettres marron écaillées ; ici, pas de chien de dessin animé en guise de mascotte qui dit *Bonjour !* ou *Bienvenue !* Il n'y a rien que les faits. Et ça, c'est nous. On est ouvert au public deux heures l'après-midi en semaine et le samedi toute la journée. C'est assez d'interactions pour nous, et ne parlons pas des chiens. Ils veulent un foyer, évidemment, mais ils ne tiennent pas à être tripotés et examinés à tout bout de champ. Ça leur donne de faux espoirs. J'ai de la peine pour les viennoiseries quand je fais ça au supermarché.

Tous les visiteurs veulent savoir qui est Joe et on n'a pas la réponse. C'est vous Joe ? demandent-ils, et on est bien obligées de dire non. Est-ce que Joe était un chien ? On se contente de hausser les épaules. Melissa pense qu'on devrait inventer une histoire, leur donner ce qu'ils désirent. Qu'elle fasse ce qui lui plaît, nous, on continuera à hausser les épaules.

Pendant quelque temps, Melissa s'était mis en tête de rebaptiser l'endroit LE REFUGE DE DEBS. Mais ça semblait beaucoup d'efforts pour pas grand-chose. J'ai fini par en avoir assez. Pourquoi est-ce que Debs ne changerait pas de nom pour se faire appeler Joe ? j'ai proposé. Debs était morte de rire, ce qui n'est pas rien, parce que le rire et elle, ça fait deux.

Officiellement, Joe est un refuge pour chiens ; en réalité, c'est surtout un refuge pour femmes.

Lorsque j'ai commencé à travailler là-bas, ma mère a voulu croire que c'était une phase, comme un genre d'année sabbatique. Les années ont passé, pourtant, elle ne désespère pas. À l'entendre, je gâcherais mon talent. Je ne sais pas à quel talent elle fait référence. Ça me fait flipper de voir à quel point la personne que je suis dans sa tête est différente de celle que je suis en vrai ; je préfère ne pas y penser. La version de moi que je connais me donne assez de soucis comme ça.

Mon père croyait que je craquerais. Travailler dehors par tous les temps, l'uniforme terne, les journées entières sans croiser personne. Tout ce que j'aime. Il était persuadé qu'au bout de quelques semaines je reviendrais au monde civilisé en rampant, que j'accepterais le premier emploi venu, tant que c'était dans un immeuble avec un toit, et que je pourrais porter des fringues qui n'étaient pas souillées de crottes de chien. Ne disparais pas, m'a-t-il dit en guise d'au revoir. Je ne sais pas s'il parlait de mon manteau trop grand, de mon corps trop frêle ou s'il avait lu quelque part que quelqu'un s'était fait bouffer par un molosse dans un autre refuge. En tout cas, s'il avait l'impression que j'avais choisi ce job pour me retirer du monde, il n'avait pas tort.

Ma mère m'a serrée dans ses bras ce jour-là. Son

étreinte était un peu molle, mais c'était surtout à cause du manteau. Dans le fond, je savais qu'elle voulait prendre mon visage entre ses mains et pleurer sur son bébé, un bébé qu'elle avait perdu depuis longtemps déjà.

Après ma licence, personne ne m'a demandé quel genre de boulot j'espérais obtenir avec un diplôme en science-fiction féministe postmoderne, mais tout le monde le pensait très fort. Même mes profs, qui écrivaient leurs livres avec l'espoir de s'éloigner de la fac et de reprendre le contrôle d'une vie qui partait en vrille depuis le jour où ils avaient commencé à enseigner.

Je ne me suis pas déplacée pour la cérémonie. Je n'aime pas les activités organisées. Ni porter une cape, à moins que ce soit une cape de sorcière.

Mes parents étaient simplement heureux que je n'aie pas laissé tomber mes études avant. Ils m'ont envoyé des fleurs, mais c'était trop de responsabilité, alors j'ai préféré les offrir à mes nouveaux voisins. J'avais déjà fait ça. Une fois, j'avais commis l'erreur de saluer une voisine d'un coucou un peu trop amical, et j'en avais conçu un tel embarras que j'avais évité de recroiser son regard pendant toute la durée de notre courte vie commune. J'en avais parlé à mon copain. Il s'était marré parce que j'avais fait pareil quand on s'était rencontrés.

À la fac, je voulais vivre seule dans une grotte, mais il n'y en avait pas. Je me suis donc retrouvée en colocation avec trois filles qui ne sont jamais devenues mes amies, et maintenant je devrai me traîner cet échec – en plus des autres – jusqu'à la fin de mes jours.

J'étais pleine de bonnes intentions. Mais j'ai appris ma leçon. La cohabitation, ce n'est pas pour moi. J'étais la semi-goth chelou qui ne sortait de sa chambre que pour se nourrir et aller aux chiottes, et je faisais les deux bruyamment pour qu'elles sachent que je n'étais pas un fantôme. Elle est goth, sauf qu'elle n'a pas le costume, ai-je entendu dire l'une de mes colocs devant ma porte. Donc, c'est une goth de cœur, a fait une autre voix. Un garçon. Les garçons comprennent ces choses-là. Pendant un instant, j'ai envisagé de le séduire dans la cuisine plus tard dans la soirée, puis j'ai eu la flemme.

J'avais quand même une amie à la fac : Agnes. Une Suédoise toujours de bonne humeur. Elle me trouvait désopilante. Comme si je jouais la comédie. Comme si j'étais l'une de ces filles qui prétendent être françaises, sauf que je ne fumais pas. Je dis qu'on était amies, mais on ne faisait pas de shopping ensemble, ni de sorties à quatre avec nos copains, rien de ce genre. C'est juste que, contrairement aux autres, on ne se faisait pas de vacheries. On la trouvait bizarre parce qu'elle était étrangère et on me trouvait bizarre parce que j'étais triste, mais pas assez mignonne pour être une de ces jolies filles mélancoliques qui chantent ou tiennent un blog.

C'est Agnes qui m'a encouragée à consulter le médecin du campus au sujet de ma tristesse. Elle était tombée sur une affiche et ça lui avait fait penser à moi. Personnellement, je ne comprenais pas où était le problème, mais j'y suis allée pour lui faire plaisir. J'aurais dû partir en courant dès que j'ai vu que c'était un mec, puis j'ai pensé à Agnes qui avait pensé à moi devant l'affiche, à cette pauvre Janet. Donc j'ai expliqué au docteur que la vie était triste et il m'a dit qu'il était triste que je voie les choses ainsi. Est-ce que j'avais un petit ami ? Plusieurs, j'ai fait. Il m'a donné une ordonnance pour du Citalopram que j'ai jetée à la poubelle. Il m'a aussi conseillé de parler à quelqu'un et je lui ai dit que je lui parlais à lui. Non, pas moi, a-t-il aussitôt répondu, et j'ai bien compris que ça signifiait : S'il vous plaît, pas moi, ma femme est constamment triste et je ne sais pas quoi lui dire non plus, alors soyez gentille et prenez vos médicaments.

Il fallait vraiment que je voie un psy, mais ils étaient débordés et il n'y aurait personne de disponible avant un an. Je lui ai dit que ça m'allait très bien.

Après, Agnes m'a demandé comment ça s'était passé. En fin de compte, mon taux de tristesse est normal, lui ai-je dit, et elle s'est excusée d'avoir douté de moi.

J'ai fait l'erreur de le mentionner à ma mère. Oh, j'adore le Citalopram, s'est-elle écriée, mais ça me donne des gaz. Puis elle a ajouté que je devais faire attention à ne pas déprimer Agnes, et est-ce qu'elle connaissait ABBA ? Ce sont ses parents, tous les quatre, ai-je répliqué, et ma mère a fait un bruit de bouche genre il y a quelque chose qui ne tourne pas rond chez toi, ma fille, et tu ne le tiens pas de moi.

Puis une de mes colocs, Diane, s'est mise au Citalopram. Pourtant, elle ne m'avait jamais paru particulièrement triste. Enfin, je l'avais surtout vue de loin, dans la cuisine en petite culotte à 2 heures du mat, en train de faire réchauffer au micro-ondes des crêpes au fromage, ou sortant de la salle de bains avec un masque sur le visage : des trucs de fille, quoi. Une fois, on avait partagé un moment de complicité, quand elle m'avait dit dans l'escalier qu'elle aimait bien mon manteau. (Déjà, à cette époque, j'étais avant tout un manteau.) Une autre fois, elle avait baisé avec son mec dans le salon, parce qu'elle croyait qu'on était toutes sorties. Elle n'avait pas l'air triste.

Je savais seulement qu'elle prenait du Citalopram parce que j'avais entendu ses copines en parler devant ma chambre. Personnellement, je n'avais aucune envie d'essayer, mais j'étais curieuse de voir l'effet que ça ferait à quelqu'un d'autre, au hasard, une fille de mon âge vivant dans la même maison que moi.

Il s'est révélé que ça la rendait parano et agitée. Elle était persuadée qu'elle allait être renvoyée de la fac, qu'on la détestait toutes – y compris moi qui la connaissais à peine –, et que son copain – celui dont je me serais bien passé de voir l'anatomie – la trompait. Je me rappelle avoir pensé : Putain, j'ai eu chaud. Ce n'était rien que je n'avais jamais ressenti, mais au moins je n'avais pas eu besoin de prendre de médocs pour ça.

Si je n'avais pas commencé l'automédication à base de bouffe et d'alcool des années plus tôt, je n'aurais jamais survécu à la fac.

Diane est retournée voir le médecin. Il a doublé ses doses et lui a dit de continuer. À Noël, elle était complètement azimutée. Les autres filles flippaient sérieux. Elles avaient peur qu'elle les poignarde pendant la nuit. Tu n'as pas peur qu'elle te poignarde pendant la nuit, toi, Janet ? m'ont-elles demandé. Qu'elle essaie, ai-je répondu, ce qui n'a rien arrangé. Je me suis gardée d'ajouter qu'elle devrait peut-être arrêter les antidépresseurs, parce que je n'étais pas médecin. J'étais juste Janet la déjantée, la goth pas goth. Ça ne me faisait pas plaisir de voir Diane dans cet état, mais ça confirmait ce que j'avais toujours soupçonné : les médicaments, ce n'est pas bon pour la santé.

Mes colocs qui jusque-là pensaient que c'était moi qui risquais de les massacrer m'accueillaient à bras ouverts depuis que la maison du bonheur était en train de virer à la maison de l'horreur. J'étais la seule à porter des Doc, après tout. S'il fallait tuer Diane à coups de pied, je serais en première ligne.

Pendant une brève période, j'ai donc fait partie du club des filles, et les filles se disant tout, j'étais aux premières loges pour voir Diane partir en sucette. Moi, je me taisais, mais elles n'arrêtaient pas de me confier leurs secrets honteux. Elles devaient se dire : Oh, Janet est tellement triste et bizarre, elle peut tout entendre, elle ne nous jugera pas.

Le médecin a prescrit à Diane un second médicament, de la Mirtazapine, pour la calmer. Ça a marché. En fait, ça marchait si bien qu'il lui fallait une heure pour s'arracher à son lit et une autre heure pour se traîner en cours. Elle a pris dix kilos en quinze jours, puis son copain l'a quittée et la fac a menacé de la renvoyer.

Pour finir, elle allait si mal que ses parents ont dû venir la chercher. Ils nous ont demandé ce qu'elle prenait et quand on leur a répondu, ils ont dit : Ce n'est pas à cause de ça, elle avait une ordonnance. Eh bien, si. J'aimerais pouvoir ajouter que le médecin a été rayé de l'ordre, mais il sévit sans doute encore, à l'université, où il explique aux filles la méthode Ogino.

C'était archaïque, leur manière de traiter la maladie mentale. Antidépresseurs, anxiolytiques, antipsychotiques : rien n'avait changé depuis les années 1950, et soudain, ils ont eu une illumination.

Le monde a ouvert les yeux quand les célébrités ont commencé à faire leur coming out. Les gens buvaient du petit-lait. C'est normal de se sentir triste, disaient ces visages connus. Je suis comme vous, oubliez ce modeste manoir. J'ignore pourquoi personne ne leur a jamais dit : Allez vous faire foutre ! Je n'ai pas besoin de votre permission pour ressentir ce que je ressens. En tout cas, moi, je n'ai pas besoin de leur permission pour accepter mes vergetures et je n'en ai pas besoin pour être triste non plus.

Tout ça me mettait en rogne. J'étais triste avant que ce soit cool ! avais-je envie de hurler. Mais je n'étais pas sur les réseaux sociaux donc je ne pouvais pas.

En deuxième année, j'ai rencontré mon copain et j'ai emménagé avec lui. La coloc avec des filles, c'était fait. On s'était bien marrées, mais maintenant je voulais savoir si la vie dans le péché me convenait mieux.

En fait, ce n'est pas si génial que ça. Une fois levé le sortilège bizarre qui vous donne envie de baiser comme des lapins, quand on se rend compte qu'il va falloir penser à ce qu'on va manger les quinze millions de soirs qui viennent, ça perd beaucoup de son charme. Je m'étais mise en couple parce que je pensais que c'était ce qu'on était censé faire. Et j'avais raison : c'est bien ce qu'on est censé faire. Le monde est plein de gens qui font des choses parce qu'ils croient devoir les faire et personne ne remet ça en question. J'étais coincée. Comme j'avais fait mon lit (pas littéralement, puisque c'était lui qui le faisait), je n'avais plus qu'à me coucher. Éveillée, car en proie à des insomnies, la plupart du temps. Pour oublier que je me retrouvais dans un mariage sans amour avant même d'être mariée, je bûchais comme une malade. J'étudiais avec passion les sujets les plus saugrenus et les plus vains me garantissant que je ne trouverais jamais d'emploi.

Comment ça, vous n'avez rien pour moi ? Je suis pourtant spécialiste de la littérature gothique homo-érotique du XIXe siècle.

J'ai essayé de travailler dans un bureau après la fac. Ce ne fut une bonne chose pour personne. J'ai tenu deux mois. Deux mois de trop, pour mes collègues comme pour moi. J'étais censée leur porter le thé, mais j'ai tout juste réussi à leur porter la poisse. Si j'avais été sous traitement, ça se serait peut-être mieux passé, ce qui était précisément la raison pour laquelle je ne l'étais pas. Je voulais que ça se passe mal. Je voulais qu'ils sachent que je n'étais pas capable d'être comme eux. J'ai essayé, et j'aimerais qu'on en tienne compte. Deux mois, ce n'est pas rien. Puis j'ai arrêté, et ça aussi j'aimerais qu'on en tienne compte.

Après, j'ai décidé qu'il me fallait un travail qui me bousillerait le corps autant que le monde me bousillait déjà la tête. Je voulais arrêter de penser pendant quelque temps.

C'est là que je suis tombée sur l'offre d'emploi au refuge, et je n'ai même pas eu à passer d'entretien. Je me suis pointée là-bas et Debs m'a fait visiter. Toujours intéressée ? m'a-t-elle demandé. Plus que jamais, ai-je répondu. Et voilà. C'était un coin perdu, à des kilomètres de la ville, et ça m'obligerait à me lever à une heure ridicule pour un salaire de misère, mais mes pensées seraient noyées sous les aboiements d'une meute turbulente, et je croiserais très peu d'humains. Le job parfait.

Je n'ai pas dit à mon copain que c'était comme ça

que j'envisageais ma vie, car il m'aurait sans doute demandé s'il en faisait toujours partie, et je n'étais pas sûre de connaître la réponse.

Aujourd'hui, c'est le jour des poubelles au refuge. Super ! La nôtre se trouve à côté de l'entrée, ce qui me semble assez révélateur. Si vous passez au bon moment, vous aurez peut-être la chance de me voir sauter dessus pour tasser les ordures et tout faire rentrer dans le bac. C'est un moment que j'attends avec impatience toute la semaine. On devrait peut-être la mettre ailleurs, à l'abri des regards des visiteurs, avait suggéré Melissa. Ils la sentiraient quand même, lui avait-on répondu. Et il faudrait toujours la traîner devant la porte chaque semaine. Donc on l'a laissée à sa place. On veut se présenter au monde sans fard.

Melissa se gare à côté de moi et j'entends sa radio ; encore ce boys band. *You don't know you're beautiful*, chante-t-elle. Elle me fait de la peine. Elle affiche constamment un air réjoui, quoi qu'elle ressente réellement. Pourtant, personne ne nous demande de sourire au travail. Et on ne peut pas lui dire d'arrêter parce qu'on passerait pour des monstres. Ce que nous sommes, mais surtout quand on est seules. Debs n'attend pas grand-chose de nous : ramasser les crottes sans faire d'histoires, nous faire mordre à l'occasion et nous farcir des visiteurs têtes à claques de temps en temps. En échange, on a la compagnie des chiens, qui sont doux, chauds et qui la plupart du temps ne sont pas des salauds.

Melissa a commencé quelques semaines après moi, je suis donc sa supérieure, dans mon esprit au moins. Je pense que son ex-mari était violent, mais on n'en parle pas. Elle a une gamine qui ressemble à son père, ce qui craint pour tout le monde. Je ne déteste pas Melissa.

Lorsqu'elle me voit, elle sursaute, me salue et me demande comment s'est passé mon week-end. C'est notre relation, polie et futile, sans véritable échange émotionnel. Je viens, je fais mon boulot, ou je fais semblant, et je rentre chez moi où je me sens mieux parce que j'ai coché la case *Assez fonctionnelle pour travailler* sur ma liste d'objectifs. Le soir, ça me permet de faire, sans culpabiliser, des choses que font les gens dysfonctionnels. Notamment m'allonger sur le canapé lc visage dans le coussin, et juste tourner la tête de temps en temps pour voir ce qu'il y a à la télé.

Melissa s'enquiert toujours de mon week-end et je ne sais jamais quoi lui répondre. Je me sens bizarrement sur la défensive – les gens adorent se mêler de ce qui ne les regarde pas, même s'ils sont gentils, surtout s'ils sont gentils –, alors, je dis : Bien, merci, et si je n'ai rien de mieux à faire je lui demande comment s'est passé le sien, parce que les gens aiment parler d'eux. Je redoute toujours le moment où elle va me sortir qu'elle pense m'avoir aperçue au supermarché, mais que je me suis cachée et que ça l'a blessée. Je fais un cauchemar récurrent où Melissa me croise en dehors du refuge et me traîne boire un café avec elle, alors que je voulais juste acheter des tampons. À la fin, je nous poignarde toutes les deux avec une fourchette en plastique de Starbucks.

Aujourd'hui, pourtant, elle a droit à la totale. Je lui raconte que ma famille et mon copain m'ont fait la leçon, que ça ne s'est pas bien passé, que je me retrouve célibataire, et que je compte le rester pour l'instant. Je sais que Melissa a l'appli Christian Mingle sur son téléphone. Un site de rencontres pour chrétiens : ça a l'air d'une blague mais c'est vrai. Je le sais, parce que je fouille dans son portable chaque fois qu'elle l'oublie dans la salle de pause. Si elle ne voulait pas que je le regarde, pourquoi est-ce qu'elle le laisserait là sans le verrouiller ?

Ça alors ! s'écrie-t-elle, les yeux exorbités. Je pense qu'elle ne savait même pas que j'avais une famille et un copain, bien qu'on travaille ensemble depuis bientôt trois ans. Elle devait imaginer que j'étais vieille fille, vu mon comportement au refuge. Avec les gens, il faut toujours que je réclame le silence et que je fronce les sourcils comme une bibliothécaire revêche. Une fois, j'ai dit chut à quelqu'un dans une librairie et mon copain est sorti, faisant celui qui ne me connaissait pas. De toute façon, il n'avait pas vraiment besoin de faire semblant.

Je ne précise pas à Melissa la raison de la leçon de morale. À cause de l'alcool ? demande-t-elle. Je ris tellement que je fais quelques gouttes dans ma culotte, puis je prétends que les chiens m'attendent pour une urgence et je détale.

Je ne peux pas lui avouer la vérité : ils se sont sentis obligés d'intervenir parce que je ne montrais aucun signe de vouloir me droguer dans un avenir proche. Donc, maintenant, je n'ai pas de copain, pas de famille, juste ce travail, ces deux femmes et quelques clébards qui ne font pas la différence entre moi et un pied de table ou un arbre. C'est assez pour avoir envie de se tirer une balle, sauf qu'ici, on ne tue personne, ni les bêtes ni les humains.

On a des animaux qui sont plus vieux que les enfants de Debs, des chiens qui mourront sans doute au refuge, mais pas à cause de nous. On ne les fait piquer qu'exceptionnellement, s'ils ont attaqué un autre chien ou l'une de nous, et de manière répétée. Debs donne les plus agressifs à la police, parce qu'elle les traite comme ses enfants : si l'un d'eux fait preuve d'un talent particulier – même si ce talent consiste à déchiqueter les gens –, elle estime qu'il doit être encouragé. Et les flics aiment bien Debs, parce que c'est une femme pas désagréable à regarder qui vit seule, si on fait abstraction de ses deux enfants et de ses vingt et quelques chiens. Parfois, ils nous en amènent, parfois c'est nous. C'est la relation la plus saine qu'on entretienne avec des hommes.

J'ai entendu Debs dire un jour à un policier que les chiens, c'était comme les humains : s'en occuper, c'était compliqué et on pouvait se faire mal. Il a dû croire qu'elle le draguait, mais je savais que ce n'était pas le cas. On essaie de minimiser la souffrance pour tout le monde, a-t-elle ajouté. C'est pour ça qu'elle vit loin des gens. Ils pensent que c'est à cause des aboiements, pour ne pas gêner. En fait, on serait là de toute façon. On vit parmi les ombres, ai-je dit un jour où j'étais un peu ivre et d'humeur geignarde. Ne parle pas de ce que tu ne connais pas, m'a balancé Debs, et je me suis tue. Elle a cet effet sur moi. Elle me remet à ma place quand je me la raconte, et je la laisse faire.

SIX

Je ne pense plus qu'à cette pilule de Noël. J'ai l'impression d'avoir été élue alors que je n'étais pas prête. Genre, j'attends qu'on me remarque depuis des années et le jour où ça arrive enfin, je suis aux chiottes.

J'ai besoin d'écrire tout ça. De faire le tri. Le papier ne m'a jamais trahie. Je profite donc de ma pause pour dresser une liste des avantages et des inconvénients. Je ne sais pas par quoi commencer, alors je dessine une bite. Je me reprends. Ensuite, je fais un vagin. Comme ça ne va pas non plus, je le transforme en fleur et je m'énerve toute seule contre le monde qui voudrait que tout tourne toujours autour de la bite. Soudain, je me dis que les enfants de Debs risquent de surgir à tout instant et je flippe à l'idée qu'ils me surprennent.

Avantage : Cette pilule est un genre de récompense. Je mérite une récompense ! Comme les chiots à qui on apprend la propreté. Sauf que je n'ai pas besoin d'en recevoir une chaque fois que je fais là où il faut. Une fois l'an, c'est très bien. Cela dit, ma vie est déjà pleine de récompenses. Dormir. Se masturber. Emmerder le monde. Ce n'est pas parce qu'on ne peut pas le poster sur Instagram que ce n'est pas une récompense.

Inconvénient : Je ne pourrai plus être un mauvais exemple. Je n'entendrai plus jamais les mots : Ça pourrait être pire ! Tu pourrais être Janet !

Je gribouille une autre fleur vagin.

Inconvénient : Soigner chimiquement mes émotions va à l'encontre de tout ce en quoi je crois.

Avantage : Je ne crois en rien, de toute façon.

Inconvénient : Ma tristesse est quelque chose que je garderai toujours. Je ne mérite pas moins.

Avantage et inconvénient : Si je ne cède pas, ma mère ne me parlera plus jamais.

Inconvénient : Si je cède, Melissa va sauter de joie. Elle est du genre à sauter de joie.

Inconvénient : Je travaille dans l'endroit le plus déprimant qui soit. Je revendique mon droit à la tristesse.

Inconvénient : Je serai comme tout le monde.

Avantage : Ne t'inquiète pas, ça ne durera pas.

Avantage : Je n'aurai plus à faire de liste et je pourrai consacrer ma pause à des activités plus importantes. Je pourrai manger un Twix, par exemple.

Une semaine plus tard, ma mère me téléphone pour me parler d'une nouvelle pilule qui pourrait m'intéresser, comme si c'était un yaourt qu'elle venait de découvrir. (Elle l'a déjà fait. Tu m'appelles sur le fixe au sujet d'un yaourt ? avais-je demandé. J'avais fini par décrocher après l'avoir laissé sonner si longtemps que j'étais persuadée que quelqu'un était mort.)

Je ne lui dis pas que deux personnes m'en ont déjà parlé, car elle n'a pas besoin de savoir qu'au moins deux autres personnes pensent que je suis un boulet.

Je ne lui dis pas non plus que mon médecin m'a convoquée pour cette même raison il y a plusieurs semaines.

Et je ne lui dis certainement pas ce que je soupçonne : cette pilule – cette pilule temporaire – a peut-être réellement été inventée pour moi.

Selon le prospectus, au bout de quinze jours de traitement, les angles devraient commencer à s'arrondir. Ils sont toujours là, mais avec la protection bébé. Quand une publicité de Noël passe à la télé, on n'a plus envie de détruire le poste, on se contente de sortir calmement de la pièce ou de changer de chaîne.

La troisième semaine, on envisage l'hystérie de Noël à peu près sereinement. Comme si tout cela n'était qu'un rêve. (Mais si vous vous sentez trop rêveur, consultez votre médecin immédiatement.)

La quatrième semaine, on est prêt à se jeter à corps perdu dans le tourbillon des fêtes. On a accepté leur aspect inéluctable et on fait des projets.

La cinquième semaine nous amène au mois de décembre. C'est la dernière ligne droite. Noël aura bien lieu et pour une fois on participera activement. On ne résiste plus, on achète. Comme tous ces gens, on est content d'être là, sur terre, dans ce magasin, sur ce canapé.

En secret, j'ai hâte de capituler.

Pendant des années, avec mon copain, c'était double peine à Noël. Je ne sais pas comment j'ai survécu. Sa famille n'était pas aussi grave que certaines – la mienne, au hasard –, mais je ne pouvais pas, même si je l'ai fait. Je devais boire pour tenir le coup. L'inconvénient, c'est que je devais être assez ivre pour m'en foutre, mais pas suffisamment pour injurier quelqu'un ou lui vomir dessus, ce qui ôte beaucoup de son intérêt à l'ivresse.

J'avais l'habitude de boire pour surmonter certaines épreuves – la fac, les réunions, le sexe –, donc ce n'était pas si dur. Ça me détendait et ça me permettait de me sentir à peu près à l'aise dans le monde. Le plus difficile, c'était de cacher ma constante ébriété et de faire croire que c'était mon état naturel. Ce qui n'était pas évident étant donné que mon copain savait ce qu'il en était. Mais il m'aimait bien bourrée ; parfois, je me demande même s'il ne me préférait pas comme ça. Je suis étonnée qu'il n'ait jamais pensé à mélanger des cachetons à ma nourriture. À me rendre folle avant que je devienne folle toute seule.

J'ai du mal à accorder ma confiance, mais c'est surtout parce que je laisse des gens qui ne sont pas dignes de confiance s'insinuer dans ma vie. Mieux vaut partir du principe que ce sont tous des salauds et tant mieux si on a une bonne surprise.

C'est moi qui suis allée chercher mon copain. Qui l'ai détourné du droit chemin. C'est moi qui l'ai pris par la main, qui l'ai conduit à la chambre et qui ai dit : Reste ! Toujours, peut-être ! Fondons… euh peut-être pas une famille, mais quelque chose. Et on a essayé. On croit que je n'essaie pas, c'est faux. Si ça, ce n'est pas essayer, je ne sais pas ce qu'il vous faut.

C'est un gamin, a dit ma mère quand elle a senti qu'on avait un problème. Tu as besoin d'un homme, pas d'un gamin.

J'ai eu des hommes, avais-je envie de répondre. C'est mieux. Plus sûr. (Je me suis tue, évidemment ; je ne risquais pas de lui en révéler autant sur moi.)

Mais elle avait raison : ce n'était pas de sa faute, il n'était qu'un gamin. Je me demande comment on a pu se persuader qu'on y arriverait. Je ne sais pas comment font les adultes.

Parfois, j'ai envie de m'excuser de lui avoir fait perdre son temps. D'autres fois je voudrais que ce soit lui qui s'excuse. Ce n'est pas grave, répondrais-je. Je les aurais perdus tous les deux de toute manière.

SEPT

Je fais une pause. Debs se fout des pauses, mais il y a des lois, apparemment, et elle s'efforce d'en suivre certaines pour se rassurer au sujet de celles qu'elle ignore. C'est pour ça que je mange un Twix en lisant *La Vallée des poupées*.

La salle du personnel se trouve derrière le bureau, à l'écart du raffut des chenils, mais on entend quand même les chiens qui ne me laissent pas oublier qu'ils n'ont pas de foyer. Parfois, je garde mon casque antibruit pendant la pause – le seul moment où je ne suis pas obligée de le porter –, juste pour lire quelques pages en paix.

Malheureusement, ça ne suffit pas toujours.

Melissa passe la tête par la porte. Oh ! C'est un roman d'épouvante ? s'exclame-t-elle à la vue de mon livre.

Oui, réponds-je, parce que c'est le cas. Alors elle entreprend de me raconter un film où une poupée assassine tout le monde. Je fais partie de la Team Poupée, je dis, et elle rit.

Il n'y a plus moyen d'être seul de nos jours. C'est comme s'ils avaient tous lu la même tribune sur l'épidémie de solitude et avaient décidé de harceler leurs concitoyens. Pas uniquement d'apporter un plat mijoté à un voisin âgé. Est-ce que les gens font encore des plats mijotés, de toute façon ? Est-ce qu'il y a encore des gens qui savent ce qu'est un plat mijoté ?

Je ne suis pas censée porter mon casque quand je suis à côté du bureau, au cas où le téléphone sonnerait. Je ne décroche jamais, de toute manière : au travail, à la maison, nulle part. Si une cabine sonnait dans la rue, à la rigueur, parce que ça serait le truc le plus excitant qui me soit jamais arrivé. Au refuge, c'est toujours quelqu'un qui veut savoir si on aurait de la place pour un chien. On n'en a pas, mais Debs ne refuse jamais un animal. Elle n'arrête pas de dire qu'on a besoin de plus de place, alors qu'on aurait surtout besoin de moins de chiens, ce qui signifie qu'il faudrait que les êtres humains soient un peu moins cons. Jamais personne n'appelle pour dire : Salut, on a pris un animal chez vous il y a quelque temps et il est génial. Ou : Salut, ma mère est décédée et vous a légué tout son argent. Bien sûr, les gens donnent de la nourriture et des friandises, surtout à Noël. Ils nous apportent des couvertures élimées, des vieux manteaux pour chiens et des jouets ayant appartenu à leur toutou mort. On les remercie et après on doit tout faire bouillir pour ôter la tristesse afin que nos pensionnaires y mettent leur tristesse à eux. C'est sympa, mais ça ne suffit pas. Ça me rappelle tous les efforts qu'il faut fournir pour tous nous mener jusqu'à Noël.

Mon téléphone est sur vibreur. C'est un problème. Pas pour moi : pour ceux qui veulent me contacter. Les gens ont besoin de te contacter, Janet, me disait mon copain. Quelles gens ? je disais.

Bien sûr, au début, on échangeait des SMS. J'ai même dû lui envoyer un petit cœur débile, une fois. En revanche, jamais de sexto, jamais de photos de mes nibards ou pire. Le truc s'apparentant le plus au sexe par téléphone qu'on ait eu, c'était quand il était en déplacement professionnel et qu'il voulait savoir ce que je lisais.

Je me sers de mon portable, je ne vis pas au Moyen Âge. J'envoie des SMS, surtout, et je regarde des vidéos du chat qui joue du synthé, le seul chat que j'aime. Je me demande ce qu'il pense de nous tous, aujourd'hui. Je ne me sers pas de mon téléphone pour appeler les gens, en espérant qu'ils s'inspireront de ma délicatesse et ne m'appelleront pas non plus.

Melissa, elle, adore répondre au téléphone. Même si c'est juste l'école qui la prévient que sa fille est malade ou qu'elle a encore mordu quelqu'un, elle en fait tout un plat, comme si elle s'attendait à tomber sur la reine au bout du fil. Elle passerait volontiers la journée à côté du téléphone, s'il y avait une chance qu'on l'appelle. Son portable a un étui en peluche. Au moins, il n'est pas rose, alors je lui pardonne. Le mien est noir, tout rayé et égratigné, comme mon cœur.

Je suis donc en train de faire une pause et j'essaie de manger mon Twix sans le toucher, car j'ai peur d'avoir de la merde de chien vieille de plusieurs jours sous les ongles. Maintenant, c'est Debs qui passe la tête par la porte.

Sarah est encore dans la poubelle.

Putain ! J'engouffre le reste de mon Twix et je manque de m'étouffer. Comme si j'avais besoin qu'on me rappelle que je suis nulle en fellation. Je suis furieuse de penser aux fellations dans un moment pareil, je suis furieuse qu'elles existent tout court. Sarah est dans la poubelle.

Sarah est un labrador noir obèse qui a un problème avec la nourriture et qui a du mal à gérer sa colère. Mais n'est-ce pas un peu notre cas à tous ? Je l'aime bien. Elle roule son gros derrière et grogne après tout le monde, genre qu'est-ce t'as ? Sarah a la fâcheuse habitude de s'échapper de sa cage et de se glisser dans la réserve de nourriture où elle dévore tout ce qui traîne, vomit et recommence à manger. Si on essaie de l'approcher, on risque de se faire bouffer le nez, et ce n'est pas moi qui vais lui jeter la pierre. On n'a pas de fléchettes tranquillisantes, bien entendu, donc on doit utiliser une perche avec un cerceau pour la faire sortir. Debs lui a construit une cage spéciale aussi sécurisée que Fort Knox, mais elle se débrouille toujours pour s'évader. Chapeau, quand même.

Melissa ne veut pas s'en occuper, sous prétexte qu'elle souffrait de boulimie à l'université. On devrait peut-être l'y obliger. Une forme un peu tordue de thérapie par aversion. Debs croit que c'est pure méchanceté de ma part, ce qui est faux : c'est juste que je n'ai pas envie de m'en occuper non plus.

Debs est surtout fâchée parce qu'on n'a pas les moyens de gaspiller la nourriture.

On pourrait imaginer que les chiens comme Sarah sont des causes perdues, mais on a parfois des surprises lorsqu'ils trouvent un foyer. Il s'avère que les chiens détestent être enfermés. Qui l'eût cru ? On devrait le savoir, nous qui sommes prisonnières d'un enfer que nous avons créé. Debs et moi, en tout cas. Curieusement, Melissa est persuadée d'être libre, en dépit de nos efforts constants pour lui montrer qu'elle se trompe.

Pendant ma première année au refuge, j'ai réalisé que fêter Noël pour des chiens était le passe-temps le plus déprimant jamais inventé par l'homme. C'est sympathique, a dit ma mère quand je lui en ai parlé, ce qui se passe de commentaire.

Ils trouvent ça super, Melissa et les bénévoles, parce qu'ils préfèrent être là avec nous plutôt qu'avec leur famille. Même si toutes les décorations et les guirlandes qu'ils accrochent finissent déchiquetées et dévorées, et que les chiens se retrouvent avec la diarrhée. Joyeux Noël, Janet.

Une fois la mascarade terminée et les bénévoles rentrés chez eux avec la conscience tranquille, il nous reste les tâches habituelles. Les animaux les plus malades doivent prendre leurs médicaments, leurs cages doivent être nettoyées, et il faut s'assurer qu'aucun détenu n'essaie de creuser un tunnel. Certains soirs, je rêve de revenir en douce pendant la nuit et de les libérer. On a tous besoin de s'évader de temps à autre.

Quand le refuge est silencieux et qu'il n'y a personne, il m'arrive de glisser dans une cage. Je me roule en boule dans l'un des paniers pour les petits chiens et j'imagine que je suis l'un d'eux. Parfois, je les laisse se blottir près de moi (s'ils en ont envie : je ne suis pas du genre à forcer qui que ce soit). Je me pousse, le chien me rejoint et on se pelotonne l'un contre l'autre comme si nos corps étaient faits pour ça. Il est le seul à savoir ce dont j'ai besoin à cet instant précis. Je suis censée être celle qui m'occupe de lui, mais il sent bien que c'est tout juste si j'arrive à m'occuper de moi.

Melissa a failli me prendre sur le fait, une fois. Elle me cherchait et quand j'ai sorti la tête du chenil elle a cru avoir une crise cardiaque. Je ne lui ai jamais expliqué ce que je faisais là, et elle n'a jamais posé de question. Si ça se trouve, elle fait pareil. Je ne sais pas ce que font les gens. Je ne pense pas qu'elle en ait parlé à Debs, en tout cas. Ce n'est pas comme si elle m'avait surprise en train de dormir en cachette. Je faisais juste un câlin au chien. Mais c'est pire, non ? Si le bruit courait qu'en secret, je suis câline, je n'y survivrais pas. Les jours suivants, je me suis montrée particulièrement désagréable. Manquerait plus que Melissa croie que je suis autre chose qu'une emmerdeuse.

Sarah est dans la poubelle, comme l'a dit Debs. Ce qu'elle n'a pas précisé, c'est qu'elle a déjà vomi et que maintenant elle est en train de manger son vomi. Lorsque je m'approche, elle ne grogne même pas. Elle me regarde juste, genre on a tous nos problèmes, Janet. Ça, c'est le mien. Je me débrouille pour la contourner, puis, à l'aide de mon corps, je la pousse dehors pour pouvoir verrouiller la réserve. Une fois éloignée de la nourriture, tout va bien. Elle se couche d'un air étonné. Je la laisse se reposer quelques minutes avant de la traîner au chenil.

Merci pour les souvenirs, je lui fais en l'enfermant. Pareil, semble-t-elle me dire.

Il y a des jours au refuge où j'ai l'impression que les chiens essaient de m'apprendre quelque chose.

Mais j'en ai assez que les autres essaient de m'apprendre des trucs, même les chiens. Je veux seulement que ça s'arrête.

Pas ma vie en général, juste cette version de ma vie.

Je suis prête à me sentir différente.

HUIT

C'est la pilule contre la timidité qui m'a confirmé que les médocs, c'était naze, qu'on était à deux doigts d'inventer une pilule pour nous redresser tous et nous remettre dans le droit chemin, alors que tout ce qu'on demandait, c'était qu'on nous laisse être tordu, cassé, abîmé.

Ce médicament contre la timidité me dégoûtait. M'enrageait.

Ça pourrait être super, a dit mon copain, comme si lui aussi considérait que c'était une maladie, quelque chose à soigner. Comme s'il n'était avec moi que parce qu'il espérait qu'un jour on trouverait un traitement, une preuve que je n'étais pas vraiment moche, juste timide et triste.

On aimait tous les deux les Smiths, et je me souviens que, quand on écoutait leur chanson qui faisait l'éloge de la timidité, j'étais aveuglée par ce que je prenais pour de l'amour. Je faisais abstraction de la partie disant que ça pouvait aussi nous empêcher de faire des choses. Quelle importance, puisque j'avais ce garçon dans mes bras. J'étais idiote.

Il n'en garde sans doute pas le même souvenir. C'est le problème avec l'amour, ou ce qu'on appelle l'amour. Si je m'aimais un peu plus, ce serait peut-être différent.

Et si quelqu'un ne peut pas sortir du lit parce qu'il est trop timide ? demandait-il.

Et si ce n'est pas à cause de la timidité ? Si c'est parce que cette personne est consciente du caractère vain de la vie et qu'elle ne voit pas l'intérêt de faire un effort ?

Je ne peux pas te parler quand tu es comme ça, disait-il, ce qui était faux puisqu'il parlait toujours.

Quand j'étais la Vilaine Janet. La Janet qui insultait les enfants des autres. Celle qui refusait de décrocher le téléphone, de peur de tomber sur la mère de quelqu'un. Celle qui préférait s'exiler au fond des bois avec des chiens, au lieu de discuter avec lui de ce qui n'allait pas chez elle et de ce qu'il convenait de faire pour y remédier.

Est-ce que moi, je lui disais qu'il existait une pilule pour ça, quand il n'arrivait pas à bander ?

Debs est la seule à me foutre la paix, alors, bien sûr, je passe mon temps à lui tourner autour et à essayer d'attirer son attention.

Tout le monde prend quelque chose, Janet, me disent-ils. Est-ce qu'ils s'imaginent vraiment que c'est le genre d'argument qui marche avec moi ? S'ils veulent réellement me convaincre, ils devraient plutôt essayer : Personne n'en prend. C'est un truc d'intello. C'est français. Ou alors : Ça va te tuer.

Debs dit toujours qu'elle serait morte dans un fossé sans ses médicaments et je la crois.

Elle doit penser à ses gosses, désormais, faire son possible pour les garder en vie. Ce n'est pas évident. Je comprends. Avant, elle aurait pu s'autoriser à être égoïste et attendre de voir ce qui se passerait si elle arrêtait. Maintenant, elle est condamnée à perpétuité. Elle doit songer aux enfants. Donc elle prend ses comprimés religieusement. Je suis sûre qu'elle croit qu'un jour, je l'imiterai, si je suis assez bête pour me faire engrosser, et qu'on s'assiéra ensemble sur la terrasse le soir, pour ne pas parler de tout ce qu'on espérait faire de notre vie.

J'ai du mal à dormir, en ce moment. Dans mon lit, je pense à tout ce qui m'est arrivé au cours de mon existence. Je ne peux pas débrancher, ni me débrancher. Ce n'est pas faute d'en avoir envie, pourtant.

C'est plus fort que moi. Peu importe que je sois seule au lit ou non. Ce qui est arrivé aujourd'hui au boulot, la semaine passée, l'an dernier, il y a cinq ans, c'est toujours là, à l'avant de mon cerveau, alors que ça devrait être rangé sur une étagère du fond. À croire que j'ai un problème d'organisation, que mon cerveau est l'un de ces placards qu'on ne veut surtout pas ouvrir de peur que tout dégringole et nous écrase. Mon crâne est rempli de jeux de société oubliés et de lampes cassées. De pulls jamais portés qu'on n'a pas eu le courage de rapporter au magasin. J'ai peur que ça déborde si je vis trop vieille. Je serai contente quand je commencerai à perdre la mémoire.

Si je reste éveillée assez longtemps, mon esprit revient toujours au garçon avec qui j'ai partagé ce lit et cette vie. Certaines de ces lampes cassées sont à lui.

Un jeune couple vient chercher un chien au refuge. Je les évite et me planque dans la réserve. Rien qu'en les voyant, je sais que leur amour est tout neuf, et qu'il ne s'y est formé aucun dépôt crasseux. Pas encore. Ça me rappelle le jour où j'ai rencontré mon copain.

Il travaillait dans un tex-mex. Je lui ai demandé de m'expliquer en quoi ça consistait au juste, ce « tex-mex », et il n'a pas pu. C'était ma façon de draguer. Il aurait dû se méfier.

Il avait une bicyclette, ce qui me faisait rire. Pas la bicyclette en soi, mais le fait qu'il se déplace avec. Comme s'il venait du siècle dernier. Ou de Cambridge.

Je lui demandais de passer chez moi à vélo à 1 heure du matin, après son service. Il frappait à ma porte, sale et épuisé, et je fouillais ses poches, pour voir s'il avait des pourboires et les petits parapluies qu'on mettait dans les cocktails au restaurant. Ces parapluies m'obsédaient. À mes yeux, ils représentaient une sorte de joie miniature, alors que les parapluies grandeur nature incarnent le désespoir. J'étais plus ou moins heureuse, en ce temps-là, comme on l'est aux prémices d'une relation, avant que la crasse ne commence à s'incruster. De la crasse au sens propre, parce qu'on a juste envie de baiser et autre chose à foutre que nettoyer. Mais aussi au sens figuré, à cause de la croûte qui se forme autour du cœur parce qu'on doit le protéger constamment.

Agnes et moi, on se pointait à son restaurant et on commandait des verres pour voir s'il se ferait virer. On voulait qu'il soit libre, comme nous – on y croyait, à l'époque –, alors que, déjà, je ne l'étais plus à cause de lui. C'est ça, l'amour, même dans le meilleur des cas : un poids qu'on porte. Parfois, on a envie d'être lesté, parfois non, mais on a rarement le choix. Je veux toujours avoir le choix.

C'était la phase de séduction. Je venais le voir à

son travail et j'étais chiante. Lui venait me voir à mon travail et j'étais encore chiante. Il l'ignorait, mais j'avais décidé que ce serait lui. Un jour, j'en étais arrivée à la conclusion que j'en avais vraiment marre de moi, à un point où ça devenait dangereux, et que faire partie de quelque chose de plus grand résoudrait peut-être le problème, que ça comblerait le vide. C'est ça, la vie : la manière dont on remplit les vides. La plupart du temps, je ne suis qu'une immense cavité, une grotte humaine.

Mon copain était étudiant, mais ses parents exigeaient qu'il travaille à côté, parce qu'ils étaient sûrs qu'il finirait par laisser tomber la fac ou le boulot. J'étais la meilleure chose qui lui soit arrivée, m'assuraient-ils. Ils le lui disaient aussi pour qu'il ne gâche pas tout. Ça me déprimait, parce que je me connaissais, et que j'étais la pire chose qui me soit arrivée. On s'est accrochés l'un à l'autre, sans doute plus longtemps qu'on aurait dû, parce qu'on devinait que ce qui viendrait après ne serait pas mieux, seulement différent. Je ne savais pas comment dire : je veux qu'on s'envoie en l'air mais pas qu'on se foute en l'air ; ça semblait paradoxal.

Tout paraît horrible et effrayant quand on est jeune. Puis, un beau matin, on se rend compte que ça l'est vraiment, alors on fonce droit devant, et parfois on entraîne quelqu'un avec nous. Ça peut devenir désespéré et douloureux, surtout si on se croit amoureux. Je voulais faire partie de quelque chose de plus grand, et ça a marché pendant un temps. Je pouvais rayer « relation avec un être humain de sexe masculin semi-fonctionnel » de ma liste, et, un jour, pensais-je, on pourrait se séparer et passer à autre chose, oublier comment ça s'était fini et presque tout ce qu'il y avait eu avant. Rester positif, continuer d'avancer.

Et maintenant, je suis de nouveau seule, incapable de dormir.

En fin d'après-midi, le frère de Debs vient repeindre les chenils.

Je ne savais pas que tu avais un frère, je lui fais. Eh bien si, dit-elle.

Il peint d'une main et fume de l'autre. Je ne peux pas faire celle qui n'est pas impressionnée, parce que je le suis. Comme quand on voit quelqu'un qui fume sous la pluie devant un restaurant. C'est une revendication plus qu'une addiction. C'est une manière de déclarer : Allez tous vous faire foutre.

Debs le laisse se débrouiller. C'est son style de management. Je jette un coup d'œil à Melissa, qui le dévore des yeux. Je me demande si elle va aller lui dire bonjour, lui proposer à boire ou essayer de lui tresser les cheveux. Mais elle a l'air de sentir que c'est le genre de type dont elle devrait se tenir à distance. On ressemble de plus en plus à nos chiens. Bientôt, on va renifler les gens.

Vapeurs de peinture et fumée de cigarette : tu nous gâtes, lui dis-je en passant. Il croit que je les drague, parce que les mecs sont idiots. Toutes les autres femmes l'ignorent, mais comme je fais une blague en le voyant, ça signifie que je suis intéressée.

Les hommes qui viennent au refuge – les bénévoles, ceux qui espèrent adopter, et maintenant le frère de Debs – ont tous entendu parler de nous. Ils savent ce qu'on raconte à propos des femmes qui vivent au milieu des bois avec des chiens. Ce sont des lesbiennes, paraît-il, alors qu'en vrai, quel que soit le sexe, on s'en fout. Ou des sorcières, dit-on aussi. On pourrait, si on se forçait un peu. Toutes les femmes sont des sorcières si elles veulent bien s'en donner la peine, dit parfois Debs. En réalité, il y a des refuges plus accueillants, il y en a plein en ville, où les employés ont des badges à leur nom, des sourires niais et des sweat-shirts de couleur vive avec des empreintes de pattes dessus. Des refuges où l'air sent plutôt la rose que la merde, où les animaux sont de bonne humeur, parce qu'ils n'ont pas besoin de vivre dans les bois avec nous. J'ai parfois l'impression que les gens qui font le trajet jusqu'ici viennent autant pour les chiens que pour nous. Il y a des femmes aussi, et certaines nous regardent comme elles regardent les chiens, l'air de penser : Qu'est-ce qui ne va pas chez toi pour que tu aies atterri ici ? Même si, de temps en temps, j'en sens une qui a envie de demander : Vous n'auriez pas une place en plus ?

Debs surprend le regard de son frère et met les points sur les i. Ne perds pas ton temps, elle est pour ainsi dire eunuque, lui lance-t-elle. Ce qui me fait plaisir.

Lorsque les enfants de Debs rentrent de l'école, elle les installe dans la salle du personnel pour faire leurs devoirs. De cette manière, elle peut les surveiller. J'aime bien l'observer quand elle est avec ses enfants, car je vois son cerveau passer en mode maternel, même si ce n'est qu'à moitié convaincant. Ses véritables bébés, ce sont les chiens. Je le sais, parce qu'une fois où elle était un peu bourrée, elle m'a raconté qu'elle faisait souvent un rêve où elle accouchait de chiots, et que ça ne la perturbait pas le moins du monde.

Quand Debs doit faire des trucs de maman – les trajets à l'école, les courses, les devoirs –, elle improvise, et les enfants ne s'en aperçoivent pas ou alors ils s'en foutent. Ils ne savent pas encore que tout le monde ne vit pas comme eux. Ils imaginent que c'est normal d'habiter dans un refuge délabré, avec une mère qui s'indigne qu'un type ait pu laisser un chien enchaîné deux jours dehors pendant qu'il picolait, au lieu d'essayer de se rappeler si elle a lavé l'uniforme scolaire de son petit dernier.

En la regardant, je me dis que j'en serais capable, si je le voulais. Le problème, c'est que je n'en ai pas envie, pas vraiment. On en fait toute une montagne, et puis, quand on a des gosses, on se débrouille. On fait des erreurs, bien sûr, mais on continue vaille que vaille.

Debs demande au plus jeune ce qu'il a mangé à la cantine. Il est question de gorilles. On fait tous de notre mieux.

En partant, je vois passer une camionnette avec le logo du refuge pour chats voisin. C'est trop tranquille ici, en ce moment, on a besoin d'un peu d'action. Alors je lui fais un doigt d'honneur.

Si je trouve une crotte de chat devant la porte, tu l'emportes chez toi, me dit Debs.

Parfois, je pense que la femme qui tient le refuge des chats est l'ennemie intime de Debs, ou bien une ancienne amante, et qu'elles le faisaient derrière les sacs de litière. Je me raconte des histoires pour rendre notre gourbi plus supportable, me raccrocher à l'idée que, même ici, parmi les crottes et des boules de poils, une forme d'amour peut s'épanouir.

La vérité est plus banale. Debs avait un mari autrefois,

et elle a encore ses enfants, les vestiges d'une vie normale. Il y a dû y avoir un mariage ; quelqu'un a dû leur offrir des verres à vin. C'était avant mon arrivée, mais les fantômes sont toujours là. Je m'interroge sur son mari, et je suis sûre que bientôt Debs se demandera ce qu'est devenu mon copain. Nous ne mentionnons pas nos hommes disparus, comme s'ils étaient partis à la guerre, à la différence près qu'on espère qu'ils ne reviendront pas. S'ils rentrent, ils nous trouveront toutes remariées à des chiens.

Vous pensez que je plaisante, mais, juste au moment où j'allais m'échapper, Melissa nous tombe dessus pour nous montrer des photos de mariages de chiens sur son téléphone. Je suis sûre que Debs se retient de le lui arracher des mains pour le jeter sous les roues d'un camion. Les gens sont idiots, se contente-t-elle de dire, avant de retourner à ses tâches maternelles et de faire semblant d'écouter ses enfants.

Melissa a encore de l'espoir pour nous, et parfois c'est tout ce dont on a besoin.

NEUF

Ma mère a fait un truc idiot avec son ordinateur et elle veut que je vienne l'aider. Elle préfère ne pas demander à mon père, parce qu'elle a fait exactement la même chose hier et qu'elle est déjà passée pour une imbécile. En plus, elle sait que je n'aime pas qu'elle le harcèle. D'accord, je dis, mais je ne pourrai pas rester. Il s'avère que c'était une ruse pour m'attirer à la maison, me voir et m'embrasser, se rassurer sur le fait qu'elle avait bien une fille. Ça m'énerve.

Quand on quitte le domicile familial, on devrait exiger que nos parents déménagent, ou qu'au moins ils brûlent notre chambre. Lorsque je rentre, je ne supporte pas de revoir cette pièce et ce lit. Le lit où un jour j'ai batifolé avec un garçon qui m'a demandé de me déshabiller. Il m'a murmuré un truc sexy et j'ai pleuré, ce qui, je le sais aujourd'hui, était tout sauf sexy. Ne baisez jamais dans votre chambre d'enfant. Ça vous traumatisera à vie. Croyez-moi.

Ma mère me dit : Je suis fière de toi, parce qu'elle se figure que c'est ce qu'on a tous envie d'entendre. Que nos parents sont fiers de nous. Alors qu'on veut seulement être accepté, sentir que leur amour ne dépend pas de ce qu'on fait. Qu'être soi-même suffit.

Tu as pensé à la pilule de Noël ? me demande-t-elle.

Je n'ai rien promis.

Mais tu vas prendre le traitement, hein ? Moi, à ta place, je le ferais, en tout cas.

Ce n'est pas étonnant. Ma mère gobe tellement de comprimés qu'on a l'impression qu'elle joue des castagnettes quand elle se déplace. Elle ne se rend pas compte que je suis tout à fait capable de retomber en adolescence et de faire exactement le contraire, rien que pour l'énerver. C'est la seule chose qui n'a jamais cessé de me mettre en joie.

J'aime beaucoup mes médicaments, ajoute-t-elle. Mais qui ne rêverait pas d'un petit extra à Noël ?

Beurk. Arrête, s'il te plaît.

Quoi ? Je dis ce que je pense.

Eh bien, tu ne devrais pas.

Elle semble avoir pigé et se tait. Elle m'embrasse et répète qu'elle est fière de moi. Elle ne m'a pas embrassée depuis plus de dix ans. Embrassé l'air autour de mes joues, peut-être, mais pas un véritable baiser. Pas de pression, on avait dit. Dans quel monde vivons-nous pour que les parents soient fiers de leurs enfants parce qu'ils envisagent de se droguer ?

Le foin qu'il y a autour de Noël révèle au moins une chose, c'est que tout le monde sait que la vie est merdique, et que, de temps en temps, on a vraiment besoin qu'elle le soit moins. Genre quelques semaines à la fin de chaque année. Une libération, une décharge nécessaire. L'éjaculation annuelle du monde.

Avant, l'alerte commençait à sonner dans notre conscience collective fin novembre. Début décembre, on était déjà à fond, au point où même moi j'étais prête à participer. On me demandait d'aider et je répondais toujours présente, parce que c'était Noël. Des biscuits ? OK. Emballer des cadeaux ? OK. Se moquer des gens qui chantaient des cantiques ? OK. Et puis, en grandissant, je me suis rendu compte que ça sonnait un peu creux. Pendant quelque temps, j'ai essayé de me convaincre que ce n'était pas un problème, vu que c'était pareil pour tout le monde. Sauf que non.

Alors j'ai arrêté de dire que j'allais aider. Et au bout d'un moment on a arrêté de me demander. Et maintenant, si je propose de faire quelque chose, on me regarde en fronçant les sourcils et on dit : Vraiment ? Tu es sûre ? Personne ne s'attend réellement à ce que je vienne, de toute façon, et la plupart du temps ils ont raison. Pourtant, je suis sincère. Je veux le faire. Parfois, je reste dans ma voiture et je pleure, parce que je sais que, si j'y vais, je casserai l'ambiance. Alors je rentre chez moi et je passe la nuit à regarder des films de Noël, me lamentant sur toutes les fêtes que j'ai gâchées et que je gâcherai.

Mes Noëls d'adulte ont toujours été bizarres parce que j'ai fait en sorte qu'ils le soient.

Par exemple, un 24 décembre, je suis sortie dîner seule. Je ne tenais pas à y aller avec mon copain, parce qu'il m'aurait obligée à me doucher, à m'habiller et à lui parler. Je l'aimais, ou je le croyais du moins, mais je n'avais pas vraiment envie de lui parler. Le jour venu, j'avais totalement oublié la date. Lorsque je m'en suis souvenu, j'ai décidé de dîner ailleurs que dans mon lit ou dans ma voiture, pour changer. Je déteste la plupart des restaurants, principalement à cause des gens, mais j'aime bien manger, donc je me suis dit : Et puis merde, pourquoi est-ce que je ne pourrais pas aller bouffer un truc immonde dans une chaîne dégueu si c'est ce qui me fait plaisir ? Ça me filera peut-être la courante, mais au moins j'arrêterai de penser.

Finalement, j'ai renoncé au fast-food et je suis allée dans un vrai restaurant. Bien sûr, c'était plein à craquer, parce que c'était le réveillon. La fête battait déjà son plein. J'ai dû supplier pour qu'on me laisse entrer, même si j'étais seule et que j'avais l'air de débarquer d'une planète où Noël n'existait pas. J'attendais à la porte, le nez contre la vitre comme une orpheline dans un bouquin de Dickens, espérant que j'étais invisible dans mon manteau sale et mes bottes. C'est pas la fille de cet endroit, là-bas ? a murmuré quelqu'un. Jamais je ne m'étais sentie à nu comme ça.

C'est bien parce que c'est Noël, car normalement on ne le fait pas, m'a-t-on dit. On m'a placée dans un coin derrière une plante verte, là où ma présence ne risquait pas de gêner les autres clients. Je regrettais presque de ne pas être allée au McDo. Mais j'étais découragée à la perspective de me retrouver entourée d'ados qui se bombardaient de frites, au seuil de leur vie d'adulte, sans la moindre idée de l'enfer qui les attendait. Noël était déjà assez compliqué comme ça.

Une fois n'est pas coutume, les vêtements que je portais sous mon manteau étaient vaguement élégants – c'étaient les seules affaires propres qui me restaient en cette fin d'année –, mais en m'asseyant je me suis aperçue que j'avais gardé mes mitaines cradingues. Je m'étais coupée la veille avec un fil de fer rouillé et les gants dissimulaient le bandage. C'est un des avantages de ce travail, on est vaccinées contre le tétanos. À l'époque, je passais mon temps à essayer de ne pas semer des traces de sang partout. Me croyant manifestement pressée, l'hôtesse, une gamine qui aurait pu être ma fille si j'étais tombée enceinte adolescente – ce qui n'aurait pas gêné ma mère outre mesure –, m'a demandé : C'est pour emporter ? Non, ai-je pensé. C'est Noël. Je veux me servir de couverts. En plus, les gants parachevaient le tableau pitoyable que j'offrais : la pauvresse à la patte bandée, mangeant seule le soir de Noël.

Parfois, une montagne de nachos et quelques bières, c'est tout ce dont on a besoin pour sortir la tête du trou. Les autres pouvaient me dévisager ou détourner le regard tant qu'ils voulaient, j'avais un livre et assez de fromage fondu pour faire disparaître le monde.

Alors que j'attaquais mon plat, un serveur s'est approché. J'ai cru qu'il allait me demander de partir ou, pire, qu'il allait essayer de me prendre mon assiette alors que j'avais à peine commencé. En fait, il voulait savoir ce qui m'était arrivé à la main.

Je lui ai conté ma triste histoire, le refuge pour chiens décrépit et les cages qui tombaient en ruine. Je me suis blessée à cause d'un grillage cassé, rien de méchant, ai-je précisé.

Maintenant, vous êtes en sécurité, a-t-il dit. Entre sa douceur, la bière et les antalgiques que j'avais avalés dans la voiture, j'avais la tête qui tournait un peu. À cet instant, j'étais persuadée que, si un tueur fou débarquait ou s'il y avait une soudaine attaque de zombies, ce serveur me protégerait.

La plupart du temps, je traverse la vie en état d'hébétude, mais il arrive que je ressente les choses très intensément, et c'est à cause de ces moments que je refuse les antidépresseurs.

Un soir où j'avais bu, peu après le départ d'Emma pour Ibiza, j'ai eu envie de l'appeler. Tu te souviens de l'époque où on éprouvait tous ces trucs ? lui ai-je demandé. Je pleurais notre jeunesse. Je m'en souviens, a-t-elle répondu. C'était épuisant. Ce jour-là, j'ai compris que je l'avais vraiment perdue. Elle avait grandi sans moi et ça m'a fichu un coup.

Mais ce 24 décembre, seule au restaurant, un serveur qui n'était pas laid m'avait adressé la parole, et, manifestement, je ne lui inspirais pas de dégoût. Peut-être étais-je humaine, après tout.

Lorsque je suis rentrée à l'appartement, mon copain jouait à un jeu vidéo consistant à tuer tout le monde. Il m'a demandé si j'avais mangé, mais pas sur un ton accusateur. J'ai répondu non. Au moins, si on commandait quelque chose, on n'aurait pas à parler.

Joyeux Noël ! a-t-il lancé après l'arrivée de notre repas, choquant son rouleau de printemps contre le mien, comme si c'était des verres.

Je lui ai dit que ce n'était pas encore l'heure et j'ai cru que ça allait se finir en dispute, mais il n'a pas relevé. Si ça, ce n'est pas la magie de Noël…

Après avoir réglé le problème informatique de ma mère, je me rapproche discrètement de la porte. J'y suis presque lorsqu'elle lève les yeux.

Je suppose que tu dois y aller, dit-elle, et je réponds que oui. Elle ne bouge pas, n'essaie pas de me prendre dans ses bras, elle me regarde et incline la tête, comme un oiseau ou un extraterrestre.

On a eu des Noëls heureux, Janet, tu sais, dit-elle, et j'ai l'impression qu'elle va ajouter : avant votre naissance. Mais elle se contente de sourire. Je sais reconnaître une bonne scène de fin quand j'en vois une et je sors.

Une fois à l'abri dans ma voiture, je ferme les yeux et je reste là quelques instants. Je suis sûre qu'elle n'est pas en train de m'observer de la fenêtre ; on s'est déjà donné tout ce qu'on pouvait pour aujourd'hui.

À cause d'elle, je pense aux Noëls heureux, maintenant.

L'un de mes meilleurs souvenirs – avec celui où mon neveu a fait caca –, ce n'est pas un rêve d'enfant à la con, genre l'année où on m'a offert une Barbie Sparkle ou la première fois que j'ai vu la neige. J'avais quinze ans et une fausse carte d'identité. Je suis allée dans un petit bar local qui était fréquenté par les élèves les plus cool du lycée. J'avais le béguin pour un garçon très populaire dans la classe du dessus. Déjà, j'étais en demande. J'étais un peu ivre mais je savais exactement ce que je faisais. J'étais là dans la seule intention de le séduire. J'avais une idée très adolescente de la séduction, tirée de ce que j'avais pu lire dans les magazines et voir dans les films – j'étais censée le regarder, puis détourner les yeux, passer ma langue sur mes lèvres, imiter son langage corporel et rire de ses blagues –, mais j'avais la flemme. J'avais juste mis un décolleté et je l'ai traîné dehors pour l'embrasser. Ça doit être illégal, de nos jours. En tout cas, à l'époque, c'était la seule solution si une fille comme moi voulait avoir une chance d'embrasser un garçon.

Quoi qu'il en soit, il ne savait pas qui j'étais, mais il s'est laissé faire, parce que c'était Noël et qu'il était un peu ivre lui aussi. C'était un baiser baveux, trop rapide et décevant, ce qui pourrait s'appliquer à pas mal de mes interactions avec les garçons, mais au moins j'avais embrassé quelqu'un.

J'avais beau tituber en rentrant, j'avais l'impression de voler. Lorsque je suis arrivée, mes parents ont bien vu que j'étais pompette, mais c'était Noël et j'avais l'air heureuse, alors ils n'ont rien dit. Je leur ai fait un bisou chacun avant de monter dans ma chambre. Je me suis allongée sur mon lit, transformée. Je m'étais enivrée, assez pour me sentir invincible plutôt qu'invisible, et j'avais obtenu ce que je voulais.

J'étais heureuse cette année-là, dans ma bulle, pendant un petit moment au moins. Je croyais que la vie pouvait être différente, que j'avais enfin un peu de pouvoir. Je ne me posais pas la question, à l'époque, sans doute parce que je n'étais pas en colère, mais aujourd'hui je me demande pourquoi mes minuscules joies éphémères ont toujours un lien avec les mecs. Le pire, c'est que je ne les aime même pas tant que ça.

Peut-être qu'une pilule pourrait m'empêcher de penser avec mon vagin.

Mes parents ne me rendent jamais visite au travail et je leur en suis reconnaissante. Pourquoi viendraient-ils ? Ce n'est pas comme si on pouvait faire du lèche-vitrines dans un refuge, et si c'était possible on irait plutôt en voir un plus chic, en ville. Un endroit où on ne m'embaucherait jamais à cause de mon manque d'enthousiasme et où je n'aurais aucune envie de travailler de toute manière. Je ne veux pas d'un lieu trop propre et lumineux. Je me sens triste pour les chiens qui n'ont pas envie de remuer la queue, et il y en a un paquet. Nous, on ne demande pas aux nôtres de se donner en spectacle. S'ils préfèrent se cacher et trembler dans leur coin, ce n'est pas un problème.

Une fois, j'ai mentionné à ma mère qu'on avait toujours besoin de bénévoles pour promener les chiens et elle a dit : Ce n'est pas ton travail, Janet ? Oui, ai-je répondu, mais c'est un de ses aspects les plus sympas et j'aime bien partager. Bien sûr, elle me connaissait assez pour savoir que je mentais. Elle a sans doute cru que c'était un piège, que je voulais l'attirer au refuge et la filmer alors qu'un rottweiler géant la traînait d'une rue à l'autre, puis coller ça sur YouTube. Je n'en avais pas l'intention, mais c'était tentant. Elle a dit qu'elle n'avait pas les chaussures adéquates, de toute façon. Pendant quelque temps, mon frère a parlé d'adopter un chien, tout ça pour finalement prendre un chat, donc il n'existe plus pour moi. Mon père est venu m'apporter du courrier, un jour. Il a salué les animaux un par un, même ceux qui grognaient. Appelle ta mère, a-t-il dit, et j'ai répondu : Oui, chef, parce que tout le monde veut être le chef de quelqu'un, ne serait-ce que d'un chien.

DIX

Les gens sont toujours surpris par la gestion rigoureuse de Debs. Tout est réglo. Ma théorie, c'est qu'elle a assassiné son mari et qu'elle ne tient pas à ce qu'on fouine dans ses affaires. C'est peut-être aussi pour ça qu'elle se garde le flic sous le coude. En réalité, il est plus probable qu'elle voie le refuge comme sa dernière chance de réussir quelque chose. Quoi qu'il arrive à ses gosses, ses chiens seront sauvés grâce à elle.

Une bénévole du nom de Maggie se rend chez les gens qui veulent adopter un animal. Notre méfiance les vexe ; quand ils regardent l'état de délabrement du refuge, ils pensent que ce sont eux qui nous font une faveur, ce qui est vrai. Mais ce sont les chiens qui comptent, et on ne veut pas les bousiller plus qu'ils ne le sont déjà en les envoyant dans une famille pourrie qui va les conforter dans leur mauvaise opinion de l'espèce humaine.

Debs aimerait bien se charger des visites elle-même, parce que rien n'est assez bien pour ses toutous, ce qui est précisément la raison pour laquelle il vaut mieux qu'elle ne les fasse pas. Si on avait un corgi et que la reine d'Angleterre venait le voir dans son carrosse, Debs insisterait pour aller vérifier si le palais correspond à ses critères.

Je ne le fais pas non plus, mais pour d'autres motifs : j'aimerais que les familles m'adoptent aussi. Je suis secrètement jalouse de tous ces chiens qui ont droit à une seconde, voire à une troisième ou une quatrième chance. J'en ai tellement assez de m'occuper de moi que je me roulerais volontiers en boule dans un coin, si on m'offrait une petite place. Je ne serais pas embêtante, promis. J'ai juste envie qu'on prenne soin de moi. Quand il faut visiter une maison, je prétends que j'ai plus important à faire, comme de nettoyer les glandes anales d'un yorkshire dégénéré.

C'est un problème. Ce désir d'être adoptée, alors que je prétends ne pas aimer mes congénères. Je ne suis pourtant pas orpheline et mes parents ne sont pas si méchants. (Ne leur répétez pas que j'ai dit ça.) C'est juste que j'ai l'impression que la Gentille Janet aurait besoin d'un environnement différent pour s'épanouir, que la Vilaine Janet reste vilaine parce que rien ne change, et surtout pas les sentiments.

Voilà pourquoi je finis par céder à la pression de la pilule de Noël. Après tout, elle a été conçue pour moi. Combien sommes-nous à pouvoir dire ça ? Je ne doute pas qu'un jour, chacun aura à disposition des médicaments spécialement formulés pour lui – ou au moins en fonction de son signe astrologique –, en attendant, il y en a un pour nous, les Janet.

Je n'en parle à personne, et personne ne me pose la question, ce qui m'arrange bien. J'étais persuadée que ma mère m'appellerait quotidiennement pour savoir si j'étais devenue raisonnable, mais je n'ai pas de nouvelles depuis que j'ai réparé son ordinateur.

À l'instant où je prends ma décision, je me sens

plus légère. Limite, je n'ai plus besoin de pilule, maintenant. C'est la décision qui change tout, un bouleversement dans ma manière de penser. Je suis ouverte, et non plus fermée. J'ai peur que Melissa le sente sur moi et commence à planifier des activités sympas à faire ensemble quand je serai trop droguée pour lui résister. Je me vois, gisant sur son canapé, paralysée, pendant qu'elle et son enfant me décorent comme un sapin et me gavent de biscuits en forme de cœur. De temps en temps, Melissa s'assied à califourchon sur moi et me pose un bonnet de père Noël sur la tête, en disant : Porte le chapeau, Janet, d'une voix de plus en plus menaçante. Je me laisse faire, incapable de réagir.

Je veux me laisser faire. Je veux me livrer tout entière à Noël. Prends-moi, père Noël. Pourquoi est-ce qu'il faut toujours que les sujets les plus incongrus me mettent en rut ? Espérons que cette pilule tue l'appétit sexuel comme tous les autres médicaments.

Je dois annoncer la nouvelle à mon médecin. Une part de moi pense que ce n'est qu'une vaste blague – que tout n'est qu'une vaste blague –, mais l'autre moitié soupçonne qu'il touchera une prime indécente du labo. Je prends rendez-vous en ricanant intérieurement, parce que je fais ce que tout le monde attend de moi. C'est une bonne nouvelle pour mon médecin, pour le capitalisme et pour ma mère. Mais une mauvaise nouvelle pour le peu de dignité et d'estime de soi auxquelles je m'accrochais encore.

Quand j'entre dans le cabinet, je ne serais pas autrement surprise s'il me prenait dans ses bras. Des ballons gonflables, peut-être une *piñata* remplie de comprimés, une fête quelconque. Félicitations ! Bienvenue parmi nous, petite fille !

Bien sûr, je ne trouve rien de tout ça. Comme d'habitude, tout est bien plus rieur dans mon imagination. Les gens croient qu'il n'y a que des nuages noirs et les Smiths dans ma tête, alors qu'en réalité, ce sont de joyeux nuages noirs, et les chansons les plus guillerettes des Smiths, sur lesquelles on peut faire la ronde en agitant des rameaux.

Il ne se rappelle même plus pourquoi je suis là et doit consulter mon dossier. Ah oui, Janet, te voilà, classée dans la catégorie *Irrécupérables*. Après toutes ces années passées à me travailler au corps ! À m'inciter à prendre des pilules, n'importe quelles pilules. Pour lui, pour ma mère, pour mon pauvre copain si patient, pour le monde. Il a tout essayé, sauf de m'attacher et de me les faire avaler de force. Et maintenant que j'ai dit oui, il se contente de me tendre une ordonnance :

Un comprimé par jour pendant huit semaines, à compter du 1er novembre.

Un demi-comprimé par jour pendant deux semaines à compter du 26 décembre.

Réunions de groupe obligatoires.

Je trouve cette dernière phrase particulièrement perturbante.

C'est quoi, ces réunions ? je demande, comme si je pouvais encore changer d'avis.

Les groupes, ce n'est pas trop mon truc. J'ai été éclaireuse pendant quelque temps, avant de réaliser que c'était juste une façade pour le diable. J'espérais y trouver des sorcières, mais c'était pire qu'à l'école, il n'y avait que des filles qui prenaient un malin plaisir à me ridiculiser. Chaque semaine, il fallait me traîner là-bas par la peau des fesses. Ça m'a dégoûté des salles paroissiales à vie. Depuis, les mots *groupe* et *réunion* me filent de l'urticaire, et aussi *plan quinquennal*.

Mon médecin ne sait rien de tout ça. Parce qu'il ne me connaît pas vraiment. Il sait seulement que j'ai des ovaires capricieux et un terrain propice aux infections urinaires. Il présume à tort que je suis humaine, dans le fond, et que j'aime passer du temps avec mes semblables. D'accord, j'aimais bien traîner dans les parcs quand j'avais quatorze ans. Mais c'était il y a dix ans.

Il y a une chanson qui dit : *J'aimerais traîner avec des potes, comme tout le monde*[1].

Eh bien pas moi.

Il voit la panique dans mes yeux et l'écarte d'un revers de main. S'il n'était pas docteur, je lui flanquerais sans doute mon poing dans la figure. Mais j'ai décidé de prendre un nouveau départ et frapper un médecin ne serait certainement pas un bon début, sauf dans un film, peut-être.

C'est un détail, m'assure-t-il. On t'expliquera quand on te donnera tes pilules.

Et pourquoi pas maintenant ?

Les réunions, c'est pour ton bien, dit-il au lieu de répondre à ma question, comme s'il m'envoyait en cure de repos.

Est-ce que j'aurai une pilule pour mon anniversaire aussi ? je demande, ne plaisantant qu'à moitié.

Ça t'intéresserait, Janet ? fait-il en griffonnant sur son carnet. S'il finit par breveter une pilule d'anniversaire, je veux qu'on m'en attribue tout le crédit. Ou tout le tort.

1. « Start Today », Gorilla Biscuits. (*N.d.T.*)

Ce sera peut-être comme ça, dorénavant. À chaque occasion sa pilule. Et dire que je n'ai rien vu venir. J'aurai droit à un traitement spécifique pour chaque événement exigeant un minimum d'enthousiasme : fêtes de Noël et anniversaires, mais aussi week-ends et relations sexuelles. Juste pour que j'éprouve ce que je suis censée éprouver. Ou pour que j'arrête de plomber l'ambiance.

Ma mère pense que je le fais exprès. Il y a quelques années, je suis venue à son anniversaire de mariage en tenue de travail. Je n'avais pas le choix – j'arrivais directement du refuge –, peu importe, elle est toujours convaincue que je l'ai fait pour l'embêter. Je n'avais pas prévu de passer, mais je n'avais rien dans le frigo et je me suis dit qu'il valait mieux que je vienne comme ça que pas du tout. Je me trompais. Pourtant, je m'étais même arrêtée en route pour leur acheter un cadeau – des nouveaux ciseaux de cuisine, il leur en fallait –, pas le bon cadeau, apparemment. Le symbole, j'imagine.

Ma mère me répète toujours que j'ai la joie incongrue, que je ne me réjouis ni quand ni où il faut. Comme s'il y avait une liste d'occasions homologuées que j'avais oublié de mémoriser. Une fois, je lui ai dit que je ne me prenais pas trop la tête pour savoir quand il était approprié d'être heureuse, vu que, la plupart du temps, j'étais triste. Ça n'a rien arrangé.

En fait, ma relation avec ma mère est un tel cliché que c'est presque un rayon de soleil dans mes journées. C'est plus facile à gérer, un vrai cas d'école.

Enfant, je pensais que je voudrais peut-être être heureuse quand je serais grande. Que je voudrais au moins essayer, comme l'équitation, le mariage ou les olives. Mais je n'ai pas tardé à comprendre que c'était un truc que je ne pourrais pas plus assumer au quotidien que la frange ou l'adhésion à une salle de sport.

J'ai eu un copain qui ne souriait jamais. Personnellement, ça ne me gênait pas. Il avait essayé, mais ça lui faisait bizarre, et la tête que ça lui faisait était encore plus bizarre. Une tête à claques, en fait. Je lui ai dit que je comprenais pourquoi ça énervait les gens. En tout cas, il a fini par arrêter. Même si tout le monde souriait et qu'on lui reprochait parfois de ne pas se forcer. Allez, au moins un petit sourire, pense aux autres. Peut-être que j'aurais dû faire plus d'efforts pour que ça marche entre nous. Le problème, c'est que, dans un couple, on a quand même besoin d'un sourire de temps en temps, juste pour savoir si on n'est pas habillée comme un sac, si l'autre aime la manière dont on le caresse ou si ce qu'il mange n'est pas empoisonné.

De toute manière, ne pas sourire, ce n'est jamais anodin. Un petit sourire, mademoiselle. La plupart des femmes ont eu droit à ce type de commentaires dans la rue. Peut-être qu'il essayait de changer les stéréotypes de genre. Ou alors il croyait que les femmes aimaient vraiment les hommes ténébreux qui ne s'abaissaient pas à sourire. Je n'en ai aucune idée. Les mecs sont bizarres.

Je ne suis pas malheureuse, pas vraiment, pas plus que les gens qui prennent la pilule du bonheur sont heureux. On est tous quelque part entre les deux, mais personne ne veut en parler.

Le médecin ôte ses lunettes et se frotte les yeux. Janet, dit-il, je suis sûr que tu t'en sortiras très bien.

Ça me semble une bonne conclusion, alors je prends l'ordonnance et je pars.

Le seul point qui me chiffonne, ce sont les réunions obligatoires. Comme si le Noël obligatoire, ça ne suffisait pas. Comme si ce n'était pas justement ça, le problème.

Sur le trajet, je dresse la liste de toutes les choses que je n'ai pas envie de faire et que je vais devoir faire. D'abord, aller chez le docteur, ce que j'évite au maximum pour différentes raisons, notamment parce que je n'ai pas envie qu'on me malaxe les seins plus que nécessaire. Ensuite, je vais devoir aller à la pharmacie, mais ça ne me gêne pas vraiment, vu qu'il y a plein de trucs là-bas, des tampons, du baume pour les lèvres et des bonbons. Et les autres clients ont tendance à se montrer fuyants, donc je ne me sens pas trop déplacée.

Et maintenant il y a ces fameuses *réunions*. C'est ce qui m'angoisse. Déjà que je n'aime pas voir les gens que je connais, alors les autres…

Ça fait trois choses que je n'ai pas envie de faire, tout ça pour faire quelque chose que je ne tiens pas spécialement à faire non plus. C'est comme si on te flanquait un coup de poing dans le vagin et qu'on te disait que ton jean n'est pas assez doux.

Mes jambes pèsent une tonne à cette perspective. Je serais presque tentée de me jeter sous les roues d'une voiture : pas pour me suicider, hein ! simplement pour m'estropier. De toute façon, ils trouveraient sans doute quelqu'un pour me trimballer partout dans un fauteuil roulant et, avec ma chance, ce serait Melissa ou ma mère, pas un infirmier sexy. Il va donc bien falloir que je traîne mes jambes d'une tonne là-bas.

Moi qui pensais vouloir garder le contrôle, maintenant, j'ai juste envie de tout lâcher. Que quelqu'un d'autre fasse le boulot. Je capitule.

Joyeux Noël, mon cul ! Mais qui sait, peut-être que quelqu'un me rendra à moi-même en guise de cadeau.

ONZE

C'est nous, les Janet, qui les premières avons été mises au parfum. Et dès que nous avons accepté de vendre notre âme, au moins pour quelques mois, le reste du monde a été informé.

Des publicités sur Facebook, à la télé, à la radio, sur les bus : tout a surgi en l'espace d'une nuit. La stratégie habituelle pour créer du désir. Moi, tout ce que je demandais, c'était qu'on me laisse dormir.

Maintenant, on ne parle plus que de ça. La meilleure amie du père Noël. C'est comme ça qu'on l'appelle. Certains disent que c'est juste de la kétamine coupée avec du sucre. D'autres que ce sont des champignons hallucinogènes et de l'aspirine pour les nourrissons. Elles ressemblent à n'importe quelles pilules, sauf qu'elles sont dans un emballage cadeau. Parce que c'en est un. Pas tant pour nous que pour le reste du monde. Car on emmerdera un peu moins nos proches. C'est le plus beau cadeau qu'on puisse leur faire.

Il y a plusieurs publicités en ligne, toutes subtilement différentes. Une avec une fille, une autre avec un garçon et une troisième avec une personne d'origine ethnique indéterminée qui doit représenter la communauté LGBTQ. Une des pubs a l'air d'avoir été faite pour moi. Elle montre une fille qui me ressemble, mais en mieux : une plus belle peau, les cheveux plus brillants et avec un jean moulant, au lieu de mon fute taille haute qui rappelle les nouveaux jeans se voulant un clin d'œil ironique aux années 1980, sauf que, dans mon cas, ce n'est pas fait exprès.

Mon double amélioré est chez elle, devant la télé, comme moi en ce moment, à la différence près que son appart est mille fois mieux que le mien. Un carton de pizza est ouvert sur la table pour ajouter une touche d'authenticité, même s'il est évident que cette fille ne doit pas manger plus de sept amandes par semaine. Son monde est en noir et en blanc, ce qui doit être un code pour signifier qu'elle est dépressive, alors qu'en réalité, on se croirait dans un film français d'art et essai, où l'héroïne s'apprête à dire quelque chose de spirituel à travers la fumée d'une cigarette (bannie de l'image). Elle n'a pas de problème pour pécho, c'est sûr. Pourtant, on est censé comprendre qu'elle s'est laissée aller. Je parie qu'elle a un bouton quelque part que personne ne voit.

Vous voulez passer un joyeux Noël, mais vous avez l'impression que cela ne vous est jamais arrivé ? dit une voix féminine désincarnée. Pour l'instant, vous n'envisagez pas de prendre des antidépresseurs au quotidien, mais vous aimeriez quand même profiter des fêtes de fin d'année ?

Si je n'avais pas déjà signé, j'en aurais sans doute lâché ma crêpe au fromage.

Essayez maintenant, dit la femme. Vous n'aurez à craindre aucun problème de santé à long terme. Et vous pourrez apprécier pleinement les fêtes en famille.

À l'écran, la fille qui me ressemble en mieux a

toujours l'air française et désabusée sur son canapé. Je m'interroge à propos de la pizza qu'elle n'a clairement pas touchée. Qu'est-ce qu'ils en ont fait après ? Est-ce qu'ils l'ont jetée ? Est-ce que l'équipe technique a pu la manger ? Je m'inquiète pour elle.

Lors des essais cliniques, poursuit la femme, sept personnes sur dix souffrant de mal-être modéré à grave ont constaté une amélioration de 75 % de leur capacité à profiter des fêtes et ont retrouvé après le traitement leur état d'esprit habituel, sans effet secondaire notable.

En bas de l'écran, quatre mots clignotent rapidement : LES RÉSULTATS PEUVENT VARIER. Mon prospectus comporte pas mal de mises en garde discrètes de ce style. Et aussi : *Parlez régulièrement avec votre médecin.* Au cas où il se sentirait seul, sans doute.

À présent, la fille se lève pour répondre à la porte. Elle ne demande pas qui est là, elle ouvre et se retrouve face à un type avec un énorme paquet-cadeau devant lui, son entrejambe dissimulé par un gros nœud doré. Je commence à croire que je suis passée sur la chaîne porno sans m'en rendre compte.

Le livreur ne dit rien, il lui tend juste le carton. Elle n'a pas besoin de signer, elle ne lui demande pas s'il n'est pas un peu serial killer sur les bords. Elle prend le colis et retourne se poser sur son canapé comme une idiote. On la voit ouvrir le paquet, en sortir des pilules et les regarder d'un air hébété. Elle ne lit pas l'étiquette, elle se contente de prendre un comprimé et de sourire. Sans une goutte d'eau. Ni même un Coca Light, alors que son réfrigérateur amélioré doit en être plein.

À peine le médicament avalé, son monde passe en couleurs. Et on a droit à un montage d'elle s'adonnant joyeusement à des activités de Noël, avec en point d'orgue le réveillon familial qu'elle semble non seulement supporter mais apprécier. Personne ne finit avec une fourchette plantée dans le bras.

Versions disponibles pour Hanoukka et Kwanzaa ! lit-on en bas de l'écran, alors que la famille se vautre encore dans les festivités de Noël.

Parlez dès aujourd'hui à votre médecin de… dit la femme avant que je ne l'éteigne. Je ne cherche même pas une autre vidéo, je ferme la fenêtre de mon ordinateur. Merci d'avoir gâché YouTube, dis-je tout haut. Cette publicité me prouve bien qu'on me surveillait. Plus encore : on m'étudiait. Et au lieu de se dire : Waouh, cette Janet est trop forte, prélevons-lui des cellules-souches pour fabriquer un élixir, ils ont décidé que j'avais un problème et ont créé leur pilule.

Bien sûr je n'allais pas me couper d'Internet à jamais. En quelques jours, j'ai vu toute la déclinaison des pubs, une pour chaque petite Janet. Ma préférée est celle avec le veuf éploré, un papa sexy qui s'inquiète de ne pas pouvoir offrir un Noël magique à fifille parce que maman est morte. Mais tout va bien ! Il y a une pilule pour ça aussi.

Dans la vraie vie, Debs m'annonce qu'on a un nouveau chien. Elle l'a mis dans la partie réservée aux animaux qu'on accueille en pension. Il a été amené la nuit dernière par un des flics avec lesquels je pense qu'elle couche, même si je sais que c'est sans doute faux, parce que, comme nous toutes, des dents lui ont poussé dans le vagin quand elle a réalisé à quel point les hommes étaient décevants.

Le chien était enchaîné dans la salle de bains d'un type, m'explique Debs. Ça n'a pas fait les gros titres, parce que ce n'est pas une fille qu'on a retrouvée attachée. La police cherchait de la drogue et voilà. Ce ne sont pas tant les coups de pied que la négligence qui me révoltent. Son maître est en prison, mais pas pour la bonne raison.

Je vais voir le chien avec Debs. C'est un petit gars étonnamment amical. Un corniaud au poil hirsute, un méli-mélo de races qui semble tout droit sorti d'une comédie débile. La confiance dont il fait preuve est touchante. Est-ce qu'il est aussi sympa avec les hommes ? Je pose la question car je comprendrais qu'il ait envie de tailler en pièces tous les types qu'il voit (ça m'arrive), mais ce ne sera pas facile de le recaser (pareil pour moi).

Il s'est bien comporté avec le policier, répond Debs. *Et toi ?* Ça, je ne le dis pas, parce que je ne suis pas idiote. Il pourrait être le père d'un de ses enfants, qu'est-ce que j'en sais ? Je lui demande le nom du chien. Le dealer l'appelait juste *connard*, alors elle l'a rebaptisé Bonnard. La plupart de ceux qu'on nous amène s'appellent Max. On est devenues très fortes à ce petit jeu.

Bonnard, dis-je, et le petit gars agite sa queue en me regardant. C'est chou. Il faut juste oublier que quelques heures plus tôt il était enchaîné dans la tanière d'un camé.

On met les Bonnard dans la partie pension du refuge parce que c'est plus agréable. Les gens nous paient pour garder leur chien, donc il faut que ce soit bien. Les autres sont censés être heureux d'avoir un toit sur leur tête, même s'il fuit un peu. Personnellement, je n'aime pas m'occuper des pensionnaires, moins à cause des chiens, bien qu'ils puissent être trop gâtés, qu'à cause des maîtres. Je peux comprendre qu'on ait parfois besoin de laisser son animal pendant une très longue période – si on a sa mère à l'hôpital par exemple –, mais la plupart semblent surtout pressés de prendre l'avion pour aller parfaire leur bronzage et ça, c'est vraiment nul. Une part de nous espère toujours qu'ils ne reviendront pas chercher leur chien, pour qu'on lui trouve une famille plus sympa qui l'emmènera en vacances.

J'aide donc Bonnard à s'installer. J'ai l'air à peine humaine dans mes vêtements de travail, ce qui me convient très bien, même si Melissa me regarde avec l'air de manigancer un relooking complet de ma personne : visage, habits et âme. Les gens ont tellement l'habitude de me voir en uniforme que, lorsque je porte autre chose, on dirait que mon corps a été miraculeusement transformé d'un coup de baguette magique, comme dans une comédie romantique à la con. J'ai droit à des réflexions du style : *Ah ben tu vois, quand tu veux ! On ignorait ce que tu cachais là-dessous*. Melissa s'évertue à rendre ses tenues affriolantes, avec plus ou moins de succès en ce qui la concerne et d'effroi en ce qui nous concerne. Elle a ajouté une ceinture sur sa veste imperméable, histoire qu'on sache qu'elle a une taille fine en dessous et qu'elle est toujours une femme, même si honnêtement je ne suis pas sûre de savoir ce que ça veut dire. Elle affirme qu'elle le fait pour elle – les coiffures, le gloss –, mais à d'autres ! Elle croit encore qu'il suffirait qu'on la voie pour qu'on vienne la sauver. Je la vois, et ça ne suffit pas.

Elle a constamment l'air au bord de la dépression nerveuse et Debs ne sait pas quoi faire. C'est un lieu de travail, Melissa, dit-elle de la voix qu'elle réserve habituellement à ses enfants quand ils vomissent sur quelque chose.

Les bottes en caoutchouc de Melissa sont imprimées de fleurs. Je ne me brosse les cheveux que si je suis obligée et je ne suis pas souvent obligée.

Je ne me sens pas totalement à l'aise avec mon corps, comme la plupart des êtres humains, et ça me plaît que mes vêtements de travail me permettent d'oublier que j'en ai un, au moins jusqu'au moment où j'ai envie de pisser. C'était pareil à l'école. La plupart des élèves n'avaient qu'une hâte, c'était de rentrer se changer. Moi, je traînais des pieds et je m'allongeais sur mon lit, encore en uniforme, m'efforçant d'être quelqu'un d'autre. S'habiller est épuisant. Penser à son corps est épuisant. Je ne veux pas être séduisante. Je veux me sentir à l'aise.

Et c'est exactement ce que je fais : après avoir passé la journée sans penser un instant à mes fringues, je rentre et je m'écroule sur mon lit toute habillée, avec mes gros souliers et le reste, comme une vagabonde. C'est un luxe. Je n'ai personne à impressionner, pas à m'extirper d'un jean qui coûte la peau des fesses, pas de carton de pizza bidon qui risque de laisser une tache. Quand le garçon habitait ici, je fonçais sous la douche à peine la porte franchie, j'enfilais un survêtement propre et je faisais semblant d'être une personne, principalement pour lui. Maintenant, je suis libre d'être un mollusque, libre d'être une vagabonde : libre d'être n'importe qui.

DOUZE

J'aime octobre. C'est un bon mois. Ce qui ressemble le plus au bonheur pour moi. C'est tous les jours Halloween, chez moi.

Mais Noël me souffle déjà dans le cou, comme un gros relou dans un bar qui ignore que j'ai un cran d'arrêt. C'est vrai pour le couteau : j'en ai un pour le travail, et Debs aussi. Comme ça, quand on nous amène des chiens qui ont été enlevés à de mauvais maîtres et qu'ils tentent de les récupérer, ils se retrouvent face à deux trentenaires en polaire et bottes de caoutchouc bien armées. Je me sers du mien principalement pour couper des pommes, car j'essaie de manger sainement tout en préservant mon image de *badass*. Parfois, je surprends le regard envieux de Melissa qui aimerait bien qu'on l'autorise à avoir un couteau, mais on ne peut pas prendre le risque qu'elle le retourne contre nous. Cet endroit peut avoir ce genre d'effet. J'ai vu arriver des chiens parfaitement normaux qui voulaient nous arracher le bras au bout d'une semaine. On ne leur jette pas la pierre. On essaie toujours de voir le meilleur en eux et de leur trouver une bonne famille qui a l'air d'avoir besoin de s'occuper de quelqu'un.

La campagne pour la pilule de Noël est passée à la

vitesse supérieure. Aujourd'hui, je suis tombée sur un publireportage. Une femme en tailleur-pantalon traverse un centre commercial animé pendant les fêtes. Personne ne la regarde genre elle se prend pour qui à faire ses achats de Noël en costume de bizness woman ? Aucune vieille dame ne l'arrête pour lui dire : Je n'ai pas vu d'épaulettes pareilles depuis les années 1980 et ça fait remonter beaucoup d'émotions ! Aucun gamin ne lui court après pour essayer d'apparaître dans le plan ou ne tente de lui faire un croche-patte.

Cette fois, la voix est masculine.

Ici, à MedsForLife, nous savons que les fêtes de fin d'année ne sont pas toujours qu'un moment de détente en famille. Elles peuvent aussi être stressantes. Que vous aimiez Noël ou non, vous ne pouvez pas l'éviter ! Et votre cerveau a besoin de protection. Alors, ici, à MedsForLife, nous avons pensé à vous. Et nous avons créé la formule qui vous permettra d'apprécier de nouveau cette période de l'année.

La vie est dure. Nous en sommes conscients. Regardez le journal. Mais cela ne devrait pas vous empêcher de profiter du moment de l'année que vous redoutez le plus. Parce que vous le méritez.

Vous méritez Noël.

C'est limite de la pub pour le Viagra : Nous pouvons vous aider à bander pour le père Noël.

Ensuite, il y a la séquence d'enfumage scientifique. La scène : un type en blouse blanche dans un laboratoire masquant des cages où couinent des rats. Il se tourne face à la caméra et déclare : Nous avons trouvé la molécule de Noël ! Nous pouvons vous réconcilier avec l'esprit de Noël, dès maintenant. Dès que vous le souhaitez !

Puis il y a des schémas et d'autres blouses blanches qui montrent des choses sur des tableaux à l'aide de longues cannes, oubliant que c'est une image normalement associée à Hitler. Ils se tiennent devant les cages de pauvres rats qui sont censés leur avoir servi de cobayes. Manifestement, personne ne leur a dit que les rats ignoraient tout de Noël, et que, même s'ils savaient, ça ne leur défriserait certainement pas les moustaches.

Puis l'écran se remplit de données, de diagrammes et de mentions légales qui défilent à toute allure. Parlez-en à votre médecin aujourd'hui ! Mieux encore, parlez à votre médecin de votre ami casseur d'ambiance et nous nous occuperons de le soigner pour vous ! Rien de plus simple. Signez ici. Puis d'une voix menaçante : Nous n'avons aucun rapport avec le diable et nous ne pouvons pas vous aider si votre famille est raciste. Mais donnez-nous votre e-mail pour être tenu informé. Car nous travaillons aussi là-dessus.

Et ce n'est pas tout. C'est un publireportage : ça n'en finit pas. Après des années de recherches, nous avons découvert ce qui se passe dans le cerveau au moment des fêtes, déclare l'homme en blouse blanche, désignant une image du cerveau, au cas où on aurait oublié à quoi ça ressemblait. Une partie du cortex est illuminée par le mot *joie*. Les fêtes sont un moment de joie… ou devraient l'être, ajoute-t-il en haussant un sourcil. Et cela joue sur les substances chimiques dans votre cerveau qui influent sur le sentiment de bonheur.

Vous les connaissez, sans doute.

Un petit lutin dessiné apparaît. Coucou ! Moi, c'est Dopamine ! dit-il devant mes yeux horrifiés. J'aime les récompenses et le plaisir !

Un autre lutin, de sexe féminin cette fois, surgit. Coucou ! Moi c'est Sérotonine. J'aime l'estime de soi et la stabilité !

Avec nous, c'est toujours Noël ! ajoutent-ils en chœur en se tapant dans la main.

L'homme en blouse blanche reprend la parole.

Nous avons montré des images sur le thème des fêtes de fin d'année aux participants et, en étudiant leur cerveau, nous avons pu localiser les centres nerveux les plus actifs. Ces zones que vous voyez ici !

(Il désigne des zones nommées *cortex somatosensoriel, cortex prémoteur, cortex moteur primaire* et *lobe pariétal*.)

Ces zones sont liées à notre spiritualité, à nos sens, à notre empathie. En bref, nous savons désormais comment Noël affecte le cerveau. Mais ce n'est pas tout ! Nous n'en sommes pas restés là. Beaucoup d'entre nous trouvent cette période de l'année stressante. Tout le monde est censé avoir un repas de famille idéal : c'est une pression énorme pour ceux qui sont entourés de connards !

(Il ne dit pas connards, mais j'entends connards.)

En situation de stress, l'organisme produit de l'adrénaline et du cortisol, des substances dures et violentes qui rendent encore plus difficile cette période déjà éprouvante.

Les fêtes sont liées dans notre esprit à la famille et aux amis, mais tout le monde n'a pas la chance d'avoir de bonnes relations avec ses proches. Peut-être même avez-vous perdu récemment un être cher ?

(Je serai prête à parier que sa femme l'a quitté. Sans doute parce qu'elle ne supportait plus de le voir faire le dealer scientifique à la télé.)

Les relations humaines sont une part importante de Noël, poursuit-il. Elles provoquent la libération d'une hormone appelée ocytocine. Un autre lutin surgit : Salut ! Je suis Ocytocine, ce sentiment chaud et doux qui vous envahit quand vous êtes avec ceux que vous aimez. Ce sont les zones du cerveau visées par notre pilule magique, reprend l'homme, manifestement très content de lui. Imaginez que votre cerveau est un sapin de Noël. Ce traitement l'illuminera !

Personnellement, je trouve ça flippant.

Parlez à votre médecin aujourd'hui, conclut-il, avant que les effets secondaires ne défilent sur l'écran.

Je devrais éteindre cette publicité dès qu'elle apparaît, mais c'est plus fort que moi. Je suis fascinée. Je me dis qu'à force de la regarder, je finirai peut-être par croire à la science, à défaut de croire à Noël. J'attends toujours.

Pour l'instant, c'est seulement Halloween, et je suis heureuse de constater qu'on le fête encore. J'ai déjà vu *Dangereuse alliance* dix fois cette année. Melissa voulait accrocher des décorations, des chauves-souris et des toiles d'araignées. Debs a beau lui expliquer que les chiens se moquent d'Halloween, elle répond que c'est pour les humains. C'est un sujet de dispute constant entre elles : Melissa lui rappelle l'existence des êtres humains et Debs se renferme, se demandant ce qu'il lui a pris de l'embaucher.

Halloween est aussi mon dernier jour de liberté avant le début du traitement. Je devrais aller à une fête déguisée, mais je ne le ferai sans doute pas. Je ne bougerai pas de chez moi et je prétendrai que je ne suis pas là, comme tous les soirs. Je mangerai des bonbons, ce que j'aurais fait de toute manière. Du temps de mon copain, on était invités à des fêtes d'Halloween – *cocktails diaboliques pour tout le monde !*, vous voyez le genre –, mais les invitations lui étaient plutôt adressées à lui et il savait que ça ne m'intéressait pas. Il savait aussi que ce serait bizarre s'il y allait seul, donc ça se terminait généralement par une méga-engueulade. Je veux y aller, commençais-je par dire, et il s'efforçait de refréner son optimisme. Enfin, si j'étais quelqu'un d'autre, j'adorerais y aller, j'ajoutais, et il se retenait de jurer pendant une minute, puis on se mettait à s'insulter en chœur. Je finissais toujours par lui dire d'y aller sans moi, et c'était sincère, je voulais m'entendre penser un peu, décider toute seule ce que j'avais envie de manger et de regarder à la télé. Bien sûr, lui ne voulait plus y aller. C'est le lot des relations amoureuses. Les petites rancœurs s'accumulent et, à la fin, l'amour n'est plus qu'une chaîne de malentendus dans laquelle on se retrouve si bien emberlificotés qu'on se persuade que ça vaut le coup de continuer à cause de ce qu'il y a eu avant. Des malentendus, comme quand il croyait que je voulais faire l'amour le matin, alors que tout ce que je voulais, c'était un sandwich.

On est censé commencer le traitement début novembre, parce que l'effet ne se fait vraiment sentir qu'au bout de six semaines. Si ces publicités sont efficaces, le 1er, toutes les pharmacies du monde seront remplies de gens avec la gueule de bois qui feront la queue pour récupérer leurs médicaments. Dans ce cas, est-ce que notre tristesse collective sera encore de la tristesse ? Est-ce qu'elle ne ressemblera pas plutôt à de l'espoir ? Sans doute pas. On fera toujours la queue à la pharmacie comme si on attendait la mort, ce qui est de toute manière le cas.

L'an dernier, le 24 décembre, après le départ de Melissa, Debs m'a demandé si j'avais quelque chose de prévu. J'ai dit non, même si ce n'était pas vrai. Elle avait un truc à faire et j'ai accepté de garder ses enfants, au risque de gâcher leur Noël et le mien. Je rentrerai tôt, m'a-t-elle promis. Largement à temps pour fêter Noël et tout le bazar.

Les enfants s'en moquaient, parce qu'ils avaient un nouveau jeu vidéo, une histoire de zombies, de guerre, ou les deux à la fois. C'était censé être un cadeau de Noël, mais cette famille n'a aucune patience. J'ai pensé que si Debs ne revenait jamais, ce serait peut-être ma vie jusqu'à la fin des temps. J'étais prête.

J'aime bien garder les enfants de Debs parce que j'en profite pour fouiner dans la maison. Fouiller chez les gens est l'une des rares joies qu'il me reste. Pas de chance : je n'ai jamais rien trouvé d'intéressant. Pas même un vibromasseur. C'est dire si on est déprimantes. On ne pense même pas avoir droit aux plaisirs les plus élémentaires. Je sais qu'elle dort avec une batte de base-ball dans son lit. Elle n'a peut-être pas encore tué son mari, tout compte fait.

Bien sûr, elle a fini par rentrer. On regardait *Maman j'ai raté l'avion* comme si c'était la première fois quand elle a débarqué et s'est glissée entre nous sur son canapé riquiqui. Si ça avait été un canot, on aurait jeté les bébés à l'eau pour sauver notre peau. On a bu un verre, puis les enfants m'ont embrassée sur le front avec leurs lèvres poisseuses, avant de disparaître au premier étage pour se brosser les dents. Quand ils étaient plus petits, ils se contentaient de me dévisager, ou alors ils me tendaient des choses humides – des Cheerios surtout – et je disais merci d'un ton grave. Maintenant qu'ils sont un peu plus grands, ils me grimpent dessus comme si j'étais un meuble et je subis en silence. Parfois, ce n'est pas désagréable d'être un meuble dans la maison de quelqu'un d'autre.

Debs a dit que je pouvais rester dormir si je n'avais nulle part où aller. J'ai plein d'endroits où aller, lui ai-je répondu, mais aucun où j'ai envie d'être. J'entendais ma voix monter dans les aigus. Tant pis. J'étais éméchée, c'était Noël, fichez-moi la paix. Pour finir, chacun est allé se coucher à sa place, l'humeur un peu pétillante et festive, et je me suis enroulée dans une couverture pour chien sur le canapé. Debs nous a crié à tous qu'il était l'heure de dormir et on a obéi, parce qu'elle est notre cheffe à tous.

Le lendemain, c'était Noël. Debs n'est pas du genre sentimental, donc c'était un matin comme un autre, avec des cadeaux en plus, et les enfants ont eu le droit de manger des cochonneries au petit déjeuner. Il y avait toujours vingt chiens turbulents à nourrir, à nettoyer et à promener, ce qui est lourd au quotidien, mais en même temps nous sauve la vie.

Quand on est arrivées au refuge, Melissa était déjà là. J'étais blême. Elle avait soi-disant oublié que c'était Noël. Un mensonge flagrant. On avait deux jours de congé ; aucune de nous deux n'était censée être là. Le problème c'est qu'on est attirées par Debs comme des papillons de nuit par… non, pas une lampe, plutôt un autre papillon de nuit, la mère de tous les papillons de nuit.

Finalement, Debs m'a obligée à partir. Elle m'a obligée à aller voir mes parents. Et m'a conseillé de me doucher avant. D'être gentille. C'est Noël, Janet, et pas seulement pour toi. Donc j'ai fait ce qu'elle disait. En vrai, je n'ai pas pris de douche, je me suis juste passé un gant sur les parties du corps susceptibles de sentir, et je n'ai pas été exactement gentille, même si on ne peut pas dire que j'ai été méchante non plus. J'étais là. Le temps d'arriver chez mes parents, j'avais déjà laissé la meilleure partie de moi-même au refuge, avec Debs et les chiens.

Ce Noël sera différent. Ce Noël, apparemment, je serai complètement défoncée, tout ça pour que je puisse être *vraiment là*, ce qui n'a pas beaucoup de sens. Où est-ce que je suis censée être ? Quelque part, en tout cas. Tant que ce n'est pas ici, ça me va.

Toujours héroïque, Debs emmène ses enfants à la bibliothèque. Elle me dit que c'est moi qui suis responsable du refuge en son absence, mais je sais que c'est juste pour me remonter le moral, parce que je ne peux pas les accompagner. Elle connaît ma relation particulière avec les bibliothèques.

Une fois, j'ai volé une carte de bibliothèque. Elle était par terre dans la rue. Quelqu'un d'autre l'aurait ignorée, l'aurait rapportée, aurait essayé de retrouver son propriétaire. Moi, je l'ai ramassée avec l'intention de l'utiliser frauduleusement.

C'est nul, a dit mon copain.

Pourquoi ?

Tu sais que les bibliothèques sont gratuites, non ?

J'avais bien envisagé de prendre une carte à mon nom, mais ça signifiait se rendre sur place, remplir des formulaires, dire à quelqu'un qui j'étais, où j'habitais, que j'existais. C'était au-dessus de mes forces. J'aimais mieux ma carte volée. Je me suis juré que je n'emprunterais rien d'olé olé, pas de farce victorienne grivoise, pas d'histoire de tueurs en série. Rien qu'on ne pourrait utiliser contre moi le jour où je ferais quelque chose de plus grave, rien qui pourrait faire dire : Regardez ce qu'elle lisait.

C'était le crime parfait. Des livres gratuits : le rêve. Jusqu'à ce que le propriétaire signale la perte de sa carte et en obtienne une nouvelle, annulant la mienne. Si j'avais réellement aimé les livres, je l'aurais assassiné. J'aurais pu aussi demander ma propre carte, je suppose.

Pourquoi tu fais ça, Janet ? me demandait mon copain. Tu es tordue, voulait-il dire, mais il se retenait, parce que j'étais toujours sa copine et toujours baisable. Ça le vexait juste que je sois plus excitée par ce petit larcin dérisoire que par lui.

Lorsque je rentre chez moi, je veux regarder la télé, mais je n'ose pas. Je ne peux plus l'allumer sans me sentir agressée par Noël. Enfin, je ferme les yeux et je décide de zapper jusqu'à ce que j'entende quelque chose de supportable – un documentaire sur une sombre affaire de meurtre, peut-être –, sans succès.

Les chaînes musicales sont les pires. Putain de Mariah Carey. Il n'y a qu'à prononcer le mot Noël et elle est là, comme un chien quand on fait tomber une saucisse. C'est tous les jours Noël dans son cœur, et aussi dans sa maison – je le sais, car j'ai vu l'épisode de *Ma maison de star* chez elle, sur MTV, à l'époque où c'était l'émission que tout le monde regardait – et je me demande comment ça se fait que personne n'ait pensé qu'elle avait un problème. Elle clamait qu'elle adorait les fêtes parce que c'était une période pleine d'optimisme. Les gars du labo auraient peut-être dû l'engager pour vendre notre pilule, mais ils devaient se douter qu'on n'était qu'un tas de goths et que les goths ne sont pas fans de Mariah Carey. Pas en public, en tout cas.

En revanche, ils auraient pu prendre Morrissey. Mais il aurait refusé, bien sûr, car il veut qu'on soit tous tristes. Parfois, j'ai l'impression qu'il est le seul à me comprendre et puis je me souviens qu'il n'est plus celui qu'il était, ce qui gâche tout fantasme résiduel de m'enfuir avec lui.

Je me demande si Mariah prend ce traitement. Je suis sûre qu'elle, personne ne l'oblige à assister à des réunions à la con. Peu importe, tant qu'elle va bien. Mon empathie pour les êtres humains est étrange et capricieuse.

Pour finir, je trouve un film d'horreur débile – les filles dans ces films sont toujours des bécasses, pourtant, on est censées avoir fait des progrès dans ce domaine, mais manifestement personne n'a cru bon d'avertir le réalisateur, ou alors il s'en fout –, et bientôt je ne pense plus à Mariah Carey. De toute façon, il y aura toujours quelqu'un quelque part pour penser à elle.

TREIZE

J'ai l'impression d'être au milieu d'un champ de maïs, à prier pour être enlevée par des extraterrestres. Que ce soit pour faire des expériences sur moi ou qu'ils ressemblent à de mignons personnages de dessin animé, je m'en fous. Je veux juste qu'ils m'emmènent loin d'ici.

Pour une fois, je fais ce que tout le monde attend de moi. Je capitule. Je ne serais pas autrement surprise si mon ex surgissait de l'ombre pour me serrer dans ses bras, me dire que tout est pardonné et se réinstaller dans ma vie comme si de rien n'était. Auquel cas, je lui flanquerais un coup de genou dans les parties et je prendrais la clé des champs. Ou la clé des bois, puisque c'est là que je vais, de toute manière.

Tout ce pour quoi j'ai travaillé, la petite place que je me suis faite dans l'univers, ça ne vaut plus rien. C'est ce qu'on me dit, du moins. Et je ne suis rien non plus, juste de la poussière qui retourne à la poussière. Et même pas de la poussière d'étoiles, juste de la banale poussière ménagère. De la poussière que je devrai balayer en un petit tas et réanimer pour qu'on croie que je suis une nouvelle Janet, alors qu'au fond, je ne suis qu'un mouton qu'on peut disperser d'un éternuement ou aspirer.

Le 1er novembre passe. Une pilule chaque matin pendant huit semaines. Huit semaines, Janet, dit ma mère, comme si ce n'était rien. Huit semaines, dit mon médecin, et ça me semble une vie entière. Beaucoup de choses peuvent se produire en huit semaines. Puis ça sera Noël. Et après, on entre en phase descendante : un demi-comprimé par jour pendant deux semaines, puis un demi-comprimé un jour sur deux pendant une semaine, et on arrête tout. Je compte déjà les jours.

D'ici là, bien sûr, je dois me lever tous les matins et aller travailler normalement.

Mon médecin m'a dit de regarder sur Google si je voulais des informations et je ne m'en suis pas privée. C'est la guerre et je préfère être prête. La guerre contre moi-même, mais ça, j'aime autant ne pas y penser. J'ai donc imprimé la notice – est-ce que je suis la seule personne à posséder encore une imprimante ? – et je me suis assise pour la lire. Ça ne m'étonnerait pas qu'on m'interroge dessus à un moment ou un autre. Peut-être qu'on va tous nous envoyer en Laponie pour rencontrer le père Noël dans son laboratoire.

Elle ressemblait à n'importe quelle notice pharmaceutique. Des notices, j'en vois depuis toute petite, je sais de quoi je parle. J'ai même lu celle d'Emma quand elle s'est mise au Prozac. (Ton obsession pour la lecture va un peu loin, Janet, m'a-t-elle dit ce jour-là. Personne ne lit ces trucs-là, c'est comme les conditions générales de vente. Peut-être que les gens ont tort, ai-je répondu, avant de me replonger dedans. Après, j'ai essayé de l'avertir : ça se termine très mal. Elle a dit qu'on devait tous mourir un jour, ou quelque chose dans ce style.)

Il faut suivre la posologie pour que le traitement marche, dit la notice. *Sans déc ?* L'arrêt doit être progressif. Pas question de se croire assez malin pour jeter le flacon à la poubelle à la seconde où on a échappé à sa famille.

Ça commence bien…

Il n'y a rien sur ce qui se passe si on avale tous les comprimés d'un coup. La mort, j'imagine, mais en mode festif, genre on se prend pour un renne et on essaie de voler. On s'empêtre dans une guirlande lumineuse et on se casse la gueule pour finir par mourir d'hypothermie dans la neige.

Il n'est écrit nulle part qu'il est déconseillé de tomber enceinte. Je vais éviter, question d'habitude. Ça ne dit pas non plus ce qu'on est censé faire en cas de grossesse accidentelle, mais je le sais, de toute manière. Ce qui ne m'empêche pas de me demander ce qui arriverait si je gardais le bébé. Est-ce qu'il chérirait Noël d'un amour aussi total que Mariah ou est-ce qu'il le détesterait ? Il y a tellement de bébés Prozac aujourd'hui, et ils n'ont pas l'air particulièrement heureux. J'y pense beaucoup, parce que je suis une femme, mine de rien. Je suis programmée pour y penser, même si je suis sûre et certaine de ne pas en vouloir. Parfois, j'aimerais oublier que je suis une femme pour être simplement une personne, mais c'est presque impossible.

Je veille tard. J'étudie la notice dans mon lit comme si je me préparais à un examen. Le traitement peut provoquer des troubles du sommeil, mais comment savoir si c'est vraiment ça ou si c'est à cause des fêtes dans l'immeuble, du père Noël ivre dans la rue qui hurle que sa femme l'a quitté, ou même de ce qu'on est en train de lire ?

Les composants actifs sont censés s'accumuler petit à petit dans le corps – sous la surface, comme une sorte de mycose sous-cutanée, j'imagine –, jusqu'au jour où, miracle, on ne peut plus résister à leurs effets. On prend ses Frosted Flakes et on se rend compte que Tony le tigre porte un sweat-shirt avec un renne. On ne sait pas comment c'est arrivé, mais c'est là et c'est génial.

Il faut bien que je me rende à l'évidence. Le monde n'a aucun respect pour les gens de mon espèce qui ont besoin d'y aller en douceur. Là, je vais devoir avaler cette pilule pendant des semaines sans voir la différence et, du jour au lendemain, tout va me tomber sur la tête. Des publicités de Noël à la télé, partout des chansons légères et festives. L'impression de se retrouver d'un coup à Chouville – mais si ça fait de moi le Grinch, alors ça me va.

Parmi les effets indésirables, le cœur peut prendre trois tailles.

Le 1er novembre, je préviens Debs que je serai peut-être en retard. Ça ne la dérange pas, tant que je viens. Si on ne m'en demandait pas plus en général, ça suffirait à mon bonheur. Je repêche mon ordonnance au fond de mon sac, je secoue les miettes de biscuit – dans ma bouche, parce que je suis dégoûtante –, et je me dirige d'un pas décidé vers la pharmacie. Je me réconforte sur le trajet en me disant que je peux encore changer d'avis et prendre un paquet de préservatifs à la place, histoire d'ensoleiller un peu la journée de tout le monde. Je pourrais en laisser un dans la rue, pour que les gens plissent le nez et en même temps éprouvent un peu de nostalgie.

Mais non. Je franchis les portes automatiques, fais taire une partie de mon cerveau et prends place dans la file pour acheter le flacon qui va changer ma vie. Dommage que ma mère ne soit pas là pour assister à mon sacrifice. Elle aurait été ravie de venir, si je le lui avais proposé, mais qui demande à sa mère de l'accompagner à la pharmacie ? Melissa serait venue, elle aussi, et elle en aurait profité pour récupérer des échantillons de maquillage qu'elle m'aurait offerts. Debs aurait refusé. C'est la seule personne qui a un minimum de sens commun. Si j'avais besoin qu'on me tienne la main pour y aller, elle voudrait juste savoir ce qui ne va pas chez moi. J'ai du travail, figure-toi, Janet, dirait-elle.

Je tâche de me distraire en essayant de deviner qui d'autre dans la file est là pour le traitement. Ce n'est pas difficile de reconnaître ceux de ma tribu. J'en repère un immédiatement : un type en pyjama sous son gros manteau. Je suis tentée de lui adresser un salut de la main, mais c'est un coup à passer pour une nazie particulièrement sociable. Je me contente donc d'un petit signe de tête.

Il y a aussi une fille avec un trait d'eye-liner très épais et une cigarette derrière l'oreille que j'ai soudain une envie irrépressible d'épouser. J'espère qu'elle sera à la réunion.

Et il y a un mec mignon qui écoute de la musique braillarde au casque. Il ne se rend pas compte qu'on en profite tous, ou il s'en fout. Ça m'énerve de remarquer qu'il est mignon. J'ai envie de me flanquer un coup de poing dans les ovaires rien que pour les calmer. Je ne veux pas rencontrer de garçons à la pharmacie, mais ils sont là qui narguent mon vagin. Les hommes et les familles, j'ai déjà donné. En cas de désir urgent, je peux le combler toute seule, comme une grande.

Ma mère adorerait que je rencontre quelqu'un à la pharmacie. Ça ferait une belle histoire à raconter à nos chiens : on faisait la queue pour le même médicament. C'était le destin. Il faudrait créer une appli. Pour mettre en relation ceux qui prennent les mêmes pilules. On pourrait discuter des effets indésirables. Si on a tous les deux la bouche trop sèche pour s'embrasser, il y a un sirop contre la sécheresse buccale dans l'allée 5.

Un petit enfant s'agrippe à la jambe de sa mère ; elle le repousse et chaque fois il revient s'enrouler autour d'elle, comme un serpent décidé à l'étouffer. Si mon copain était là, il ferait des bruits et des grimaces débiles au gamin, ce que personnellement je réserve aux chiens. Elle devrait secouer sa jambe une bonne fois pour toutes et l'envoyer valser dans le présentoir de sirop pour la toux.

Les autres clients sont des gens normaux qui viennent chercher des médicaments normaux. Ils nous regardent comme des monstres parce que c'est ce qu'on est. Quel genre de personne ne peut pas être heureuse à Noël ? Notre genre.

J'achète quand même des bonbons et des préservatifs, parce que j'ai envie de me sentir jeune et pleine d'espoir. La pharmacienne ne fait même pas attention, ce qui est regrettable, car aujourd'hui je n'ai d'yeux que pour elle.

Toute la matinée, je sens que Melissa brûle de me demander où j'étais, mais elle ne peut pas, parce qu'elle sait que ça ne la regarde pas. J'ai presque envie de le lui dire, étant donné qu'elle est la seule à s'intéresser. Une part de moi espère qu'elle va fouiller dans mon sac. Ce n'est pas ma mère, donc ça va. Elle me dévisage intensément, puis n'y tient plus. Elle me dit qu'elle est là si j'ai besoin de parler, ce qui signifie : s'il te plaît raconte-moi tout, car grâce à toi je vis par procuration.

Elle me voit avaler quelque chose et demande timidement si je ressens déjà une différence. Je n'ai pas le cœur de lui avouer que c'est un Tic Tac. Alors je lui dis que j'ai des envies de truffes au chocolat. Elle pense que je suis drôle et non pas cruelle. Elle est comme une petite sœur exaspérante, bien qu'on ait le même âge. Ça doit vouloir dire que je l'aime. Mais si elle le répète à quiconque, je m'assieds sur elle et je menace de la frapper.

Tant que je fais mon travail et que je n'essaie pas de la toucher, Debs me fout la paix. Elle a entendu parler du traitement à cause du battage publicitaire, et elle sait que je le prends, parce que je suis censée l'informer de mon état de santé, mais elle ne m'a posé aucune question. Si tu te sens bizarre, tiens-moi au courant : c'est tout ce qu'elle a dit et ça ne m'aide pas beaucoup, vu que je me sens toujours bizarre.

Pour finir, je consens à jeter un os à Melissa et je lui parle du mec à la pharmacie. Ça la laisse songeuse et elle me demande à quoi il ressemble. Je ne sais pas pourquoi les abrutis ont besoin de détails aussi insignifiants pour assimiler une information. Je rêverais qu'on me pose une question inattendue, genre est-ce qu'il avait l'air d'en avoir une grosse ou qu'est-ce qu'il sentait, histoire de changer.

Pour le plaisir, je lui réponds qu'il ressemblait à un

acteur minable qu'elle adore. Melissa a le don pour réveiller la Vilaine Janet en moi.

Enfin, quand je rentre chez moi, j'examine les pilules. Ça va trop vite. Le 1er novembre s'achève déjà.

Les pilules ne sont pas emballées, ce qui me déçoit. J'ai l'impression que c'est une arnaque. Il n'y a ni boîte ni ruban, juste un flacon de comprimés ordinaire.

Je ressors la notice que j'ai déjà lue. Les mises en garde ressemblent à un mauvais slam. *Frissons et tremblements. Baisse de la libido. Épuisement. Perte de l'appétit. Nervosité. Diarrhée. Sensation de soif accrue. Cécité.* Cécité ? Trop cool, joyeux Noël Janet. Et aussi *anxiété, agressivité, irritabilité, hostilité, aggravation de la dépression et pensées suicidaires*. Tout ce dont rêve une petite fille à Noël.

La pilule est vert et rouge, comme il se doit.

J'en fais tomber une dans ma paume et je l'examine. Putain, ça craint quand même. Mais je dois admettre que je suis un tout petit peu curieuse de savoir qui je serai si je la prends. La fille idéale. La petite amie parfaite. L'employée modèle et la collègue pleine d'entrain. Rien à foutre. Je suis très bien comme je suis. Ce sont les autres qui ont un problème.

La notice ne précise pas la marche à suivre au cas où on changerait d'avis. Si vous avez la moindre question, adressez-vous à l'animateur de votre réunion, lit-on seulement. Et aussi qu'il faut participer à toutes les réunions. Sans expliquer que c'est parce que le traitement n'a pas été testé sur les civils et que le labo veut s'assurer qu'on est vivant.

Je réfléchis longuement à cette petite pilule. Tout ce que j'ai à faire, c'est l'avaler pour devenir une personne heureuse et insouciante, aveugle à la tristesse. Je verse une larme sur cette pauvre tristesse. Il faut bien que quelqu'un la voie. Pourquoi pas moi ?

Je sens ma gorge se serrer et je déglutis.

Avant d'aller me coucher, je reçois un SMS de ma mère. *Tu as pris ta première pilule ?* demande-t-elle. Je ne réponds pas. Ça pourrait être pire. Au moins, elle n'a pas organisé de fête pour célébrer le premier antidépresseur de sa fille.

QUATORZE

J'ai mes médocs, mes bonbons et mes capotes. Maintenant, il ne me reste qu'à participer à des réunions longues comme un jour sans pain, et je serai une autre femme.

Il n'est dit nulle part que je ne peux pas être ivre morte pendant ces réunions. Ou au moins éméchée. Je sais qu'on n'est pas censé mélanger l'alcool et les médicaments, mais c'est Noël. Si vous ne carburez pas au Baileys au petit déjeuner, c'est que vous n'avez rien compris.

Je préférais avoir bu pour affronter une journée de cours. Un tout petit peu. J'avais une bouteille de schnaps à la pêche sous mon lit. J'en prenais une gorgée, de quoi tenir le coup, surtout s'il y avait sport ou si je devais parler en classe. C'est un peu la honte, le schnaps à la pêche, j'aurais préféré quelque chose de plus chic, mais c'était efficace et ce n'était pas aussi dégueulasse que la plupart des alcools. J'avais une copine qui apportait le sien dans une Thermos. Elle était super, pour un être humain. J'espère qu'elle est toujours vivante.

Le jour de la première réunion, je me traîne jusqu'à la voiture et je file à l'église sans me retourner de peur de changer d'avis. Une fois sur le parking, j'attends un peu. Personne ne sait qui je suis, ici. Est-ce que j'imagine vraiment que quelqu'un va venir me chercher ? Ce n'est pas désagréable. Je pourrais être n'importe qui. Avant, quand je passais devant cette église, je pensais qu'au moins, je n'étais pas encore aux Alcooliques anonymes. On est bien peu de chose.

Dans un coin de mon esprit, j'entends ma mère dire : C'est ce que tu veux, Janet, ou tu ne serais pas là. Et j'imagine Debs pointant deux doigts vers moi comme si elle me visait avec un revolver : Bon vent, Janet.

À l'intérieur, ça pue la mort et l'urine. Les gens pissent sur le seuil parce qu'ils détestent Jésus, et je ne parle pas seulement des clodos, mais de personnes normales bourrées. L'odeur flotte jusque dans la salle où se tient ma réunion. C'est l'exact opposé du parfum de donuts chauds que les magasins soufflent à l'extérieur pour attirer le chaland.

Je suis la dernière, semble-t-il. J'ai envie de me justifier. Je suis là depuis un moment, mais j'étais dans ma voiture, à me demander si vous en valiez vraiment la peine. Bien sûr, je la ferme et je m'assieds. Je garde mon manteau. On est onze dans la pièce, dont sept femmes. Aucun signe du veuf sexy promis par la publicité. J'ai l'impression de m'être fait avoir. Mais on pourrait objecter que je n'ai rien à voir avec mon moi amélioré sur l'affiche, ce qui n'est pas faux.

Un type à l'air officiel est assis près de la porte. Il prend des notes. Je ne pense pas que son rôle soit de nous empêcher de partir – en courant, en ce qui me concerne –, mais je suis sûre qu'il essaierait quand même. Qu'au moins il se lèverait et poserait son cahier. En tout cas, c'est un mec du laboratoire pharmaceutique, c'est certain. Des hommes qui filent des médicaments aux femmes : une histoire aussi vieille que le monde. À la fac, j'avais un cours sur l'histoire des femmes et des médecines de l'esprit. Je l'avais surnommé : Comment les hommes bousillent les femmes depuis la nuit des temps. Mon prof a menacé de me recaler si je n'arrêtais pas de mettre ce titre sur mes copies.

Karen se présente comme l'animatrice de la réunion, mais elle n'a pas l'air capable d'animer grand-chose. Elle est encore plus pathétique que nous et je décide de ne pas l'accabler. Ses vêtements semblent faits maison – est-ce qu'on ne lui a jamais dit qu'il existait des magasins qui en vendaient ? En plus, elle se nomme Karen, ce qui me fait de la peine pour elle. C'est un prénom déprimant. Ça me rappelle Karen Carpenter. Les filles tristes disparues, c'est ma spécialité.

Bonjour, je m'appelle Karen, dit-elle, mais elle n'en a pas l'air très sûre et personne ne la croit.

Le type à l'allure d'officiel se présente, précisant qu'il est juste là en tant qu'observateur, et retourne s'asseoir près de la porte. Essayez de l'ignorer, dit-elle, et j'ai l'impression qu'elle s'adresse à moi. Le laboratoire veut simplement savoir comment ça se passe, ajoute-t-elle, ce qui me rappelle que nous sommes des cobayes. Des chimpanzés avec un bonnet de père Noël sur la tête. Je me demande pourquoi ils n'ont pas mis de caméra.

Karen nous invite à nous présenter chacun notre tour. J'ai envie de donner un faux nom, mais je me ferais sans doute virer. En plus, j'ai la flemme.

Je porte mon apathie comme un parfum volé chez Sephora.

Le mec du labo est en costume, histoire de montrer qu'il est au travail. Karen a un pull qu'elle a dû tricoter elle-même, ce qui en clair signifie : J'ai beaucoup de chats. Je ne serais pas surprise qu'elle soit mariée – mais au Seigneur.

Karen entreprend de nous parler du traitement. On dirait un sketch. Je me demande si ça va se transformer en comédie musicale. Je rêve, évidemment. Si je m'ennuie trop, je pourrai toujours inventer mes propres chansons.

Il n'y a pas de PowerPoint, et c'est un soulagement pour tout le monde, surtout pour Karen, car je suis sûre que ça l'empêche de dormir la nuit. Je compatis. Me retrouver ici avec ces gens m'adoucit déjà. C'est inquiétant.

Karen nous répète ce que nous ont dit nos médecins : ce médicament a été conçu pour des femmes comme nous qui voulaient être heureuses à Noël. Tout ce qu'on a besoin de savoir figure dans le prospectus, nous assure-t-elle, puis elle passe dix minutes à fouiller dans son immense sac. Enfin, elle le brandit au-dessus de sa tête, genre ça y est, je l'ai ! Je ne suis pas totalement incompétente, tout compte fait. Elle et moi, on a peut-être plus de choses en commun que je le croyais.

J'aime bien le tour désuet que prend cette réunion : il y a du papier, il y a des êtres humains qui parlent – au moins un – et, sur une table contre un mur, il y a des donuts. Pas de décor de science-fiction, pas d'écrans géants ni de panneaux annonçant qu'on est tous damnés. Ça me remonte presque le moral.

Il faudrait juste que j'arrive à oublier que ces gens sont là pour nous droguer.

Bien, cela fait maintenant une semaine entière que vous avez dû commencer le traitement, poursuit Karen. Comment vous sentez-vous ? Personne ne répond, mais j'en vois deux ou trois qui échangent des regards en haussant les épaules. Personne ne ressent rien de particulier, pour l'instant. Karen devine notre déception. C'est le début, dit-elle. C'est normal si vous ne sentez rien. Ce qui ne parvient qu'à nous décevoir un peu plus. On veut tous que ça marche tout de suite. On veut tous que ce soit fini.

Avant, j'adorais les histoires de tests de médicaments qui tournaient mal. Bien sûr, je plaignais les pauvres cobayes qui avaient besoin d'argent et pensaient qu'essayer des substituts chimiques aux méthamphétamines valait mieux qu'un vrai boulot, mais comment résister à un conte de fées avec la méchante industrie pharmaceutique dans le rôle de la sorcière ? Je ne m'en lassais pas.

Ce qui m'obsède, c'est l'origine de cette pilule de Noël : tout viendrait de la femme du grand patron de la société. La première Janet, je l'appelle. Celle pour qui mon médicament a été inventé. J'ai lu son histoire en ligne. Je ne suis pas totalement abrutie. Je sais que la rubrique *Qui sommes-nous* a été fabriquée de toutes pièces par le service marketing pour nous faire croire qu'un produit conçu pour gagner de l'argent a été créé par amour. Malgré tout, celle-là, j'espère qu'elle est vraie. Apparemment, le patron, qui s'appelle Richard Grossman, voulait faire plaisir à sa femme à Noël, mais il n'avait pas d'idée. Puis il s'est rendu compte qu'elle était malheureuse. Alors, au lieu de la libérer des chaînes d'un mariage sans amour, il a inventé une pilule pour l'aider à oublier… au moins pendant les fêtes.

Curieusement, l'histoire a une fin tragique : le traitement a réveillé la libido de la première Janet et, un jour, elle a quitté M. Gros Labo pour un père Noël de centre commercial sexy. Je suppose que ça fait partie de l'argument de vente. Sinon, ça ne serait pas sur le site. Enfin, il n'est écrit nulle part qu'il était sexy, son père Noël, mais il devait l'être, sinon à quoi bon ? J'imagine un séducteur canon, pas un chômeur barbu obèse qui s'est résolu à prendre le job parce qu'il en avait marre qu'on lui dise qu'il ressemblait au père Noël sans que ça lui rapporte un rond.

J'aimerais savoir ce qui leur est arrivé à la fin. J'aimerais savoir s'ils sont toujours ensemble. J'aimerais savoir si la première Janet est heureuse. Peut-être qu'un jour nos chemins se croiseront. Elle est peut-être la seule à pouvoir me comprendre. C'est fou, de projeter ses espoirs sur quelqu'un qui n'existe sans doute pas, mais c'est précisément l'idée derrière Noël, non ?

J'aurais une foule de questions au sujet de la première Janet, mais personne n'en pose.

C'est elle qui m'intéresse, pas son crâne d'œuf de mari.

Je croyais que tout le monde ici serait comme moi, que personne n'avait envie de venir à cette réunion. Manifestement, je me trompais. Il y a au moins deux personnes qui ont l'air de s'éclater. J'ai peur que l'une des deux se rapproche de moi et décide de me faire des tresses. Il faudra que je pense à ne pas me laver les cheveux pendant plusieurs jours avant de venir, la prochaine fois, au cas où.

Nous sommes assis en rond. Si seulement c'était

un cercle de sorcières, comme celui que j'ai toujours rêvé de créer avec Debs, juste nous deux fabriquant des poupées vaudoues pour jeter des sorts à tous ceux qui nous ont fait du mal, dans un bar autorisant la sorcellerie.

Dieu merci, personne ne nous invite à nous lever pour raconter notre histoire. C'est évident qu'on est tous là pour la même raison : on emmerde notre entourage.

Au cas où, j'ai répété ce que je dirai si on m'oblige à faire un laïus : Bonjour, je m'appelle Janet, je suis une professionnelle de la tristesse – là, je leur parlerai de mon travail glamour au refuge –, et je ne tiens pas à prendre de traitement, parce que la vie est triste et que je ne veux pas l'oublier. Mais peut-être que quelques semaines de répit à Noël, ce ne serait pas si mal. Il s'avère que je me suis préparée pour rien. Karen se contente de nous applaudir et on la regarde avec des yeux ébahis. Sois un peu plus psychologue, Karen, ai-je envie de lui souffler. Il est trop tôt.

Quelques personnes partent encore plus vite que moi. Je les aime déjà. D'autres traînent autour de la table à donuts et échangent leurs numéros. Je pourrais les rejoindre, leur donner mon téléphone pour qu'on s'envoie des messages d'encouragement. *Tu assures, ma poule*, ou *N'attaque pas ton frère avec une fourchette*, *Janet*. Je ne le fais pas, bien sûr. Je regagne simplement ma voiture. Je tapote amicalement le volant – ça c'est une bonne petite auto qui m'a attendue gentiment – et on rentre à la maison ensemble.

Vas-y à ton rythme, me dis-je en essayant de m'endormir. Un pas à la fois, Janet. D'accord, tu as dû assister à une réunion obligatoire craignos. Ordre du médecin. Mais tu l'as fait.

Je me réveille en pleurs.

On pourrait imaginer que j'ai l'habitude, à force, avec le refuge et tout. Au début, Melissa pleurait constamment. C'est trop triste, Janet, disait-elle en berçant un chiot mourant, ses larmes tombant dans sa fourrure. J'étais persuadée que Debs allait la renvoyer.

J'ai surpris Debs en train de pleurer une fois. Une seule fois depuis que je travaille avec elle. Au cours de ces trois années, on a perdu plusieurs chiots qui étaient trop malades pour se rétablir quand on les a récupérés, et on a dû piquer nous-mêmes trois chiens. Debs n'a jamais bronché. Pour elle, c'était la vie, parce que c'était sa vie. Et puis un jour, une chanson est passée à la radio et je suppose que ça a fait remonter des émotions qu'elle préférait garder enfouies. Les larmes se sont mises à couler. Et en plus, j'étais là à lui tourner autour. Encore quelqu'un pour qui elle devait se montrer forte. Ça s'est arrêté aussi vite que ça avait commencé. Je n'ai rien dit et il n'en a plus jamais été question. De toute façon, elle aurait tout nié en bloc.

Il y a les gens qui pensent que le refuge offre aux chiens une seconde chance pour trouver un foyer et l'amour, et ceux qui le voient comme une prison où vont mourir les animaux dont personne ne veut.

Ça peut être les deux, mais, la plupart du temps, c'est notre version à nous d'un foyer.

QUINZE

En novembre, ça n'arrête pas : tous les jours, on me demande comment je me sens. Ma mère, Melissa, la voisine d'en face, une meuf à la télé qui essaie de me vendre des céréales pour nous les femmes. Vous méritez de vous sentir aussi bien que moi, dit-elle, manquant de percuter un réverbère à vélo.

Je devrais bloquer ma mère, mais elle risque de débarquer chez moi. Ou d'envoyer mon père pour qu'il me dise : Appelle ta mère.

Je sors beaucoup sans mon téléphone. La liberté doit ressembler à ça. Les gens pensent que leur téléphone les relie aux autres, le mien est une chaîne à mon cou.

Debs trouve très drôle que l'industrie pharmaceutique ait inventé une pilule pour les gens comme moi. Qui aurait cru qu'il y avait tant de Janet ? dit-elle. Je n'en ai toujours pas parlé à Melissa, mais elle n'a pas pu échapper aux publicités. Et elle sait reconnaître un consommateur cible quand elle en voit un.

La fille de l'appartement d'en face est au courant à cause d'un incident qui a eu lieu un soir. En temps normal, j'évite de croiser le regard de mes voisins, d'abord parce qu'ils m'ont tous entendue faire l'amour et avoir la chiasse, et aussi parce que j'évite le regard des gens en général. La plupart ont le nez collé sur leur téléphone, de toute façon, et personne ne m'a jamais rien dit. Parfois, je fais semblant de consulter le mien, juste pour ne pas avoir à les regarder, et ils n'y voient que du feu.

Je me lève chaque jour, je baisse la tête, je vais au refuge et je bosse sans interruption, enchaînant les tâches. J'ai tendance à bâcler, mais j'essaie de faire passer le message que si je m'arrête, je meurs. Je n'ai pas besoin de pilules pour m'isoler des autres, je le fais toute seule. Je suis comme toi, en mieux, ai-je envie de dire à ma mère, ce qu'elle sait peut-être déjà.

Ma voisine est l'inconnue la plus cool de l'univers. Dans un monde différent, on serait amies. Son nom est Min-seo. Je le sais parce que j'ai entendu son mec crier : Min-seo, t'es la pire des salopes ! C'est pour ça que je suis sûre qu'on pourrait être copines. Salut, je lui dirais. Moi aussi je suis une salope.

Ce qui nous a rapprochées, enfin, ce que moi j'appelle rapprocher, c'est la cuisine éthiopienne. On commande toutes les deux au même restaurant. Une fois, le livreur s'est pointé et chacune a cru que c'était pour elle, alors qu'en fait c'était pour toutes les deux. Un quiproquo digne d'une comédie romantique. En dépit du ridicule de la situation, on a fait bonne figure et on a ri du bout des lèvres, parce que la vie est un truc horriblement embarrassant. On était soulagées que le livreur ne dise pas : Hé, vous devriez manger ensemble, puis vous marier et écrire un film sur votre histoire. Je ne serais pas contre, mais elle a sûrement d'autres projets.

Après le départ du type, on est restées toutes les deux dans le couloir avec nos barquettes, mal à l'aise.

Comme au téléphone, quand personne ne veut être le premier à raccrocher. On était là, avec nos plats qui refroidissaient, ne sachant pas trop ce qu'on était censées faire dans ce genre de situation.

Puis Min-seo a dit qu'elle croyait être la seule à manger éthiopien.

Elle avait presque l'air énervé, style : Comment oses-tu ? C'est mon truc. Il y a plein d'autres cuisines. Tu n'as pas intérêt à lancer la mode. J'étais flattée qu'elle m'en pense capable.

Je lui ai répondu que moi aussi.

Mon ex se foutait de moi, a-t-elle ajouté. Il disait : C'est quoi, d'abord, la cuisine éthiopienne ? Des mouches, du riz et de la merde ?

Charmant, j'ai fait.

Ouais. Bon ap', a-t-elle dit, rentrant chez elle pour que je puisse en faire autant.

On a mangé chacune chez soi, mais je trouvais ça chouette de savoir qu'elle était en face. Parfois, ça suffit. Il y a une chanson de Shakira qui dit : *Je serais là et tu ne seras pas loin*. C'est limite du harcèlement, mais ça me plaît bien.

Donc, c'est ma voisine. Min-seo. Elle est là, dans le couloir, ce soir de novembre, quand je rentre du travail. Tous nos échanges tiennent dans ce couloir exigu. Les gens croient que les relations ont besoin d'espace. Je ne suis pas sûre d'être d'accord. Ce couloir me convient très bien.

Je hoche la tête, genre tranquille, parce que je veux qu'elle sache que je suis cool. Min-seo dégage un truc comme ça, un peu blasé. Je suppose que moi, je dois surtout dégager un truc un peu fêlé. Elle me voit faire tomber mes courses, mais elle ne se jette pas dessus pour tenter de les rattraper, ce qui me plaît. Un mec aurait peut-être essayé, parce qu'ils se croient toujours obligés de jouer les héros. Ce sont les bouquins, les films et le monde en général qui leur ont bousillé la tête. Ça me fatigue.

Je me penche pour ramasser mon sac et le contenu se répand par terre. Le flacon de pilules roule jusqu'à ses pieds. Elle le récupère, pas nécessairement pour rendre service, mais parce que c'est intéressant de savoir ce que les gens prennent, ne serait-ce que pour pouvoir dire : Ah, d'accord, je comprends mieux, ou : J'ai les mêmes ! Copines de médocs ! Ça se fait de plus en plus. Il y a plein de filles qui créent des groupes Facebook sur le thème du traitement qu'elles prennent ou du cristal qu'elles portent. Ma mère est toute contente quand elle rencontre quelqu'un qui prend les mêmes pilules qu'elle. C'est comme découvrir qu'on boit la même marque de café.

Min-seo me rend le flacon, mais elle me laisse ramasser le reste toute seule, ce que je respecte, car je ferais pareil à sa place. Un jour, j'ai vu une dame revêche qui avait fait tomber un sac d'oranges. Elles ont roulé sous les voitures et bien sûr un type s'est précipité pour en rattraper une. Il est passé pour un con. Je n'ai pas bougé. J'ai déjà l'air d'une conne, je n'avais rien à prouver. La bonne femme m'a lancé un regard mauvais, mais elle pouvait me maudire jusqu'à la troisième génération si ça lui chantait. Ma vie était déjà tellement pourrie, je ne verrais sans doute pas la différence.

C'est la pilule pour les meufs blanches dont tout le monde parle, dit Min-seo. Elle a l'œil.

Une fois, j'ai entendu son copain lui demander s'il pouvait l'appeler Minnie. Minnie ? elle a fait. C'est qui celle-là ? Et lui : Tu sais, la copine à Mickey.

Elle : Et pourquoi tu voudrais m'appeler comme ça ? Lui : Tu trouves pas ça mignon ? Manifestement, non, elle ne trouvait pas ça mignon. J'écoutais à côté de la porte, me demandant : D'où elle sort ce mec ? Clairement, ce qu'elle essayait de lui dire, c'était : Appelle-moi par mon nom et c'est tout, ou je te coupe les couilles, et je la croyais capable de le faire. Ils ne sont plus ensemble, heureusement, mais j'ai vu d'autres types sortir de chez elle et ils avaient clairement l'air d'avoir été castrés. Résultat de pratiques sexuelles baroques ou d'une crise de rage, je ne me prononcerai pas.

Qu'est-ce que tu fais pour Noël ? demande-t-elle par politesse.

Oh, moi ? Rien de spécial. Enfin, tu sais, les obligations familiales habituelles, je dis en levant les yeux au ciel.

Tu peux le passer avec nous, si tu veux.

Min-seo et moi, nous sommes des paquebots se croisant dans la nuit. Ou des inconnues, ou des bus, peu importe. Je sais seulement qu'elle est là et que je suis là, même si on n'est jamais réellement là, parce qu'on est surtout dans notre tête. Je ne suis jamais tombée sur elle à la pharmacie, ne serait-ce qu'en train d'acheter des tampons. Je l'entends plus souvent que je ne la vois. J'ai cru l'apercevoir dans un bar, une fois, mais aucune de nous deux n'est du style à admettre avoir reconnu quelqu'un à l'extérieur, parce que c'est épuisant de devoir constamment rassurer les gens à ce propos.

Aujourd'hui, pourtant, elle me tend la main, offre un peu de compassion à la pauvre fille d'en face.

Il n'y aura que mon père, ma sœur et moi, ajoute-t-elle. Tu devrais venir. Personne ne te demandera d'être joyeuse. Mais tu n'es pas obligée non plus d'être triste.

J'ai envie de dire oui, pas de problème, je prépare notre mariage depuis des mois, de toute manière. Ce qui est faux, bien sûr, parce que les meufs, ce n'est pas mon truc. Ni les meufs ni personne, pour être honnête. Si j'ai un truc, c'est moi-même. Je me rends compte qu'on va me prendre pour une horrible narcissique, mais, à ma décharge, je ne me regarde jamais dans le miroir. Mon corps peut faire ce qu'il veut, je laisse faire. Qu'est-ce que je risque ? Le monde me renvoie assez mon image comme ça, je ne vais pas oublier que j'existe. Une fois, je me suis coiffée différemment, les cheveux tirés en arrière. Melissa en a fait toute une histoire. Elle se croyait dans une émission de relooking, genre on prend un laideron et on le métamorphose. On aurait dit que j'avais fait de la chirurgie esthétique. C'est juste des cheveux, lui ai-je rappelé, et Debs a ajouté : Fous la paix à Janet, Melissa. Mais elle m'a quand même lancé que ça m'allait bien, alors, depuis, je veille à les attacher.

J'ai l'impression de mieux comprendre Min-seo que tous les gens que j'ai pu rencontrer jusque-là, homme, femme ou chien. Et dire qu'elle habitait en face de chez moi ! Si on s'était connues avant, elle m'aurait fait gagner beaucoup de temps et évité beaucoup d'émotions inutiles. Ça m'apprendra à être aussi insulaire – ce qui est juste une manière de dire snob, renfermée, hostile, repliée sur soi, opposée au changement et incapable de s'ouvrir aux autres. Et même effrayée à l'idée de ne plus être triste, parce qu'on s'y habitue et que ça devient de plus en plus difficile de laisser leur chance à d'autres émotions.

Je n'avais pas envisagé les choses de cette manière,

je lui avoue. Sa proposition m'en bouche un coin, et c'est important de le dire, même si c'est un tout petit coin dans un tout petit immeuble. Min-seo m'a ouvert des perspectives. Pouvoir choisir : parfois, c'est tout ce dont on a besoin. Jusque-là, je n'avais pas vraiment l'impression qu'on me laissait le choix.

Ma mère ne serait pas d'accord. En ce qui concerne la joie, je veux dire. Si je dis ça, c'est aussi pour qu'elle sache que, contre toute apparence, j'ai une mère. J'ai même eu un copain, ai-je envie d'ajouter, mais elle est au courant, elle devait nous entendre à travers le mur.

Donc ta mère veut que tu sois heureuse ? Ça doit être une vraie partie de plaisir, fait Min-seo en souriant. Je ris pour qu'elle sache que je ne suis pas totalement morte à l'extérieur. Ah ah, c'est sûr, dis-je, me moquant de ma mère horrible, ou peut-être géniale.

En même pas cinq minutes, elle m'a fait comprendre que je suis une fille blanche trop gâtée avec des petits problèmes de fille blanche, pourtant, j'ai toujours envie de l'épouser et d'avoir des enfants avec elle, si c'est possible, et je crois que ça l'est, maintenant. On pourrait donner un prénom festif au bébé, genre Sylvestre.

Ça sera un petit truc, dit-elle. Ma famille, peut-être quelques amis. Viens, si tu veux.

Elle commence à descendre l'escalier, puis se retourne.

Ne balance pas tes médicaments, ajoute-t-elle. Ça marche. Tu vois qui c'est, le mec du 12B ? Il avait la fâcheuse manie de se jeter de son balcon, avant.

Il n'habite pas au rez-de-chaussée ?

Si. Mais maintenant, il a un boulot, un copain et une plante sur le balcon.

Qu'est-ce que je peux apporter ?

J'espère toujours qu'on va me répondre rien, mais on est censé poser la question.

Toi, c'est tout, dit-elle.

Même pas un petit sourire ? je plaisante, pour qu'elle sache que je ne suis pas fixée sur mon nombril.

Si tu le sens. Mon père a l'air grognon, mais c'est son visage qui est comme ça.

Elle reprend sa descente et je panique. J'ai une copine qui voulait que je passe Noël à Ibiza avec elle, dis-je, pour qu'elle n'ait pas trop pitié de moi. C'est faux. Emma ne m'a jamais invitée nulle part.

Ibiza ? T'en as de la chance. Mais… Tu n'en as pas profité ?

Je ne danse pas vraiment.

On t'oblige à danser, là-bas ?

Je ne sais pas si elle est sérieuse ou non.

Je crois, oui.

Dans ce cas, je suis contente que tu n'y sois pas allée.

Moi aussi, dis-je, et pas seulement parce que penser à Ibiza me fait des trucs à l'intérieur.

Lorsque je rentre enfin chez moi, je laisse tomber mon sac par terre et m'assieds à côté, me repassant notre conversation dans ma tête. Parfois, j'ai l'impression de devoir faire ça chaque fois que je vois quelqu'un qui n'est pas un chien.

Je ne comprendrai jamais les gens.

Pour nous, les éleveurs de chiens et les vendeurs de chiots sont la lie de l'humanité. Debs dit toujours que, si elle n'avait pas eu ses accidents – c'est comme ça qu'elle appelle ses enfants, elle ne parle même pas d'heureux accidents –, elle aurait sans doute adopté. Je l'imagine essayant de convaincre l'agence d'adoption qu'un refuge pour chiens au fond des bois est un lieu idéal pour élever des enfants. C'est mieux qu'un pays du tiers-monde, pourrait-elle dire, mais je n'en suis pas si sûre.

Quand ses gosses l'ont suppliée de les emmener à Disney World, comme tous les enfants, y compris ceux qui ont grandi loin de la civilisation avec une sauveuse de chiens féministe, elle leur a dit : L'endroit le plus merveilleux du monde, c'est ici. Qu'est-ce que vous voulez de plus ? Maintenant, allez ramasser les crottes devant l'entrée avant qu'on glisse dessus, et que ça saute. Les gamins sont allés nettoyer et ils ne l'ont même pas maudite, parce qu'à quoi bon maudire la plus puissante des sorcières ?

On nous amène un épagneul du nom de Lady. Enfin, amener est un grand mot. On l'abandonne devant la porte. Certains matins, quand on arrive, on trouve un chien attaché. Parfois, je pense que Debs les laisse exprès pour qu'on se rende compte de la chance qu'on a. Il n'y a pas de message cette fois, juste un collier. Au moins, elle a un nom. Lady a l'air tellement fatiguée qu'elle semble indifférente à son sort. Ce n'est pas la première qu'on récupère dans cet état : une femelle dont un éleveur se débarrasse, après l'avoir usée, lorsqu'elle est trop épuisée pour se reproduire. On nous laisse des coquilles vides. Je les imagine nous dire : Si vous m'aviez vu du temps de ma splendeur. Elles peuvent à peine soulever la tête, leur ventre enflé pendouille, leurs tétines taries sont desséchées. L'organe qui fait de Lady une lady est à peine reconnaissable. Elle passe son temps à pisser, parfois de joie, quand on la caresse et qu'on lui dit que tout va bien maintenant. Elle est adorable. Et confiante, alors qu'elle aurait toutes les raisons du monde de se méfier des humains. Elle a ce regard qui semble dire : Où sont mes enfants ? Mes centaines d'enfants ? J'ai envie de lui répondre que quelqu'un s'occupe d'eux. Qu'elle n'a plus rien à craindre, mais est-ce qu'on n'a jamais réellement plus rien à craindre ?

On va prendre soin de toi, faire en sorte que tu sois aussi bien que possible, lui répète-t-on.

Elle tient deux semaines.

On a appelé le vétérinaire à trois reprises au cours de ces quinze jours, plus que pour aucun autre chien. On veut tous qu'elle s'en sorte. Chaque fois, il l'examine et secoue la tête. Elle a été pressée comme un citron, dit-il. C'est un terme médical ? ai-je envie de lancer, ce que je ne fais pas, car je suis capable d'un minimum de tact.

Debs nous laisse emmener Lady dans la maison pour qu'elle rende son dernier soupir sur un canapé confortable. On la porte là comme une reine. J'allume la télé. Qu'est-ce qu'elle a ? font les gamins. Elle est à bout. Ils ne demandent pas où sont ses petits. Tout le monde semble être conscient qu'un gouffre de tristesse vient de s'ouvrir et on le contourne avec précaution pour ne pas tomber dedans.

Une fois par mois, une dresseuse appelée Fran passe au refuge. Elle fait ça pour rendre service à Debs. C'est une vieille amie à elle. Une ancienne amoureuse, peut-être. Elle est accompagnée de sa copine, qui est une des plus belles femmes que j'aie jamais vues : imaginez Beyonce si elle s'autorisait à manger ce qu'elle voulait et si elle était lesbienne. Trop belle pour descendre de la voiture, semble-t-il.

Fran aide Debs à gérer les chiens à problèmes. Même si, en réalité, elle vient surtout pour casser du sucre sur le dos de sa nana qui l'attend dans la bagnole. C'est sans doute pour ça qu'elle ne sort pas. Debs nous autorise à faire le tour des chenils avec elles pendant une demi-heure, puis elle nous dit de les laisser, que les adultes doivent parler de choses sérieuses. J'aime penser qu'elles planifient un gros coup. Melissa et moi, on réintègre le bureau, disparaissant sous trois couches de vêtements, regrettant de ne pas être une jolie fille dans une voiture.

Les chiens ne mouftent pas en présence de Fran. Ils savent qu'on va les obliger à faire des trucs qu'ils n'ont pas envie de faire, à s'asseoir sur commande et à marcher droit. Et je les comprends.

Fran est une camionneuse, une gouine de la vieille école, fière de l'être. Elle terrorise Melissa, qui se colle à moi en sa présence, se cachant presque derrière moi. Je l'entends qui s'efforce de ralentir sa respiration pour ne rien dire d'idiot, pour ne rien dire du tout, en fait. Fran ne ferait qu'une bouchée de Melissa en d'autres circonstances, mais, ici, il est clair qu'elle est avec nous, qu'elle fait partie de la bande à Debs, et que donc elle est intouchable.

Avec moi, elle sait à quoi s'en tenir. La première fois qu'on s'est vues, je lui ai dit : Alors, c'est toi la gouine ? Et elle a fait : Et c'est toi la Janet ? Après ça, on s'est grillé une cigarette en attendant Debs, qui nous a engueulées en nous demandant si on se croyait dans les années 1950, du temps où on fumait à côté des bébés, ce que sont les chiens pour elle.

C'est dans ces moments-là que je pense : Qu'est-ce

qui nous est arrivé ? Rien, à vrai dire. Ou tout. Les hommes surtout. Si vous ne comprenez pas de quoi je parle, c'est que ça ne vous est pas encore arrivé, mais vous ne perdez rien pour attendre. Toutes les minuscules tristesses s'accumuleront et finiront par créer un monstre qui vous empêchera de dormir la nuit. On veut nous faire croire qu'il se cache sous le lit ou dans le placard, parce que si on savait d'entrée de jeu qu'il est en nous, on ne s'en remettrait jamais.

Quand Fran ne bavarde pas avec Debs, elle s'occupe des chiens. Il y a du boulot. On fait de notre mieux, mais c'est agréable d'avoir une vraie professionnelle.

Comme nous, Fran a ses chouchous. Elle a un faible pour les gros pataudes au cœur tendre, qui menacent toujours d'écraser un marmot pleurnicheur par accident et que leurs propriétaires finissent par abandonner parce que ça les rend nerveux. Elle passe du temps avec eux, essaie de leur apprendre à être moins encombrants, mais autant demander à un éléphant de faire des pointes. Pourtant, elle ne renonce pas. S'ils se laissent promener sans arracher le bras de leur maître, s'ils parviennent à s'asseoir quand on le leur demande et à n'écraser que les enfants qui le méritent, elle a gagné. Elle le fait pour Debs. Normalement, elle est bien payée pour réparer les chiens abîmés par les humains, mais, pour nous, c'est gratuit.

Fran se casse à Noël. Toutes ces conneries, très peu pour elle, alors elle emmène sa copine sur une île quelconque. Comme Debs, elle pense qu'on ne parle pas assez de la mère Noël. Le jour où elle quittera son vieux barbu pour une femme, peut-être que Fran s'intéressera à Noël.

Il n'y a pas toujours eu que nous trois, plus les

visites occasionnelles d'amies lesbiennes. Avant Melissa, on a eu un garçon. Il a tenu deux jours. Debs n'y croyait pas vraiment, je pense. Pas parce que le travail est trop dur, mais parce que le refuge est avant tout un endroit destiné aux femmes qui ont besoin de faire le point ou de s'abrutir de boulot. Debs n'est pas triste, pourtant. Elle est surtout en colère. On ignore pourquoi. Elle prétend que c'est pour les raisons habituelles. Je suis sûre qu'il y a autre chose.

Au départ, on n'était pas fermées à l'idée d'avoir un garçon dans l'équipe, mais on savait qu'il se ferait bouffer tout cru. Pas par les chiens, par nous. On ne l'a pas traité différemment parce que c'était un garçon, et c'est sans doute pour cette raison que ça n'a pas marché. On lui demandait juste de faire ce qu'il y avait à faire. Il était déçu. Il pensait que le travail consisterait à jouer avec les chiens. On le pensait toutes, avais-je envie de lui répondre. Je l'ai envoyé ramasser les crottes du Bloc A.

Après ça, on n'a plus eu d'homme au refuge, du moins, pas de manière régulière. Le week-end, il y a quelques bénévoles qui viennent promener les animaux, mais on pousse toutes un soupir de soulagement lorsqu'on se retrouve entre nous. On préfère être seules – en tout cas moi je le préfère –, la souffrance manifeste de vingt chiens abandonnés nous permettant d'oublier nos petites souffrances à nous.

Beaucoup de ceux qui arrivent ici ont été malmenés par des hommes, ce en quoi ils ne sont pas très différents de nous. On est contentes quand ils trouvent un nouveau foyer. Au fond de moi, j'ai peur qu'un jour les types du coin prennent conscience de ce qu'on fait vraiment et qu'ils tentent de nous prendre le refuge.

Pour être honnête, une fois, on a eu un chien qui

avait été maltraité par une femme. Ayant moi-même toujours été négligée par des femmes, je compatis. Sa maîtresse était toxico et j'avais de la peine autant pour elle que pour lui. J'aurais aimé que Debs nous permette de les recueillir tous les deux, mais sa générosité a des limites. Elle a tenté de faire un exemple de cette histoire pour ses enfants. Ils étaient trop excités par le nouveau chien pour y prêter attention. Ces gamins s'entichent de tous les corniauds galeux qui franchissent notre porte. Ils semblent immunisés contre la souffrance autour d'eux. Quand on a des chiots, ils ont hâte d'en parler à leurs copains. Parfois, Debs les autorise à les inviter, même si, le plus souvent, elle leur dit que ce n'est pas le bon moment.

Ça pourrait être notre slogan, ai-je plaisanté une fois : *Jamais le bon moment*. Mais Debs n'est pas très blagueuse.

SEIZE

Après le travail, je me traîne à la réunion numéro deux, gardant ma capuche sur la tête jusqu'à la dernière minute. Les autres sont déjà arrivés. Toujours j'espère être invisible et toujours je suis déçue.

Avec la grâce d'un hippopotame fantôme, je m'assieds sur la seule chaise vide. Karen nous souhaite à tous la bienvenue. Le mec du labo dit : Salut, puis : Faites comme si je n'étais pas là, mais il agite les mains, genre ainsi font les petites marionnettes, ce qui nous déconcerte tous.

Comment est-ce qu'on se sent, aujourd'hui ? lance Karen, parce qu'elle est payée pour ça. C'est son seul boulot. La raison de notre présence à tous ici. C'est une thérapie de réorientation de l'humeur. Ce n'est pas notre sexualité qui les intéresse : tout ce qu'ils veulent, c'est notre bonheur.

Karen fouille encore dans sa grande besace. Je crois qu'elle va en sortir des cartes de support visuel sur le thème des fêtes et nous demander si elles éveillent en nous des désirs de meurtre, sur une échelle de un à dix. Quand on n'a plus aucune pulsion sanguinaire, on est guéri.

Personne ne dit rien. Manifestement, il n'y a pas

de mot pour décrire ce qu'on ressent. J'envisage de leur réciter tous les synonymes de tristesse, mais je sais que c'est un sujet tabou. C'est notre On ne parle pas de la guerre à nous.

C'est normal, il faudra quelques semaines, dit-elle avec un optimisme touchant.

Puis elle entreprend de nous expliquer comment tirer le meilleur parti de notre traitement. Je sens l'attention se dissiper. Chacun isolé dans son monde. Aucun de nous n'arrive à croire que c'est notre vie, maintenant.

Pensez à prévenir votre médecin si vous observez un effet indésirable ne figurant pas sur la liste, dit-elle. Elle ne se mouille pas trop, vu que tous les trucs fâcheux imaginables s'y trouvent déjà. Il n'y a plus un bruit. Tout le monde récite dans sa tête la litanie des risques.

Dix minutes s'écoulent. Alors, comment on se sent ? demande-t-elle encore, comme si le traitement pouvait avoir commencé à agir subitement. On la regarde tous avec des yeux vitreux. On ne se sent pas super bien, Karen, ai-je envie de répondre. Je me tais, parce que je sais que ce n'est pas bien de parler à la place des autres, mais c'est évident. Aucun de nous n'imaginait en arriver là. Tu ne peux même pas être heureuse à Noël, susurre constamment la voix dans ma tête. Qu'est-ce qui cloche chez toi ?

Vous nous l'avez déjà demandé, lance la fille assise à côté de moi. La base de ses ongles est sanguinolente. Voilà ce qui arrive quand on pense à Noël, on s'arrache la peau jusqu'à ce que mort s'ensuive.

Le temps ne passe pas. J'ai un besoin pressant, ce qui ajoute encore à la magie du moment.

Enfin, l'heure s'achève. Karen est la plus soulagée

de tous. Je ne sais pas ce qu'elle prend, mais elle devrait peut-être augmenter les doses.

Tandis que j'enfile mon manteau, je vois quelques personnes se regrouper devant la porte. Elles vont prendre un verre ensemble. Pas tant parce qu'elles sont devenues potes que parce qu'elles vont toutes au bar du coin, et que ce serait bizarre de débarquer là-bas ensemble et de s'asseoir séparément. Je pourrais aller dans un autre bar plus loin. Mieux encore, je pourrais m'acheter une bouteille et la boire dans un parc pour revivre ma jeunesse.

Personne ne m'invite. Malgré tout, je souris et je dis non merci. Les autres me regardent genre rien à foutre, ce qui est la meilleure façon de me regarder.

Une fille dont j'ai oublié le prénom me demande la marque de mon rouge à lèvres. Je devrais rire, mais je ne suis pas dans mon état normal. Labello, je réponds. Je me mords beaucoup les lèvres.

Elle a une petite grimace de dégoût et elle dit : Oh, j'aimerais bien avoir ce look naturellement. Je souris et je hoche la tête. Je ne fais pas de commentaire sur ses sourcils mal dessinés. Pendant quelques instants, je me sens plus triste à propos de ses sourcils que de ma vie. C'est un miracle de Noël.

Je ne lui dis pas que je ne me maquille pas. Vu le style de fille, elle s'imaginerait peut-être que je suis une militante féministe préhistorique. En fait, c'est juste que ça ne m'intéresse pas. Je me maquillais quand j'étais adolescente. Lorsque les gens me regardent d'un air apitoyé, j'ai envie de crier : J'ai été ado, autrefois, pour qu'ils sachent que je peux survivre à tout. Quoi qu'il en soit, un jour, un garçon m'a dit que ça lui plaisait que je ne me peinturlure pas comme les autres filles. J'étais dégoûtée, parce que, pour une fois, j'avais fait un effort. J'avais dépensé le peu d'argent que j'avais pour acheter des cosmétiques, et il n'avait rien remarqué. Les garçons sont trop cons. J'ai quand même couché avec lui, mais j'étais furax.

Pendant toutes mes années de lycée, j'ai voulu croire qu'un jour, les garçons cesseraient d'être idiots. En tout cas, je savais que moi, un jour, je ne le serais plus.

Les sourcils de cette fille et l'impression d'être de nouveau une adolescente qui déteste les garçons me permettent de survivre à cette deuxième réunion. Il n'y a plus que Karen, le mec du labo et moi qui nous dandinons dans la pièce. Tu n'es pas obligée de rentrer chez toi, mais tu ne peux pas rester ici, dit Karen, riant toute seule.

Puis il n'y a plus que le mec du labo et moi, et on part tous les deux comme si c'était parfaitement naturel, comme si on était arrivés ensemble. Sur le moment, je trouve ça agréable et je m'y accroche, parce que je sais que ces sensations sont éphémères.

Je m'entends lui demander s'il veut aller boire un coup, et il doit répondre oui, car mes jambes me portent vers un bar et je m'entends rire à quelque chose qu'il a dit. Il a un chien et je m'entends lui demander s'il peut me le présenter. J'étais sûre qu'il en avait un. C'est bien connu, derrière chaque homme potable se cache un chien qui vaut mieux que lui. Je me vois quitter le bar avec lui et aller à son appartement. Je me répète que c'est pour le chien. C'est toujours pour le chien. Rappelle-toi que, tant qu'il y a des chiens, il y a de l'espoir.

Je ne sais pas pourquoi je fais des trucs pareils. Je clame que je rejette ce monde à la con et ses normes hétéros, et je finis la soirée chez un gars que je ne connais pas. Même pas pour le cul, en plus. Pour le sentiment, alors que je prétends ne pas en avoir besoin. Parce que sinon, je serais mal barrée.

Je suis saoule et je m'en tape, heureusement. J'ai toujours pensé que j'avais l'étoffe d'une ivrogne formidable. Une de ces femmes avec les seins et les yeux qui tombent, traînant dans les bars en tenue léopard et terrorisant les petits jeunes. Malheureusement, je ne suis pas sûre que je serais à la hauteur.

Je baise avec le mec du labo et c'est bizarre, ce qui est normal, car le sexe est bizarre. S'il ne l'est pas, c'est qu'il y a un truc qui cloche. De toute manière, je suis bourrée et je m'en fiche. Enfin, je me soucie un peu de mon corps, quand même. Le reste, on verra plus tard. Ou pas. J'ai un Noël à réussir.

Le mec du labo a l'air sincèrement content que je dorme chez lui. En vrai, c'est pour fouiller dans ses affaires pendant son sommeil, mais il ne peut pas deviner.

Au bar, après avoir bu deux verres, quand mon cerveau était encore concentré sur Noël, j'ai pensé qu'il avait peut-être un dossier sur moi. Il travaille pour le labo, après tout ; il est censé nous étudier. Que savent-ils au juste ? Je dénicherai peut-être même des infos croustillantes sur Karen.

Pas de bol, il n'y a rien d'intéressant. Tout ce que je trouve, c'est son cahier, celui dans lequel il écrit pendant les réunions. Lorsque je l'ai vu, je me suis dit : Hé, ce type est de la vieille école, cool. J'étais impressionnée. Peut-être qu'il marquait tout ce qu'on disait. Quand j'ouvre le cahier, je me rends compte que ce ne sont que des idées pour une sitcom. Je le comprends grâce à une note dans la marge : *comme* 30 Rock*, mais dans l'industrie pharmaceutique*. Je brûle d'y ajouter mes propres commentaires.

Il a des livres, ce n'est donc pas un psychopathe. Je me suis disputée à ce sujet avec mon copain. *Mein Kampf* est un livre, disait-il, et ce n'est pas vraiment rassurant si quelqu'un a ça dans sa bibliothèque. Au moins, c'est qu'il lit, répondais-je. J'étais prête à défendre n'importe quelle théorie pour le plaisir de m'engueuler avec lui. De toute manière, le mec du labo a des livres que j'aime, que j'adore, en fait. Des vieux Stephen King, Philip K. Dick, putain ! même un Margaret Atwood. Et pas d'Hemingway, pas de Kerouac, rien qui tire la sonnette d'alarme. Il y en a un qui s'appelle *L'Écriture de scénario pour les nuls*, et je suis contente de voir qu'il sait à quoi s'en tenir sur sa propre personne.

J'ouvre son ordinateur portable, mais il n'y a rien dessus, même pas de porno. Ce mec est louche. Il faut croire qu'il ne rapporte pas de travail à la maison. Si on ne me compte pas.

Pendant que je furète dans l'appartement, son chien, un bouledogue géant, ronfle comme un sonneur. Je pourrais les assassiner tous les deux, il ne bougerait pas.

Son chien est cool. Il n'a pas pleurniché devant la porte pendant qu'on baisait. À mon avis, ce n'est pas parce qu'il a l'habitude de voir son maître ramener des femmes. C'est surtout qu'on n'est pas si intéressants que ça.

La salle de bains me plaît. Beaucoup plus propre que la mienne. Je n'arrête pas d'y retourner pour l'admirer. Il a une tortue en plastique qui a élu domicile à côté de la baignoire. Ça en dit beaucoup sur lui, certainement. Qu'il a un enfant, peut-être, ou au moins qu'il a été enfant lui-même. C'est peut-être ce qui manque chez moi. Peut-être que si j'avais une petite tortue en plastique, je sourirais en la voyant. Plus maintenant, bien sûr. Ça me rappellerait seulement que j'ai baisé avec le mec du labo. Ce qui me donne l'impression de m'être tapé mon prof, parce que ces réunions, c'est un peu l'école.

Je suis trop fatiguée pour penser à tout ça.

Lorsque je me recouche, je lui signale que les tortues n'ont presque pas de nez. Hein ? il fait. Je crois qu'il espère que je vais prendre sa queue et lui dire : *On remet ça ?* Ou peut-être que je vais me rhabiller gauchement, m'excuser et disparaître.

Eh bien non, je suis la meuf qui baise avec toi, puis te balance des informations capitales sur les tortues.

Et ça n'a pas l'air de leur faire plaisir, j'ajoute. De ne presque pas avoir de nez.

Je suis sûr qu'elles en ont un, dit-il.

À peine.

Quelles tortues est-ce que tu as fréquentées ? demande-t-il, espérant encore qu'il s'agit de préliminaires.

Récemment, juste celle dans ta salle de bains.

Celle en plastique ?

Je suis perplexe. Est-ce que j'en aurais raté une qui était vivante ?

Celle avec le tout petit nez ? poursuit-il. Manifestement, il ne me connaît pas assez pour savoir que je ne fais pas dans le badinage.

Ah ! Tu as remarqué, alors !

Pas vraiment, répond-il.

Il se lève pour aller pisser et s'absente plus longtemps que nécessaire. Assez longtemps pour s'enfuir par la fenêtre, si l'appartement n'est pas le sien.

J'envisage de voler la tortue. Pas pour la mettre dans ma salle de bains, ça pourrait me causer un stress post-traumatique. Peut-être pour la donner à un des chiens du refuge pour qu'il s'amuse à la déchiqueter. Ce serait poétique. Risqué, car il pourrait s'étouffer, mais poétique quand même. Pendant que j'y suis, je pourrais aussi piquer ses serviettes. On a toujours besoin de vieilles serviettes pour envelopper un animal malade.

Il finit par revenir. Je le renifle pour vérifier qu'il ne s'est pas douché, parce qu'un type qui va se laver immédiatement après avoir baisé est un mufle doublé d'un maniaque qui ne mérite pas notre puanteur. En ce qui me concerne, je ne me douche pas assez, j'en suis consciente. Mais la plupart du temps, ça n'a pas réellement d'importance.

Je me laverai pour le père Noël, s'il le faut, en revanche pas question que je me rase les jambes.

C'était quoi ? demande-t-il, et je ne sais pas s'il fait référence à la conversation, au cul, ou s'il a entendu un cambrioleur. Son chien ronfle toujours sur le canapé.

J'en sais rien, je dis. Je dis beaucoup de conneries.

Puis il ajoute qu'il n'est pas sûr que ses amis m'apprécieraient. Parce qu'il pensait que j'avais l'intention de faire leur connaissance ? Je le rassure. Ce n'est pas grave, je ne les aime pas non plus.

Ah oui, c'est vrai, tu n'aimes que les chiens, fait-il, comme s'il ne croyait pas les gens qui disent ça. C'est étonnant, car il a un bouledogue génial. Il devrait savoir que c'est possible.

Je ne comprendrai jamais qu'on puisse avoir un

chien et ne pas en être gaga. Il y a des jours où je pense que, si je n'en ai pas, c'est uniquement parce que j'ai peur de ne plus avoir besoin de rien d'autre. D'être plus ou moins mariée avec lui. Et lorsqu'il mourra, il faudra que je me suicide et que je laisse des instructions pour que nos cendres soient mêlées. Ça risque d'être compliqué pour mes parents.

Quand je vais chez des gens, j'ai parfois envie de les assassiner pour prendre leur place. M'approprier leur vie : c'est ici que j'habite désormais, c'est la personne que je suis.

En plus, ce type, je n'aurais même pas besoin de le tuer. Je me verrais tout à fait vivre dans sa salle de bains. Elle est carrément chouette. J'ai mangé d'excellents sandwichs dans des lieux d'aisances beaucoup plus crades que ça. Il doit bien gagner sa vie. Il y a de la thune dans l'industrie pharmaceutique, aujourd'hui. Tout le monde veut son traitement. Mes auteurs de science-fiction préférés l'avaient prédit, mais personne n'a rien fait pour l'empêcher.

J'ai l'impression de ne pas avoir exploité tout le potentiel de cette rencontre. Je suis sûre que j'avais une idée derrière la tête avant de commencer à boire. Et ce n'était pas seulement de m'envoyer en l'air. J'ai payé de ma personne, et maintenant je veux quelque chose en retour.

C'est vrai qu'il y a aussi une pilule pour Hanoukka ? je demande.

Oui, répond-il. Je suis juif.

Doux Jésus ! je fais, et je n'essaie même pas d'être drôle.

Tout le monde est triste, Janet. Tu n'es pas la seule à trouver la vie pourrie, dit-il. Il a raté l'occasion de dire *la vie pourrim*, ce qui est une raison supplémentaire d'être triste.

Je lui demande combien mon docteur touche pour fourguer ces pilules. Les géants de l'industrie pharmaceutique sont diaboliques, je n'ai aucun doute là-dessus, mais j'ai besoin d'entendre un chiffre.

Beaucoup, dit-il.

Hum. Est-ce que tu pourrais me trouver le nom de la toute première Janet ? Je continue de le cuisiner, oubliant qu'il ne sait pas de quoi je parle. Il me regarde d'un air interrogateur.

La femme pour qui la pilule a été inventée.

Ah, d'accord, dit-il. Pas de problème. J'essaierai de me renseigner.

Je ne précise pas que c'est important pour moi, mais il doit s'en douter.

Soudain, je réalise que j'ai dessaoulé et que je suis trop sobre pour continuer. Il faut que je rentre. C'est comme si ma mère avait débarqué, ouvert les rideaux pour laisser le soleil se déverser à flots, et qu'elle nous regardait au pieu, la queue molle du mec s'efforçant de disparaître.

J'ai déconné.

Il y a des moments où ça me démange, il faut que je bouge. J'ai l'impression que je suis en train de rater quelque chose d'important ailleurs, que je dois vérifier de toute urgence si mes jambes fonctionnent encore. En général, dès que je me retrouve dans la rue, je vois quelqu'un qui fait un truc qui m'énerve et je regrette d'être sortie. Ça ne fait rien, en ce moment, j'ai des fourmis dans les pattes. Je veux être dehors. Hors de cette chambre, hors de cet appartement, mais de retour dans mon corps, ce qui est une sensation inhabituelle pour moi.

Je lui dis que je dois aller au travail.

Il me demande comment c'est. Je réponds que les chiens aboient et que la merde passe. Il me trouve marrante, ce qui est mieux que détraquée, même si l'un n'empêche pas l'autre.

Je crois être enfin libre, puis il me dit : À samedi prochain. Là, je réalise que j'ai vraiment déconné. Je marmonne : Entendu, avant de m'éloigner.

Aussitôt le seuil franchi, je jette tout par-dessus bord. Le mec du labo, la baise, tout. C'est la seule façon de continuer. Ne regarde pas derrière toi, Janet, me dis-je chaque jour, bien que je ne regarde pas vraiment devant non plus. Je me déplace sur le côté. Je me fais penser à un crabe hésitant qui ne saurait pas trop comment être un crabe. *C'est comme ça qu'on fait ?*

Le pire, c'est qu'au pieu, ce n'était pas si mal. Même lui, il n'était pas si mal. C'est moi le problème. La Vilaine Janet.

Heureusement qu'il n'a pas mon numéro. Il ne manquerait plus qu'il m'envoie des horreurs, genre *Je t'aime bien, Janet.*

La prochaine fois que je le verrai, je ferai comme s'il ne s'était rien passé.

Le lendemain au travail, j'ai l'impression que Debs sait que j'ai baisé et que je la dégoûte.

La nuit a été difficile ? demande-t-elle lorsque j'arrive un peu en retard, les cheveux plus gras que d'habitude, les yeux plus croûteux. Elle ne peut pas voir que je porte les mêmes habits qu'hier sous mon gros manteau, mais elle le sait.

Je hoche la tête, grimace et me détourne.

Tant mieux si quelqu'un se fait plaisir, dit-elle. Aussitôt les oreilles de Melissa se dressent et elle rapplique. Je n'ai pas le courage de l'affronter aujourd'hui.

Ce traitement fascine tout mon entourage, sauf moi. Les gens aiment la nouveauté, surtout à Noël. Ils veulent savoir si ça marche. Je n'ai pas pour habitude de demander aux autres si leurs médicaments sont efficaces. De toute façon, en général, ça se voit. Mais les gens adorent parler de ce qu'ils prennent, comme s'ils touchaient une prime chaque fois qu'ils recrutaient un ami. D'ailleurs, je suppose qu'ils en touchent une.

Alors que je range mes affaires, mon téléphone sonne. C'est Emma qui m'appelle d'Ibiza. Ma version à moi d'un amour d'enfance, la personne aux côtés de qui je m'imaginais vieillir, comparant nos poils au menton, l'ex qui hante encore mes rêves.

Emma est au courant pour la pilule de Noël. Elle veut savoir si ça marche.

On ne se parle que quelques fois par an, et tout ce qui l'intéresse, c'est ce traitement. Elle n'en a plus que pour les drogues, maintenant qu'elle habite une île de fêtards. La plupart du temps, on échange des e-mails et des SMS, comme les gens normaux, mais c'est agréable d'entendre sa voix et de savoir qu'elle n'est pas un fantôme.

Emma est la première personne que j'ai prévenue. Par SMS. *Ils ont fini par le faire. Ils ont fait une pilule de Noël. Sérieux ?* a-t-elle répondu. *Envoie un mail, mon téléphone est littéralement en train de fondre.* Au lieu de lui dire : Bien fait pour toi, tu n'avais qu'à pas aller danser sur l'île du diable, j'ai juste fait *OK*.

J'ai veillé tard pour rédiger un long message embarrassé, tâchant de garder un ton vif et enjoué en espérant retenir son attention, parce que notre amitié en est réduite à ça. Les labos ont sorti une pilule de Noël ! ai-je écrit.

Emma ne lit plus le journal ni rien. Avant, oui, mais maintenant elle essaie de vivre à la surface des choses avec les belles personnes. Les infos lui filent le cafard. Surtout pas de cafard, c'est toute sa vie, à présent.

Je lui ai raconté ce qui s'était passé avec mon copain, ma mère et le docteur, en m'efforçant de ne pas abuser des jurons et des points d'exclamation. J'ai râlé contre l'état du monde, histoire qu'elle sache que j'étais toujours moi et, à la fin, je l'ai récompensée de m'avoir lu jusqu'au bout en lui parlant d'un adorable chiot à qui j'avais trouvé un foyer. C'est un truc que j'ai appris il y a longtemps : quand vous sentez que l'attention de votre interlocuteur se relâche, mentionnez un chiot que vous avez sauvé. Ça les réveille direct.

L'autre jour, j'ai vu un type vomir par le nez. Ça m'a fait penser à toi à l'école, m'a-t-elle répondu. Je suppose que ça partait d'un bon sentiment.

Alors, ça marche ? hurle-t-elle. Elle hurle toujours au téléphone maintenant, parce qu'elle vit environnée d'un rythme assourdissant constant. Je fais ce que j'ai à faire, m'a-t-elle dit lorsqu'elle s'est tirée à Ibiza. Et j'ai pensé moi aussi. On fait tous ce qu'on peut pour rendre notre vie supportable. Elle, elle est partie. Moi, je me suis terrée au fond des bois avec des chiens. Depuis, on se crie dessus – affectueusement – de très loin.

Oui, ça marche, lui dis-je, pas très sûre de moi.

C'est ce qu'on est censé répondre si on nous pose la question. On nous a dit aussi qu'on ne sentirait peut-être rien pendant des semaines, mais ça, j'ai l'habitude.

J'ajoute : Ça ne serait pas commercialisé si ça ne marchait pas, bien qu'on sache toutes les deux que c'est faux.

Je lui explique que les pilules ont le même effet que les autres antidépresseurs. Ça arrondit les angles. Assez pour qu'on n'ait pas envie de trucider sa mère, son frère ou sa sœur avec une fourchette le soir du réveillon. Assez pour qu'on n'ait pas besoin de manger avec des couverts en plastique.

Ta mère doit être contente, dit-elle.

Tu la connais.

Est-ce que ça va te faire grossir ? demande-t-elle, parce qu'elle a un bikini à la place du cerveau, maintenant.

Je lui réponds que ça peut augmenter l'appétit de manière significative. C'est peut-être ça qui rend plus tolérant aux autres, pas le traitement.

Je vois très bien, dit-elle. Tu te sens tellement gonflée et ensuquée que tu ne réagis pas si on te met un bonnet rouge sur la tête, si on te chante dans les oreilles, ou si des gosses te grimpent dessus. Tant qu'il y a des biscuits et de l'alcool, tu laisses faire.

Elle a déjà été chez mes parents pour les fêtes, elle sait de quoi elle parle. Quand ma mère sort le grand jeu, il n'y a qu'à attendre que ça passe. Pour Emma, Noël est quelque chose qu'elle faisait avant, mais elle a oublié pourquoi. Quelque chose qu'elle faisait dans une autre vie.

Ça fonctionne comment ? demande-t-elle.

Comment ça fonctionne ? je fais, incrédule. Ils ont

trouvé la formule chimique qui agit sur la dépression de fin d'année. Elle n'a pas vu les pubs à la télé ?

Non, je ne regarde pas beaucoup la télé, Janet.

Sur Internet, alors ! C'est partout sur Internet !

Je suis surtout sur Instagram. C'est sur Instagram ?

Sûrement, je réponds. Je ne suis pas sur Instagram. J'ai trop peur de voir des couleurs vives, ou ma mère.

J'ai l'impression de ne pas pouvoir parler de ce qui est important aux autres, comme si ma bouche n'était pas connectée à mon cerveau. Comme si les mots ne voulaient plus rien dire. Parce qu'ils ne veulent plus rien dire.

Je me rends compte que j'ai perdu Emma avec les mots *formule chimique*. Elle ne s'intéresse plus à la science. Je change de tactique. C'est lié aux émotions, dis-je en espérant qu'elle en éprouve encore. À ce qui se passe dans le cerveau à l'approche des fêtes.

Tu veux dire le père Noël, les rennes, tout ça ?

Plus ou moins, oui. En gros, la pilule déclenche ces effets dans le corps quand ça ne se fait pas naturellement.

Il est presque 9 h 30, l'heure de notre briefing quotidien avec Debs. Je dis à Emma que je dois aller à une réunion, comme si j'étais le genre de personne qui allait à des réunions. En fait, on se blottit autour du radiateur dans le bureau humide, en espérant ne pas mourir d'hypothermie pendant qu'on se dispute pour savoir qui choisira la station de radio.

Il faut vraiment que tu y ailles ? insiste-t-elle, se souvenant que je déteste les obligations.

Oui. J'essaie d'être à l'heure, sinon Debs pique sa crise.

Donc, tu es une nouvelle femme depuis que ton copain est parti ?

Si on veut.

Elle me demande ce que je lis en ce moment. C'est notre manière de faire l'amour au téléphone. Je lui énumère les dix derniers livres que j'ai lus. Elle n'en connaît aucun.

Tu lis trop, dit-elle. Ma mère est du même avis. Une fois, à dix-sept ans, je lui ai sorti que j'avais lu quelque part que les femmes étaient deux fois plus enclines que les hommes à prendre des antidépresseurs. Depuis, ça l'énerve.

Tu ne lis pas assez. C'est ce que je dis à tout le monde.

J'ai assez lu.

On continue d'écrire des livres, figure-toi. On en publie de nouveaux chaque année.

Je sais, tu viens de m'en citer quelques-uns.

Tu me manques.

Je sais. Alors, tu le prends pour de bon, ce traitement ? ajoute-t-elle pour m'empêcher de raccrocher. Je ne te critique pas, hein. Noël, c'est l'horreur. Si tu voyais le nombre de gens qui débarquent ici chaque hiver rien que pour y échapper.

Je lui rétorque que tout le monde ne peut pas se réfugier à Ibiza, même si ce n'est pas tout à fait vrai. C'est aussi que tout le monde n'en a pas envie. Moi, par exemple, je n'en ai pas envie.

Je lui dis que j'ai couché avec le mec du labo. T'inquiète, c'est fini, je précise. C'est pathétique et je le sais.

Pourquoi est-ce qu'il faut toujours que tu fasses des trucs pareils ?

Je lui réponds que je ne sais pas, même si je le sais très bien. Je voulais être aux commandes. Je voulais être celle qui ferait le premier pas, celle qui agissait.

Je ne voulais pas être la fille qui se fait baiser. Je voulais être celle qui baise.

Tu aurais fait pareil, je dis. Parce que c'est la vérité. Elle veut commettre ses propres erreurs, pas qu'on les fasse à sa place.

Sans doute, dit-elle.

J'aimerais vraiment que tout ne tourne pas autour des garçons, pour changer, dis-je. Ou pire, des hommes.

Ça ne sert à rien. Ils pensent que tout tourne autour d'eux, de toute façon, dit-elle.

Je lui répète qu'elle me manque.

Je suppose que je me suis laissé tenter par la facilité, dis-je. Telle mère, telle fille.

Là, j'ai droit à une leçon de morale. Les antidépresseurs ne sont pas une solution de facilité pour beaucoup de gens. Je l'écoute et je me souviens qu'elle a toujours été beaucoup plus intelligente que moi. Et plus bronzée, désormais. En plus, maintenant, elle vit en bikini, même si ses cuisses frottent. Elle s'en fout.

Tu pourrais aussi oublier Noël, dit-elle, et on éclate de rire toutes les deux. Comme si c'était possible d'oublier Noël. Dans sa bulle cacophonique, peut-être. Elle est complètement déconnectée de la vie normale. Si on s'enfuit sur une île pleine de bruit et de chaleur, où tout le monde est tellement déshydraté et défoncé que personne ne sait quel jour on est, alors, oui, ce n'est pas compliqué d'oublier Noël.

Je lui demande s'ils font quelque chose de spécial le 24, là-bas. J'imagine un DJ hurlant *C'est Noël !* et la foule devenir hystérique, mais ni plus ni moins que s'il criait *C'est mardi !* ou *J'ai retrouvé les clés de ma voiture !*

C'est comme les régimes, dit-elle. Je me la représente en maillot de bain et je me vois dans mon gros manteau et mes gros souliers. Je ris, parce qu'à nous deux, on fait presque une personne complète.

Hein ? Comment ça ?

Une fois que tu as décidé que tu t'en fous, c'est là que tu maigris, dit-elle. Merde, j'ai peur qu'elle ait perdu du poids. Elle était parfaite, avant. Pourtant, c'est une chose que je ne pense jamais des êtres humains. Seulement des chiens. Bien sûr qu'elle a dû fondre ; elle passe ses journées à danser, à crier, à nager dans l'océan et à se nourrir de salades de fruits exotiques.

OK, je dis, comme si je comprenais.

Il va falloir que j'y réfléchisse. D'un côté, je ne suis pas sûre qu'elle soit la mieux placée pour me donner des conseils. D'un autre côté, elle a l'air heureuse, même si c'est parce qu'elle a pris un coup de chaud. Et peut-être aussi parce qu'elle est défoncée.

De toute façon, je ne pense pas qu'Emma se drogue tant que ça. Le soleil, la danse et les couleurs vives, elle est tombée dedans quand elle était petite. C'est pour ça qu'elle s'est tirée là-bas. Elle fait partie des gens qui sont shootés à la vie. Lorsqu'elle est sortie du ventre de sa mère, elle trippait déjà. Le monde était une grande fête psychédélique. Il suffisait qu'il y ait quelques couleurs, qu'elle agite les bras en l'air et qu'elle tourne sur elle-même pour qu'elle se retrouve dans un état second. Je me demande comment on a pu devenir amies.

(Ce n'est pas vrai. Je le sais très bien. Le premier jour de la rentrée, elle m'a prise par la main et m'a dit : Viens voir cet insecte dégoûtant. Comment aurais-je pu refuser ? Elle n'avait eu qu'à me toucher, à réclamer mon attention. Le monde ne savait pas encore qu'il valait mieux éviter de parler à Janet. Personne ne savait que je deviendrais la fille chelou qui aimait les livres et les chiens mais pas les gens, la fille qui était sans doute lesbienne, sorcière ou zinzin. De toute manière, Emma se moquait de ce que disaient les autres. Elle était trop occupée à tournoyer et à rire de la drôlerie du monde. Il se pourrait aussi qu'elle soit tombée sur la tête quand elle était bébé, une théorie qu'elle n'a jamais ni confirmée ni démentie.)

Emma pense que je devrais m'en foutre, ne plus essayer d'être heureuse. Je ne sais pas si elle parle uniquement de Noël ou de tout le temps. Au moins, elle ne m'a pas dit : Tu n'as qu'à danser pour oublier, ou Viens me rendre visite à Ibiza.

Emma n'est pas idiote – elle a continué après la licence, alors que je suis allée me cacher dans les bois –, mais parfois je me demande si on ne lui a pas enlevé un bout du cerveau. La partie qui s'inquiète. La partie qui a besoin de dormir. De manger un vrai repas. Elle ressemble plus à une plante qu'à un être humain. De la lumière et de l'eau, c'est tout ce dont elle a besoin. C'est cette simplicité qui m'agace, plus que sa minceur. Son côté maître Jedi existentiel qui sait que tout le reste n'a aucune importance. Et si les complications n'ont pas d'importance pour elle, alors peut-être que je n'en ai pas non plus.

Je lui dis encore au revoir.

Oh, j'allais oublier, dit-elle. Tu pourrais m'envoyer des bonbons ? Ils ont un goût bizarre ici.

Voilà pourquoi je l'aime.

DIX-SEPT

Ma mère pense que mes pilules contiennent du LSD. Elle pense que je vais voir des elfes partout. Ce qui est fort possible dans la mesure où ils sont partout. C'est Noël. Je ne sais pas pourquoi tout est devenu si compliqué, dit-elle en gobant un Xanax. Quand j'étais petite – ça commence mal –, on était juste heureux de pouvoir passer du temps à la maison et d'avoir une mandarine. Pitié, pas la mandarine, gémit-on. Autrefois, elle en mettait dans nos chaussons. Une fois, j'ai laissé la mienne dedans pendant l'année entière et elle est tombée en poussière. Je trouvais ça poétique, elle trouvait ça dégoûtant. On avait toutes les deux raison.

Du temps où j'avais un copain et où on s'aimait bien, il venait me rendre visite au refuge. Ça ne plaisait pas trop à Debs, parce que ça me distrayait de mon travail et plus largement de ma mission qui consiste à l'aider à anéantir le patriarcat. Surtout, ça lui rappelait que je n'étais pas aussi morte qu'elle à l'intérieur, pas encore en tout cas. Malgré tout, elle prétendait que c'était OK tant qu'il participait. Elle en profitait pour lui refiler toutes les corvées qu'elle repoussait. Par exemple, réparer le toit des chenils ou promener le monstrueux saint-bernard qu'on avait en pension. Ça ne le dérangeait pas, il aimait bien se rendre utile et il voulait lui faire bonne impression, parce que je lui avais dit que je la soupçonnais d'avoir assassiné son mari.

Un jour, il a débarqué sans prévenir. Je ne savais même pas qu'il était là ; j'étais trop occupée à me faire déchiqueter le bras par un staffordshire bull-terrier femelle. La pauvre avait la mâchoire coincée. Les animaux font ça lorsqu'ils sont très énervés et, dans ce cas, il n'y a pas moyen de les faire lâcher. Un vrai bonheur pour toutes les personnes impliquées. C'était d'autant plus regrettable que c'était une chienne adorable quand elle n'arrachait pas les bras des gens. Ce n'était pas ce genre d'attitude qui risquait d'améliorer l'image des staffordshires dans l'opinion publique. Melissa hurlait, incapable de faire quoi que ce soit. Dans un dessin animé, elle se serait retrouvée perchée sur une chaise avec un balai.

J'étais calme. Je tâchais de décoincer les mâchoires du molosse avec un pied tout en demandant à Melissa de fermer sa gueule. C'est pour cette raison qu'une femme devrait toujours porter des Doc Martens. On ne sait jamais quand on va devoir se battre contre les dents de la mort ou flanquer un coup de pied dans les couilles d'un homme. Debs est enfin arrivée. Elle avait vaguement entendu un bruit, mais espérait qu'on se débrouillerait seules, parce qu'elle en avait assez que les autres fassent appel à elle pour résoudre leurs problèmes, alors que tout ce qu'elle voulait, c'était libérer les chiens et s'en laver les mains. Sa relation avec le refuge était compliquée, comme toute relation digne de ce nom, et, souvent, elle rêvait d'y mettre le feu et de s'enfuir. Je pense que c'est une bonne définition de l'amour. Quand on reste.

Debs a longuement regardé la scène, puis elle s'est éloignée. J'avais tort au sujet de l'amour, me suis-je dit. Elle nous abandonne. Mais quelques minutes plus tard, elle était de retour avec un steak congelé. La chienne m'a lâchée illico pour se jeter sur la viande. Ces animaux sont des clichés ambulants. Ils ont vu tous les dessins animés, eux aussi. Et pendant tout ce temps, mon copain observait la scène, en retrait. Il prenait des paris, je suppose. Je ne m'attendais pas à ce qu'il me sauve ni rien, mais un petit Coucou ! aurait été sympa.

Il m'a quand même emmenée à l'hôpital. Melissa voulait nous accompagner et j'ai failli dire oui, parce que je n'étais pas sûre d'avoir envie de me retrouver seule avec lui, ce qui était un peu inquiétant, vu qu'on vivait ensemble. Heureusement, j'avais trop mal pour creuser la question.

Mon bras, ça allait, mais pas notre relation. Le corps a des capacités de guérison impressionnantes, alors que l'esprit est une plaie béante qu'on ne peut pas s'empêcher de tripoter jusqu'à ce qu'elle s'infecte.

Pendant le trajet de retour, mon copain m'a rappelé que j'étais censée travailler au refuge juste le temps de réfléchir à ce que je voulais faire de ma vie et que je devais peut-être songer à m'inscrire en master. C'était un peu de ma faute, parce que c'était ce que j'avais prétendu quand on s'était rencontrés. Ce sont les petits arrangements avec la vérité qu'on fait au début d'un nouvel amour, quand on est sur un petit nuage et qu'on est prêt à raconter n'importe quoi pour donner une bonne image de soi.

Je lui ai répondu que je n'avais pas trop la tête à ça, là tout de suite, et est-ce qu'on pourrait s'arrêter pour acheter des hamburgers, parce que j'avais manqué de me faire arracher le bras et que j'étais défoncée aux antalgiques, le genre de truc qu'on n'aurait jamais dû me filer tellement c'était bon. Et il n'a pas pu refuser, vu que j'avais failli mourir et tout.

Je suis sûre qu'il regrettait que je ne sois pas quelqu'un d'autre et je le comprenais, parce que moi aussi.

Il m'a pris un burger et un milk-shake, m'a ramenée à la maison et m'a aidée à me mettre au lit. Puis il est sorti, peut-être pour aller regarder ses vidéos pornos. Je ne voulais pas savoir. J'étais shootée aux calmants, il me restait des frites et il y avait *New York, police judiciaire* à la télé. Parfois, c'est tout ce dont on a besoin.

Je n'ai rien contre les drogues, tant qu'on me laisse choisir. Un peu d'herbe de temps en temps. Beaucoup d'alcool. Du speed quelques fois à la fac. Personne n'aime être forcé, même si on lui colle une irrésistible pipe à peau sous le nez.

Mon copain était à fond pour les médicaments. En ce qui me concernait, du moins. Au début, il disait que c'était pour moi, que j'aurais peut-être envie de reprendre mes études si je me sentais mieux. Après, plus rien ne m'arrêterait : je trouverais un vrai travail, je l'épouserais et on irait moins souvent à l'hôpital. Et moi je me disais qu'on aurait besoin d'y retourner une seule fois, et ce serait un aller simple pour la morgue, parce que toute cette normalité à laquelle il aspirait finirait par me tuer.

Ma mère était pareille. Elle disait des trucs comme : La fille d'untel vient d'être admise au barreau, tout ça grâce au Prozac, parce que, avant, elle ne sortait plus de son lit ! Je lui répondais que je m'étais levée chaque matin de ma vie, sauf les trois jours où j'avais eu la varicelle à sept ans, et encore, c'était elle qui m'avait ordonné de garder la chambre.

Pour ma mère, je ne vis qu'à moitié. Je n'ai qu'un pied dans le monde. Elle n'a pas tort, mais elle ne comprend pas la notion de compromis. Elle ne me voit pas le soir, pelotonnée devant la télé, morte de rire. Ou même au travail, quand je promène un chien que j'aime vraiment, qu'on n'est que tous les deux, marchant d'un bon pas, ne songeant à rien d'autre. Là, je me sens presque heureuse. Mes petites joies, je les garde tout près de mon cœur. Pas question que je les échange contre un bonheur plus clinquant.

Maintenant que mon copain est parti, je me retrouve trop souvent seule avec mes pensées. Je tâche de les bloquer, mais c'est épuisant. Je ne peux pas compter sur la télé. Si je regarde un truc et que ça ne suffit pas, j'essaie de lire en même temps, puis je mange, juste pour me remplir, pour étouffer mes pensées. Je me gave, dans tous les sens du terme.

J'aimerais que Debs me laisse dormir dans un des chenils pour me sentir à l'abri, contenue.

Je ne peux pas imaginer ce que c'est de vivre sans le doute de soi et son pendant, la haine de soi. Je ne peux pas imaginer ne pas tout remettre en question.

J'ai lu une fois que, pour bien se laver les cheveux, il fallait se masser le crâne pendant au moins vingt secondes. Eh bien, j'ai beau le savoir, je me débrouille toujours pour me planter. Parfois, je sors de la douche et je me rends compte que je ne me suis pas savonné les jambes et que de toute manière je ne suis même pas sûre qu'il faut le faire. J'ai lu aussi qu'on ne devait pas laver avec excès ses parties intimes, donc je suppose que maintenant je ne le fais pas assez. Pour moi, une simple douche se transforme en exercice de funambulisme : surtout ne pas baisser les yeux, regarder devant soi. Je fonce sous le jet d'eau, je me lave, je sors. Je suis une ninja des salles de bains. Le corps est une source de tristesse sans fin : sa propension à se casser, à nous ralentir, à nous empêcher d'être libres.

Je suis sûre que Melissa voit les choses différemment. Ça m'étonnerait qu'elle se pose des questions existentielles sur la meilleure façon de se doucher. Elle est trop occupée à chanter je ne sais quelle abominable bluette pop. Ses parties intimes sont lavées à la perfection par une nuée d'adorables oiseaux de dessin animé.

Je me demande si les médicaments aident les gens à se sentir plus en phase avec leur corps. Ce serait un vrai argument de vente en ce qui me concerne. Être triste ne me dérange pas, en revanche je n'aime pas avoir la sensation que mon corps m'échappe. Si j'étais sous antidépresseurs, est-ce que j'aurais l'impression de mieux le maîtriser ? J'ai entendu des gens dire qu'ils se sentaient anesthésiés ou déconnectés, donc j'ai comme un doute. À croire qu'ils se soignent autant pour aller mieux que pour se protéger de leurs émotions. Parce qu'ils partent du principe que le monde va les perturber. C'est là où nous divergeons. Les êtres humains m'intéressent justement quand ils sont à vif, dans cet état qu'ils essaient de fuir.

Quand j'ai envie de m'oublier, je préfère m'en tenir aux manteaux trop grands et à l'alcool.

DIX-HUIT

Avec la troisième réunion, on trouve notre rythme de croisière. La vie peut être ainsi, apparemment, si on laisse faire. Chacun connaît sa partition, quand intervenir et quand se taire. Sauf qu'on est des crétins, pas des musiciens. Donc il y en a toujours un pour mettre les pieds dans le plat. Parfois, c'est moi. Cette semaine, c'est moi.

Ces réunions me font retomber en enfance. J'ai l'impression d'être redevenue adolescente, quand je préparais à l'avance tout ce que j'allais dire en public. Si je savais que j'allais devoir parler à des gens, la veille, je prenais des notes jusque tard dans la nuit. La première fois qu'un garçon m'a appelée au téléphone, je me souviens que j'avais une feuille intitulée *Sujets de discussion*. Pour finir, il ne m'a pas laissée en placer une. Je n'ai eu qu'à émettre des petits sons approbateurs et à rire. Ça m'a ouvert les yeux. Ce jour-là, j'ai compris que les gens n'étaient pas aussi compliqués que je le croyais. Leur narcissisme m'a guérie.

Lorsque j'ai réalisé que j'allais peut-être devoir prendre la parole pendant les réunions, j'ai décidé qu'il était préférable d'être prête et d'avoir quelque chose à dire. Tant pis si c'était maladroit, s'il y avait des silences embarrassés et des *euh*, l'important, c'était de participer. Mais j'aimais mieux être un peu ivre.

Cette semaine, il règne déjà un silence embarrassé à mon arrivée. Karen transpire à grosses gouttes devant nous. Le mec du labo est assis à sa place habituelle, près de la porte, comme un gardien de prison. Si l'un de nous essaie de partir, pas de cadeau. Il finira direct sur la liste noire du père Noël. Je me sens différente, mais ce n'est pas à cause du traitement. C'est parce que j'ai couché avec quelqu'un qui se trouve dans la pièce. Je me sens à la fois vulnérable et insouciante, encore plus je-m'en-foutiste que d'habitude.

Le silence est tel qu'on entend les passants continuer à vivre dehors, pendant que nous, on est au point mort. En général, au bout d'une vingtaine de minutes, le malaise devient intolérable. Imaginez un pull qui gratte, mais qu'on vous oblige à porter, parce que c'est mamie qui l'a tricoté et qu'elle n'en a plus pour longtemps si elle continue à fumer comme un pompier et à se nourrir d'Oreo, ou au moins de grignoter le biscuit du dessus, puis de lécher la crème à l'intérieur et de laisser le reste sur le rebord de la baignoire. Il faut se forcer, même si le pull est trop petit, même si vous devez en crever, ce qui nous pend tous au nez. On est tous en train de crever dans ce pull. Voilà l'effet que me font ces réunions.

Karen farfouille dans sa pochette, l'air de se demander ce qu'on est censé faire. Je lui souhaite bien du courage. Je ne suis pas sûre qu'elle se souvienne seulement si elle est venue en voiture.

Soudain, je réalise que c'est maintenant ou jamais,

cette prise de parole pour laquelle je me suis préparée toute ma vie. J'ouvre la bouche, et…

Il paraît que février est le mois où on observe le plus de vols à l'étalage !

J'imagine que c'est assez déconcertant. Cette espèce de fille – au moins, ils pensent que je suis une fille –, qui arrive en traînant des pieds, en colère contre le monde entier, et lève les yeux au ciel comme une adolescente. Une ivrogne, ou, si elle ne l'est pas encore, ça ne devrait pas tarder, qui leur fait son sketch. Je surprends toujours les gens, mais pas en bien. Plutôt dans le genre inconnu surprise qui rôde derrière les poubelles.

Je ne maîtrise plus rien. Ma bouche parle toute seule. Je commence par débiter une série d'informations sans intérêt que j'ai lues sur mon téléphone en venant ici. Je me demande si je suis possédée par Melissa dont c'est le mode d'expression habituel. Les autres regardent autour d'eux, les yeux dans le vague. C'est un contrecoup de Noël, dis-je, en espérant que le mot magique éveillera leur attention. La honte. Ç'aurait été moins gênant si j'avais fait un strip-tease.

L'agacement de mes petits camarades est perceptible. Je me retiens de leur dire : Je comprends, mais il n'y avait personne pour ouvrir la bouche. Je m'abstiens, car ça risquerait de leur donner des idées.

Pourquoi est-ce que tu parles de vol à l'étalage ? demande une fille dont j'ai oublié le nom. Elle a l'air louche, comme si elle cachait quelque chose dans son pantalon. Je sais que je ne suis censée toucher personne, mais j'ai envie de la palper discrètement en sortant. Le silence menace de tous nous étouffer. Ce sont des choses qui arrivent. Parfois, j'aimerais que ça arrive pour de bon. Je devrais éprouver une forme de solidarité, un soupçon de compassion au moins pour mes camarades qui fuient le bonheur, mais rien. Pas encore, du moins. Je suis toujours dans le déni. Je ne me sens aucune affinité avec cette bande de pieds nickelés neurasthéniques. Ils ne savent sans doute même pas qui sont les Pieds nickelés.

Je poursuis : Le deuxième mois pour le vol à l'étalage, c'est novembre.

Je regrette de ne pas avoir un PowerPoint, à présent, et pourtant j'exècre cette saloperie. Personne ne me dispute la parole, alors je m'enfonce.

J'ajoute : C'est en juillet qu'il y a le moins de fauche dans les magasins, me sentant l'âme d'une miss météo, la carte du pays et la chevelure de rêve en moins. Je ne sais même plus ce que je raconte. C'est la première fois que je suis prise du besoin irrépressible de remplir un silence. D'habitude, c'est plutôt le contraire. Je voudrais le laisser grossir, qu'il nous engloutisse tous. Mais voilà que j'essaie de battre le rappel des troupes, au lieu de les pousser vers le précipice.

Où est-ce que tu veux en venir ? insiste la fille, qui a sans doute un rouge à lèvres volé dans son soutien-gorge. Je n'ai jamais rien fauché ! ajoute-t-elle d'un air coupable. Un type au regard fuyant qui, si ma mémoire est bonne, s'appelle Kevin la dévisage, jetant de temps en temps des coups d'œil vers la porte. Je me demande si c'est un voleur, et un que j'aurais démasqué. Mais je suppose qu'il se sent juste intéressant parce qu'une fille l'a remarqué.

Le vol à l'étalage, les antidépresseurs, c'est la même chose ! m'entends-je dire. Je fais un geste avec la main que j'ai vu d'autres personnes faire, un genre de *Pfft*. Melissa, sort de ce corps !

Une fille qui s'appelle Sarah, ou qui le devrait si ce n'est pas le cas, montre des signes d'activité cérébrale. J'ai envie de bondir et de crier : Oui, Sarah ! Tu peux le faire !

Donc tu dis que les gens sont trop heureux pour faucher en été, mais qu'avant et après Noël, ils sont malheureux !

Bravo ! Je n'ai pas pu me retenir. J'ai une bouffée d'euphorie, pourtant je n'ai ni bu ni mangé de sucre. Quelqu'un qui nous observerait pourrait croire que mes médicaments ont commencé à agir. En réalité, je m'ennuyais et j'avais envie de foutre la merde.

Donc… tu dis qu'il y a un lien, intervient Karen, dont j'avais totalement oublié l'existence. Karen, notre guide à tous, qui la plupart du temps a l'air encore plus paumée que nous. On ne lui en veut pas, car ce job est clairement une sanction. Je sais pourquoi je mériterais d'être punie, mais qu'est-ce qu'elle a bien pu faire pour se retrouver ici ? C'est à cause de cette atmosphère de mystère qui plane autour d'elle que je reviens chaque semaine. À une époque où la plupart des gens postent des photos de leur vagin sur Instagram, j'aime qu'on dissimule un petit quelque chose.

On est à l'école ou quoi ? lance un type du nom de Danny, Dan ou D… non, Brian, c'est Brian : c'est écrit au marqueur sur son sac à dos. Parce que je détestais l'école, ajoute-t-il, et ça y ressemble beaucoup. Moi aussi, Brian, ai-je envie de crier, mais il pourrait croire que je cherche à nouer une complicité, alors je me contente de le fusiller du regard.

Tout à fait, dit quelqu'un d'autre en parlant de l'école, et non des fascinantes données statistiques que j'ai choisi de partager avec eux.

Pour une raison que j'ignore, j'avais décidé que ce serait le soir où je participerais. J'avais envie d'essayer une approche différente. Je m'ouvrais à la nouveauté. C'est le but du jeu, non ? Je souhaitais voir s'il restait de la vie dans ces coquilles vides. Je pensais que Karen apprécierait. Je ne le faisais pas pour impressionner les garçons. Au moins, maintenant, je sais que les faits ne les intéressent pas. La semaine prochaine, quelqu'un pourrait peut-être nous apprendre à forcer la portière d'une voiture.

Je croyais qu'on pouvait parler de ce qu'on voulait, ici, dis-je. Je ne le pensais pas vraiment, mais la situation prenait une mauvaise tournure.

Je regarde Tim. C'est l'une des rares personnes présentes qui me paraît à peu près normale. C'est peut-être même un monstre de foire, comme moi. On a l'impression que Tim ne vient ici que pour raconter à quelqu'un, n'importe qui, la dernière bêtise de son chat. Une fois, il n'a pas chié pendant une semaine – le chat, pas Tim. J'essaie de le convaincre de l'amener à une réunion. Au moins, je pourrais m'asseoir avec lui dans un coin au lieu de parler aux autres. Mais Tim a l'air préoccupé. En dernier recours, j'adresse un appel muet à un maigrichon avec une espèce de banane sur la tête, qui semble avoir des soucis plus importants que les drogues sur ordonnance. Il hausse les épaules.

Il faut se rendre à l'évidence. Je n'ai réussi qu'à les effrayer, avec mes histoires de fauche. Karen décide d'abréger le supplice. La voir prendre des initiatives allège l'atmosphère et tout le monde réunit ses affaires pour partir, non sans me lancer des regards noirs. Je parie qu'ils volent tous dans les magasins et qu'ils pensent que je suis là pour les confondre.

Je m'apprête à les imiter quand Karen m'arrête. Ne rends pas les choses plus difficiles qu'elles ne le sont déjà, Janet. Il y a des gens qui désirent vraiment être ici, déclare-t-elle. C'est le genre de phrase que seule une personne payée pour être ici pourrait prononcer.

OK, OK, je réponds.

Mais elle continue : si je ne le fais pas pour moi, je devrais le faire pour les autres. Et je la comprends. Tout ce qu'elle avait réellement besoin de dire, c'était : Bientôt, Janet, tu seras l'une des nôtres et ce sera plus facile. *L'une des nôtres. L'une des nôtres.*

Nous sommes tous là pour la même raison, je suppose. Autrement dit parce que aucun de nous ne veut prendre d'antidépresseur. C'est la ligne officielle, du moins : nous sommes les derniers résistants. Nous devons être rassemblés, comptés et étudiés pendant au moins une heure par semaine dans une salle paroissiale qui sent le renfermé, avec des biscuits rances, sous la houlette de Karen. Mais la tristesse de ces gens est très différente de la mienne. J'ai soudain envie de la protéger, comme si elle était menacée. Je n'éprouve aucun mépris pour leurs histoires individuelles ; c'est surtout que je veux avant tout préserver la mienne. Si je me livre un peu, si je m'ouvre aux autres, alors je ne tarderai pas à vouloir un traitement au long cours, ce qui est précisément ce que le laboratoire a derrière la tête depuis le début. Nous mettre dans une pièce avec des gens insupportables, nous rendre chèvres, puis profiter d'un moment de faiblesse pour nous refiler leur cochonnerie.

Je boutonne mon manteau – à la hâte, comme si j'étais attendue – et je me dirige vers la porte. Je pars rapidement, avant que le mec du labo puisse dire quoi que ce soit. Il va sans doute ramener Karen chez lui, ce qui ne me pose aucun problème.

Je suis dans ma voiture, presque en sécurité dans mon petit monde, quand il s'approche de moi. Je ne peux pas lui rouler dessus, ou ils sauront tous que j'ai couché avec lui.

Salut, dit-il.

Salut.

J'ai trouvé le nom de la femme.

La femme ? Quelle femme ?

Mais si, la femme, dit-il, se tournant vers l'église, et je me souviens. Ça m'était totalement sorti de la tête. J'avais effacé toute cette nuit.

Ah, cool, je fais, espérant qu'il va me demander quelque chose en échange.

Elle s'appelle Vyla Shirk.

Je le remercie. Ce n'est pas un nom, voudrais-je ajouter. Je me tais, mais n'en pense pas moins. Je n'arrive pas à croire que c'est une vraie personne ; c'est juste une histoire à la con créée de toutes pièces par le service marketing.

Au moins, maintenant, elle a un nom.

Comme je m'éloigne, je me fais la réflexion qu'il l'a peut-être inventé. Parce qu'il savait que je ne trouverais rien sur elle. Si c'est le cas, c'est plutôt mignon. Et il faut reconnaître qu'il est doué pour les faux noms.

À l'appartement, je m'allonge sur le canapé et j'enfouis mon visage dans les coussins, puis je regarde *Maman, j'ai raté l'avion*, parce que de toute façon j'ai clairement raté quelque chose et que je suis peut-être un enfant. Je ne peux pas dire que je sens l'appel de Noël, mais je ne peux pas dire le contraire non plus.

Ça me fait penser à mon copain. On se disputait beaucoup à cause des films. Pas comme la plupart des couples, à propos du film qu'on voulait regarder ou sur ce dont il traitait. On se disputait à propos des vieux films : ça l'intéressait, pas moi. Il adorait ça. Ceux des années 1980, hein, pas ceux des années 1950. Les films des années 1990 aussi font un retour, ce qui est assez fort, vu qu'ils étaient déjà ringards à leur sortie. Quoi qu'il en soit, ces films me faisaient pleurer, même s'ils n'étaient pas censés être tristes, et je ne pouvais pas lui expliquer pourquoi. Ils me ramenaient à l'époque où je les avais vus pour la première fois, une époque où j'étais quelqu'un d'autre, où j'avais un tas d'idées préconçues sur ce que serait le monde et le rôle que j'y jouerais. Tous mes espoirs avaient été anéantis et il ne me restait que celle que j'étais devenue. Un jour, il m'a demandé pourquoi je pleurais et j'ai répondu que c'était parce que je n'avais pas de trottinette électrique. C'était un peu extrême comme réaction, mais je croyais réellement que ça irait mieux en grandissant. On essaie toujours de nous faire croire que ça va s'arranger. C'est faux. La vie reste pourrie mais elle l'est différemment, c'est tout.

C'est pareil pour la musique. Elle fait remonter des émotions que je préfère ne pas éprouver, donc j'en écoute peu. Je n'ai pas le choix, si je veux me lever tous les jours, et je dois me lever tous les jours.

Je n'aime pas ce qui me fait pleurer. Je veux maîtriser mes émotions. J'ai besoin de maîtriser les choses.

Avant de dormir, je cherche *Vyla Shirk* sur Google. Elle n'existe pas, en tout cas pas sur Internet. Il n'en faut pas plus pour que je tombe amoureuse d'elle.

Je veux lui dire : Salut, je n'existe pas non plus sur Internet. Contrairement à ma mère, par exemple, qui existe principalement sur un forum de fitness-jazz.

J'ajoute les mots *père Noël de centre commercial*, sans succès. J'essaie *père Noël de centre commercial* sans *Vyla*, et je tombe sur des sites pornos, mais je l'ai bien cherché.

Puis je tape le nom du patron de la boîte, M. Gros Labo lui-même, Richard Grossman. Une photo apparaît : un quinquagénaire qui ressemble à une patate. Un vrai héros, d'après la confrérie pharmaceutique. En revanche, personne ne dit grand-chose de Vyla. Elle est mentionnée en passant, mais jamais par son nom. Ils nous racontent cette histoire uniquement pour nous attendrir, vu que tout le monde croit en l'amour. Du moins, c'est ce qu'ils pensent.

J'examine l'homme patate. Il a une tête de pervers. Vyla a bien fait de fuir avec son père Noël de centre commercial, surtout si c'était une bête de sexe comme ceux que je viens de voir sur les sites pornos.

Truffe au chocolat ferait un super nom de strip-teaseur, me dis-je avant de m'endormir.

Le lendemain, au travail, j'ai l'intention de promener les chiens et de ne penser à rien. Eux, ils ignorent à quel point je suis nulle et ils s'en moquent.

C'est mon activité préférée. Si vous avez déjà vu la tête d'un chien quand on dit *promenade* ou qu'on agite une laisse, vous savez ce que ça signifie pour lui. Ça me fend le cœur de voir dans quel état les met la simple perspective d'une sortie.

Essayez d'imaginer ce que ça vous ferait si vous ne pouviez pas sortir seul, si on devait vous emmener en promenade.

C'est le meilleur moment de ma journée. Melissa s'efforce toujours de le gâcher en essayant de m'accompagner, alors je ruse. Je choisis les chiens qui ne s'entendent pas bien avec les autres. Ça ne me pose pas de problème, au contraire, je les comprends très bien. En plus, les promenades me permettent de sortir un peu de moi-même. En temps normal, je préfère rester dans ma tête, juste pour ne pas être dans le monde, mais de temps en temps ça fait du bien de changer de décor.

À mon retour, Melissa m'accueille avec un grand sourire. Alors, bonne promenade ? lance-t-elle. C'est débile. Il n'y a pas de mauvaises promenades. À la rigueur, si on est suivi par quelqu'un, mais sinon, c'est toujours agréable. Ça purifie. Oui, merci, réponds-je, avant de réaliser que c'était au chien qu'elle s'adressait.

Ces balades me procurent une forme de joie. Ou de paix, plutôt. Une promenade avec un chien, c'est ce qui ressemble le plus à la liberté, pour moi comme pour lui. On oublie la laisse, l'heure, le fait qu'il faudra retourner au refuge et réintégrer le monde.

Melissa m'emboîte le pas. On a parlé de ton médicament dans mon émission de radio, dit-elle. Je dresse l'oreille machinalement. Elle me suit aux toilettes. Je veux seulement me laver les mains, donc je ne la chasse pas. Je suis curieuse. Je sais que toute la presse n'en a que pour mes pilules, mais ça ne m'intéresse pas plus que ça. Enfin, ça ne m'intéressait pas jusqu'à l'apparition de Vyla.

Il y avait un pasteur et un type d'un laboratoire pharmaceutique, poursuit-elle. Une femme a appelé et a dit : Qu'est-ce qu'ils vont inventer, maintenant ?

Une pilule d'anniversaire ? Melissa rit. Pas moi, parce que c'était mon idée.

Et alors ? je demande.

Alors quoi ?

Quel a été le verdict ? J'ai peur qu'elle ait changé de station pour écouter du rock chrétien. Dans ce cas, je ne saurai jamais ce qu'on pense de moi.

La plupart des gens trouvent ça super, dit-elle. Pas toi ? On a tous envie que les autres soient heureux, non ?

Elle est vraiment trop conne. Il y aurait un tas de questions à poser : est-ce que quelqu'un a appelé pour dire que les pilules n'étaient peut-être pas la solution ? Plutôt que de se focaliser sur les fêtes, est-ce qu'on ne devrait pas se préoccuper du bonheur de ceux qui nous entourent ? Tout le monde est triste de nos jours, c'est un fait. Pourquoi vouloir nous obliger à être ce que nous ne sommes pas ? Mais je les garde pour moi.

Bien sûr, dis-je.

Après le travail, je n'ai pas envie de rentrer chez moi – j'ai trop peur de boire ou, pire, de penser – alors je m'emmène au cinéma. La salle est pleine de gens venus accompagnés qui me regardent d'un air apitoyé. Pourtant, je ne me sens pas pitoyable. Je me sens cinéphile.

DIX-NEUF

Le lendemain, le type du labo se pointe au refuge avec sa fiancée. Il est clairement surpris de me voir, et je suis clairement surprise de la voir. Il est mal à l'aise, mais je fais cet effet à la plupart des gens. Je suis l'incarnation de la dureté de la vie. Très vite, il se ressaisit – il fait comme s'il ne me connaissait pas et je lui rends la politesse.

Plus tard, il me dira sans doute : Mais si, je t'avais parlé d'elle.

Je ne suis pas en colère, simplement abasourdie.

Je suis sûre qu'il n'a pas mentionné qu'il était avec quelqu'un. Je m'en souviendrais. Je ne suis pas du genre à coucher avec le mec d'une autre. En règle générale, j'essaie même d'éviter de coucher avec mon propre mec, c'est dire. Réflexion faite, je suis en colère. Mais parce qu'il a fait de moi une fille qui couche avec le mec d'une autre – sans mon consentement.

J'ai de la peine pour elle. Elle n'a pas l'air horrible. J'ai de la peine pour lui parce que c'est avec moi qu'il l'a trompée. J'ai de la peine pour nous tous, parce qu'on ne comprendra jamais pourquoi ces choses-là arrivent. Et on a beau essayer de ne pas y penser, ça finit toujours par nous exploser à la figure.

Je regrette de ne pas avoir volé cette tortue, à présent. C'est la seule chose qui ne m'ait pas déprimée ces derniers temps, et ce n'est qu'un morceau de plastique.

Nous cherchons un chien, annonce-t-elle. La copine. Ce qui tombe bien, vu que c'est un peu notre spécialité. Je me demande quel est le problème avec leur bouledogue ; il m'avait fait bonne impression. J'ai envie de dire quelque chose, mais je ne peux pas, parce que sinon elle saura que j'ai couché avec son futur mari, ce qui ressemble au scénario d'une comédie romantique que je serais carrément prête à regarder.

Le téléphone du gars sonne et il s'excuse pour répondre, je commence donc la visite sans lui. J'envisage de fourguer à la fille un molosse qui la taillera en pièces pendant la nuit, mais le mec du labo ne m'intéresse pas assez pour ça.

Elle a des jambes de déesse. Je me demande si les chiens font attention à ce genre de détail. Je ne vois pas très souvent des jambes nues, pour être honnête. On est toujours couvertes des pieds à la tête, ici, même en été. Je vois des corps féminins à la télé, mais j'ai des doutes sur leur authenticité. Je ne crois pas aux femmes qui n'ont pas de vergetures. Cette fille n'en a sûrement pas. Elle passera sans doute toute sa grossesse à se tartiner de beurre de cacao et à se polir comme une table en bois.

Alors qu'on se dirige vers les cages, elle baisse la voix. Le chien, c'est pour prendre la température, dit-elle. Vous savez, *avant un bébé*. J'ai envie de lui répondre que beaucoup de tueurs en série avaient des chiens. Je ne comprends pas. On dirait que tout ça, c'est nouveau pour elle. Mais votre petit copain en a déjà un ! dois-je me retenir de crier. Qu'est-ce que ça signifie ? Est-ce qu'elle n'est jamais allée chez lui ? Est-ce qu'elle l'a obligé à s'en débarrasser pour qu'il recommence à zéro avec elle ? Le nombre de gens qui abandonnent leur animal de compagnie quand ils se mettent en couple est sidérant.

Avant qu'on arrive à mon chenil, elle voit un chien dans celui de Melissa qui est le portrait craché de celui qu'elle a eu enfant. J'ai perdu une vente, mais au moins je peux les laisser toutes les deux et retourner me terrer dans mon trou jusqu'à leur départ.

Après, je raconte tout à Melissa. Qu'elle sache dans quel genre de foyer elle envoie son protégé.

Tu étais au courant pour sa copine ? me demande-t-elle.

J'étais sûre qu'elle avait mauvaise opinion de moi.

Je nie, mais je ne suis pas certaine qu'elle me croie.

Elle me surprend en disant qu'elle l'a trouvé séduisant. Je me souviens soudain qu'on est comme des prisonnières sur une île privées d'hommes depuis des années, et que, parfois, une simple bouffée de déodorant Axe peut nous rendre toutes choses.

Décembre sera bientôt là. On n'échappera pas à Noël. Il est trop tard pour faire demi-tour.

Chaque année, à cette période, j'espère que tout le monde se sentira aussi épuisé que moi à la perspective des fêtes et qu'on votera pour un petit Noël peinard : on traînera en jogging, on mangera ce qui nous tombe sous la main et il n'y aura pas de grande représentation familiale. De toute manière, les gens préfèrent gueuler après la télé. Plus personne n'y croit, même les mères de famille qui s'entêtent à vouloir nous faire chanter en chœur autour du piano. On dirait qu'elles viennent de voir *Les Quatre Filles du Dr March* et qu'elles ont oublié que l'une des sœurs meurt.

Chaque année, je suis déçue. Les autres ont beau avoir l'air à plat, prêts à lâcher l'affaire, ils se reprennent dès que Noël se profile à l'horizon. Comme Nosferatu qui attend son heure dans l'ombre. Comme une plante qui ressuscite alors qu'on pensait avoir réussi à la faire crever. Il y a des gens qui reviennent d'entre les morts pour Noël. Pareil pour les relations. Même celles qu'on croyait défuntes se réveillent soudain et réclament d'être arrosées.

Quand on est petit, c'est différent, Noël nous tombe tout cuit dans le bec. On n'a rien à faire. C'est une tradition, un rituel, et on compte sur les adultes pour faire en sorte que tout se déroule comme prévu. Ils prétendent qu'ils le font pour nous, pour qu'on ait de beaux souvenirs d'enfance, mais c'est surtout pour eux, pour compenser leur enfance pourrie. La tristesse s'accumule au fil des ans. On n'est pas censé la voir, pourtant, elle est là. À quinze ans, ça devient vraiment oppressant, et on commence à dire à tout le monde que c'est une farce, mais les gens n'aiment pas qu'on leur fourre le nez dedans, parce que, quand même : *C'est Noël, Janet !*

Arrive l'âge où on réalise qu'on n'est pas obligé de le fêter, si on n'en a pas envie. On s'est sans doute forcé plus longtemps qu'on aurait dû, parce qu'on pensait ne pas avoir le choix. Et soudain, on a l'impression d'avoir un éclair de génie, de lucidité.

Le problème, c'est quand on aimerait s'investir mais que ça ne veut pas. Et c'est aussi vrai pour les relations.

Tout ce que les adultes sont censés faire – le travail, la maison, la famille, les activités organisées –, c'est au-dessus de mes forces. J'aimerais bien, mais je ne peux pas. Mon copain prétendait que j'en étais capable. J'aurais sans doute dû lui en être reconnaissante. Il était plus optimiste que moi en ce qui me concernait. Et je suis convaincue que ce n'était pas parce qu'il voulait que je sois quelqu'un d'autre. À mon avis, il pensait que, s'il croyait suffisamment en moi, alors il y arriverait lui aussi et on s'en sortirait tous les deux. Sa foi me manque. Tout ne me manque pas chez lui, notamment la manie qu'il avait de croire que j'avais envie de baiser dès que je m'allongeais sur le dos. Maintenant, je dors dans la position qui me chante. Quand j'arrive à dormir.

En revanche, je n'ai toujours pas de solution pour Noël.

Le numéro de ma mère apparaît sur mon fixe. Je ne réponds jamais au fixe, mais elle insiste. Puis elle m'envoie un SMS : *Décroche, Janet*. Alors je décroche.

Lorsque le garçon vivait ici, il ne pouvait pas s'empêcher de répondre, ce que je trouvais insupportable. C'est peut-être important, Janet, disait-il. Ça ne l'était jamais. Je déteste qu'on me téléphone chez moi, parce que ça signifie qu'on sait que j'y suis. Je veux être vue, et en même temps je veux être invisible.

Malgré tout, ma mère s'entête à m'appeler sur le fixe et je sais que je devrais être heureuse d'entendre sa voix, mais dès qu'elle ouvre la bouche, je me souviens pourquoi je suis partie.

Janet, tu as empoisonné ton père, dit-elle.

Comment ça *empoisonné* ?

Pas littéralement, s'avère-t-il. Empoisonné avec mes mots. Ou ma façon d'être, je ne sais pas trop. En tout cas, elle est fâchée, parce que mon père n'a pas encore commencé à faire le gâteau de Noël et que c'est de ma faute.

Ce gâteau a besoin de vieillir, dit-elle, et moi je pense que c'est elle qui nous fait tous vieillir.

Il prétend qu'il ne se sent pas de le faire ! Elle crie, à présent. C'est la meilleure ! D'où est-ce qu'il tient une idée pareille, à ton avis ? glapit-elle, comme si j'étais la seule à qui il arrivait de ne pas se sentir de faire quelque chose.

Je ne sais pas, maman. En tout cas, je ne lui ai rien dit, si c'est là où tu veux en venir. J'ajoute qu'il est capable de penser par lui-même, même si ce n'est plus vrai depuis qu'il l'a rencontrée.

Tu dois arranger ça, décrète-t-elle avant de raccrocher.

Je téléphone à mon père. Ce qui doit le terroriser, car les filles n'appellent pas leur père comme ça, à moins d'être enceintes, à l'agonie ou, pire, d'avoir besoin d'argent.

Maman dit que tu n'as pas fait le gâteau parce que tu ne le sentais pas, dis-je, sacrifiant ma mère pour amortir le choc, car il se trouve que j'ai besoin d'argent. S'il est en colère contre elle, il sera plus enclin à m'en envoyer, soulagé que je ne sois ni à l'article de la mort ni enceinte.

On a le temps, répond-il. J'en déduis qu'il va bien et que je ne suis pas la fauteuse de troubles que l'on prétend.

Ce n'est pas grave, si tu ne le sens pas, dis-je. Parler de ce qu'on ne sent pas, c'est notre manière à nous de parler de nos sentiments.

C'est très grave, proteste-t-il. Je ne sais pas comment tu fais. Je devine dans sa voix quelque chose qu'aucune fille n'aime entendre dans la voix de son père : l'accent du désespoir. Le ton qu'on a quand on endosse une tristesse qui n'est pas la sienne, une tristesse pour laquelle on n'a pas de place. Pas de mots. Le genre de voix que les bénévoles de SOS amitié doivent entendre constamment, le genre de voix que les chiens dressés pour flairent à des kilomètres à la ronde.

Peut-être que je suis juste ballonné, ajoute-t-il, et c'est vrai qu'il a l'air un peu flatulent.

Peut-être, dis-je avec optimisme.

Le week-end suivant, je vais chez mes parents pour laver mon linge, ce qui ne m'arrive que très rarement. En fait, c'est surtout pour voir comment va mon père. Je le trouve dans la cuisine, en train de faire le gâteau.

Alors, tu t'es senti de le faire, finalement ? je lui demande en embrassant son front moucheté de farine.

Pas vraiment, grogne-t-il, mais ta mère ne me laissait pas une minute de répit.

Il a bien senti quelque chose, que ça lui plaise ou non. Et moi aussi, sauf que ça n'a rien de festif. Tout ce que je ressens, c'est le désir de fuir, de tous les abandonner. Ce n'est pas de leur faute, je suis juste comme ça. Ça n'a jamais été de leur faute, ce n'était pas si horrible d'habiter dans leur maison, mais, à force de vivre sur le territoire de quelqu'un d'autre, on finit par étouffer. Je ne suis pas la fille qu'ils auraient aimé avoir, de même qu'ils ne sont pas les gens qu'ils auraient voulu être. Alors ils se sont rabattus sur les fêtes et ils en ont fait tout un plat, en espérant que ça suffirait à convaincre les autres. Moi, j'ai choisi la fuite.

Quatrième réunion. Je devrais connaître les noms de tous les participants, maintenant, pourtant ce n'est pas le cas. J'ai mémorisé celui de Karen et je sais que le mec du labo aime qu'on lui presse les couilles. C'est à peu près tout.

Sauf guerre ou apocalypse, Noël aura lieu. Et même si c'est la fin du monde, on n'y coupera pas. C'est comme la renouée du Japon qui prolifère par brassées au refuge. On ne s'en méfiait pas, jusqu'à ce qu'elle manque d'étrangler un chien.

Officiellement, ces réunions sont un espace de partage. En réalité, c'est un dispositif de contrôle. Les types en blouses blanches veulent s'assurer que leur pilule est efficace et qu'elle ne provoque pas de réaction bizarroïde non répertoriée. On nous incite constamment à signaler tout effet indésirable, car le labo n'a pas envie de se retrouver au tribunal, même si, à mon avis, ça se terminera de cette manière. Ce n'est pas moi qui m'y collerai, cela dit. Je pourrais devenir toute bleue ou ne plus sentir mes jambes au réveil que je le garderais pour moi.

Il y a une fille qui pense que tout est un effet secondaire du traitement. C'est fatigant, mais aussi amusant. C'est peut-être la seule raison pour laquelle je continue à venir. Elle nous a fait part de plusieurs problèmes, qu'elle a également rapportés au laboratoire, sans doute en larmes, au téléphone en pleine nuit, après avoir constaté qu'en parler à sa mère, à son chat et à l'araignée qui a élu domicile dans sa douche et qu'elle n'a épargnée que pour avoir un auditoire ne lui procurait aucune joie. Si un jour elle m'invite chez elle, je ferai semblant d'aller aux toilettes pour lui rendre sa liberté.

La semaine dernière, elle nous a annoncé que ses chaussettes la grattaient plus que d'ordinaire. Nous avons dû subir la description de ce qu'elle ressentait habituellement, puis de son inconfort actuel. J'ai dit que pour ma part je préférais ne pas en porter. Ça ne l'a pas aidée, mais ce n'était pas le but.

La semaine d'avant, c'était le drame des M&Ms bleus qui désormais avaient le même goût que les rouges. Pour le prouver, elle en avait apporté tout un sac qu'elle a mangé devant nous en faisant des grimaces. Elle ne nous en a pas offert un seul.

Cette semaine, c'est sa teinture capillaire dont la couleur a changé. Elle est persuadée que c'est la pilule qui est responsable, pas la marque, et elle voudrait qu'on l'accompagne au magasin pour vérifier. Tout le monde se ratatine sur sa chaise et examine avec un soudain intérêt son téléphone, espérant que l'un des effets secondaires finisse par la faire disparaître.

Karen se montre d'une tolérance impressionnante avec elle. Avec moi aussi, d'ailleurs. Je suppose que c'est pour ça qu'elle a été embauchée.

Parfois, j'aimerais en savoir plus à son sujet. Je nous imagine toutes les deux dans un bar un soir. Alors, c'est quoi ton histoire ? je lui demanderais. Qu'est-ce qui a fait que Karen est devenue Karen ? Je serais très saoule et je passerais un bras autour de ses épaules. Elle croirait que je la drague et ce serait peut-être le cas. Je me sens seule moi aussi, Karen, lui dirais-je. Je sais qu'elle est là pour l'argent, mais ça ne m'étonnerait pas si c'était aussi pour la compagnie.

Et le mec du labo ? Rien de ce qu'on dit n'a l'air

de l'intéresser. Chaque fois que je jette un coup d'œil dans sa direction, il me regarde.

Je ne pense pas que les autres souhaitent faire ami-ami. Ça me donnerait presque envie de me rapprocher d'eux.

J'ai l'impression qu'ils veulent venir ici sans faire de vagues, puis retourner à leur invisibilité dès que Karen clôt la réunion. Ils ne sont pas horribles, pour des êtres humains, mais je ne m'imagine pas les fréquenter à l'extérieur.

Il y a une semaine ou deux, j'en ai vu un – Kevin, peut-être ? – dans un magasin. On a fait semblant de rien. C'était parfait. Cette attitude m'a déjà causé des problèmes, car la plupart des gens n'aiment pas ça. Ils veulent qu'on les remarque. Personnellement, ça ne me fait ni chaud ni froid.

C'est un des mecs de ton groupe ? a plaisanté Debs, un jour où on s'est arrêtées pour prendre de l'essence et qu'un type louche avec un bandana m'a saluée.

C'est bien possible, ai-je dit. Ce n'était pas vrai. Je ne supporterais pas de rester dans une pièce avec quelqu'un qui a un bandana.

Enfant, j'adorais entendre la vie qui continuait quand j'allais me coucher. Mes parents qui regardaient *New York, police judiciaire* et se disputaient au sujet d'une bêtise que j'avais faite. La voisine qui une fois de plus rentrait en titubant d'un rencard pourri. Un bar dans la rue. Au loin, le bourdonnement de la voie rapide. Les bruits des gens autorisés à veiller et à profiter d'une vie nocturne fascinante. C'était ce que je croyais, du moins. Un jour, ce sera mon tour, pensais-je. Aujourd'hui, j'entends toujours la vie autour de moi. Mais putain, ils ne pourraient pas la fermer cinq minutes que je puisse dormir !

À la réunion, une autre fille se plaint que son état a empiré. Ça ne marchera jamais sur moi, gémit-elle. Elle veut tout arrêter. Karen lui rappelle qu'il faut quelques semaines avant que les pilules n'agissent. Je me tais. Mais je suis tentée de coincer la fille à la sortie pour lui dire qu'elle devrait s'écouter, qu'il paraît que ça fait super grossir. En vrai, j'ai juste envie de voir ce qui se passe si on interrompt le traitement.

Karen répète que ça prendra du temps et s'efforce de nous distraire avec des questions idiotes. Quel est votre film préféré pour les fêtes ? demande-t-elle. Tous les mecs répondent *Die Hard*, toutes les filles *Love Actually*. Je dis que le mien est *Les Griffes de Noël 4 : La Revanche*, mais personne ne semble le connaître.

À la fin de la réunion, le type du labo m'attend.

J'ai rompu avec ma fiancée, m'annonce-t-il.

Pourquoi ? je demande. Je suis tentée de mentionner ses jambes, mais je ne suis pas si bête.

Elle voulait que je me débarrasse de mon chien.

Et si je prenais ton chien et que tu gardais ta fiancée ? ai-je envie de proposer.

C'est à toi de voir, dis-je simplement.

Melissa nous oblige à accrocher des guirlandes lumineuses dans le bureau. Si on la laisse faire, elle finira par acheter un sapin. J'ai l'impression qu'avant notre arrivée, Debs admettait à peine l'existence des autres, et a fortiori de Noël. Quand on est dans la merde de chien jusqu'au cou, pas évident de se souvenir de la période de l'année.

Melissa voudrait écouter des chants de Noël ; on

préfère la radio. Au moins, on sera prévenues en cas d'apocalypse. Mon dieu, faites que ce soit l'apocalypse.

Place aux excès : la saison des fêtes est ouverte. Ça me rappelle mon enfance, quand il fallait grimper à bord du train de Noël ou s'écarter du passage. Déjà, je préférais me faire écraser.

Les guirlandes sont jolies, mais elles le sont toujours, de toute manière. Si seulement quelqu'un pouvait m'allumer comme ça et se contenter de me regarder être.

Je reste plantée là, contemplant les lumières avec une drôle d'expression, me disant que j'aimerais mieux être une guirlande qu'une Janet, quand Debs surgit.

Elle me lance un regard genre t'es vraiment bizarre, Janet.

Je fais une grimace genre ben quoi ? Je fais ce que je peux.

VINGT

Debs dit à ses enfants qu'ils devraient écrire à la mère Noël plutôt qu'à son mari. Que c'est pour elle qu'ils devraient laisser du lait et des biscuits, parce que c'est clairement elle qui fait le plus gros du travail, alors que tout le monde n'en a que pour son patapouf de bonhomme. Chaque fois qu'ils essaient de regarder un film de Noël, elle l'éteint, et demande quand la mère Noël va enfin quitter cet abruti pour s'enfuir avec un lutin : il est où, celui-là, de film ? Ils ricanent quand elle traite le père Noël d'abruti, mais ils ont l'habitude. J'ai presque envie de les emmener au centre commercial, pour voir s'ils répètent au père Noël ce que leur mère dit de lui.

Les enfants viennent me trouver pour se plaindre de ne pas pouvoir ramener leurs copains à la maison pendant les fêtes. Ils reprochent à Debs de tout gâcher avec son féminisme, sauf qu'ils sont trop petits pour le prononcer correctement et qu'ils disent *fémimisme*.

Ça me plaît qu'ils me croient différente d'elle. Je suis tout ce qu'il y a de plus féministe, mais, si j'étais leur mère, je ne les bousillerais sans doute pas exactement de la même manière. Noël fait de drôles de choses aux gens, ça les adoucit. Pas Debs. Ça ne m'étonnerait pas outre mesure si elle se mettait en tête d'attendre le père Noël avec un fusil.

Le 1er décembre, je me fais déchiqueter par un chien. Rien de nouveau sous le soleil, si ce n'est que c'est assez grave pour nécessiter des points. Il n'y a pas de spectateur cette fois, par chance. Mieux vaut que ce soit nous qu'un gamin, dit toujours Debs, et je sais qu'elle a raison, même si mon bras me fait mal à hurler.

Le responsable s'appelle Jasper. C'est mon boulet à moi, ma Janet, en quelque sorte. Mais c'est un berger allemand, et Debs ne laissera jamais personne critiquer un berger allemand. Il pourrait m'arracher le bras qu'elle dirait : Qu'est-ce que tu lui as fait, Janet ? Si elle gagnait au loto, elle nous enverrait au diable et se retirerait dans son refuge pour bergers allemands, sauf qu'aucun animal ne serait à adopter, ils seraient tous ses bébés et dormiraient dans son lit.

Cette fois, Melissa a l'idée saugrenue de prévenir ma mère et de lui demander de nous rejoindre à l'hôpital. C'est sans doute parce qu'elle sait que je n'ai personne d'autre dans ma vie, ce qui me rend doublement furieuse. Lorsqu'on se retrouve toutes les trois, on se regarde comme des connes.

Profitant d'un instant où ma mère est distraite par une femme avec un bébé en pleurs – qu'elle essaie sûrement de voler –, j'engueule Melissa. Je suis une adulte, lui dis-je. Qu'est-ce que tu avais besoin d'appeler ma mère ? Avant qu'elle puisse me répondre, ma mère est de retour et lui coupe la parole. Elle ne s'arrête jamais. Si vous venez chez elle, elle est dans l'allée à l'instant où vous vous garez, et vous n'êtes pas sorti de la voiture qu'elle jacasse déjà. Quand vous partez, elle vous suit dehors, sans s'interrompre.

Tu es une adulte, Janet, me dit-elle. Pourquoi est-ce que tu avais besoin de m'appeler ?

On regarde toutes les deux Melissa, qui nous fait un grand sourire niais comme si elle venait de réunir une mère et sa fille perdue.

Je pense que c'est bon, maintenant, me dit une infirmière en me tendant des médicaments que j'ai déjà chez moi, parce que ce n'est ni la première ni la dernière fois que ça se produit. La prochaine fois, on pourra peut-être inviter mon nouveau petit copain ou mon père.

Je dois aller chez le coiffeur, explique ma mère à Melissa, sans doute parce qu'elle sait que ce genre d'information ne m'intéresse pas. Et il faut que j'aille acheter des cadeaux, ajoute-t-elle tandis que je me tourne vers la porte. Pour ton père, précise-t-elle, connaissant mon point faible.

OK, dis-je. Super. Elle se tait, mais je vois bien qu'elle est scandalisée.

Elle ne dit pas : *C'est Noël, Janet*, parce qu'elle sait qu'elle n'a pas le droit de me prendre la tête avec ça. J'ai encore quelques semaines de répit avant l'ouverture officielle de l'hystérie collective.

Mais je suis sûre qu'elle est rentrée chez elle en hurlant pendant tout le trajet.

À notre retour, Debs est fâchée.

Vous aviez vraiment besoin d'y aller toutes les deux ? demande-t-elle en regardant Melissa. J'enfonce le clou : Elle a même invité ma mère ! Putain, Melissa, c'est quoi ton problème ? dit Debs. J'ai de la peine pour Melissa, parce que ce n'est pas elle qui a un problème, c'est nous.

C'est la cinquième semaine. Je ne risque pas de l'oublier, car tout le monde s'est donné le mot pour me rappeler que Noël arrivait, comme si c'était dangereux et que je devais me cacher. Sauf que cette année, j'ai promis d'être présente.

C'est censé être le moment le plus merveilleux de l'année, mais, si vous êtes un chien dans un refuge, c'est difficile de voir la différence. Melissa fredonne sans discontinuer des chants de Noël ; quand elle a essayé de chanter plus fort, on l'a tout de suite calmée. Depuis, elle s'en tient au fredonnement tout en nettoyant le vomi. Lorsqu'on est ouvert au public, tout doit être nickel, brillant et joyeux. C'est embêtant, mais nécessaire, si on veut avoir une chance de caser nos protégés.

La vente représente une part importante de mon travail, et je ne suis pas douée. Pourtant, je me débrouille pour placer autant de chiens que Melissa. Elle est tellement agressive que la plupart des gens repartent décidés à prendre un chat. Lorsqu'ils arrivent, je suis censée les accueillir et leur faire visiter les lieux comme si c'était un magasin, et essayer de les convaincre de rentrer chez eux avec un animal. Le problème, c'est que les êtres humains, ce n'est pas trop mon truc. Je passe donc beaucoup de temps planquée dans la réserve. Je fais un petit laïus d'encouragement à mes chiens avant l'ouverture et je les pousse à se vendre. Mais c'est dur de leur dire de ne pas aboyer après les inconnus, quand j'ai envie d'en faire autant.

Il y a un avertissement sur le tableau blanc de la salle de repos, nous rappelant qu'il ne faut pas laisser de crottes visibles pour les visiteurs. Comme si nous avions des chiens magiques qui ne faisaient pas caca. Si on veut un animal, il vaut mieux se préparer à ramasser beaucoup de merde. Dans la même veine, c'est bien de savoir qu'un jour il mourra et qu'il faudra revenir en chercher un autre. Mais j'ai des ordres très stricts de Debs à ce sujet : interdiction de mentionner la mort devant les clients. Tant pis pour eux.

Quand on est ouvert au public, tous les chiens qui ne contrôlent pas leurs intestins ou aboient trop hargneusement restent enfermés. Ça ne réussit qu'à les rendre plus nerveux, ce qui signifie aussi plus de merde à gérer. Parfois, on se débrouille pour enrôler de force un bénévole malchanceux qui les emmène faire une très, très longue promenade. J'espère toujours qu'ils vont parvenir à se débarrasser de leur collier et s'enfuir. En tout cas, c'est ce que je ferais à leur place.

Chaque fois qu'on pense avoir repris le contrôle de la situation, on nous amène une nouvelle portée et les chiots foutent tout en l'air, parce qu'ils demandent un travail de dingue. Ça nous complique la vie à Noël, car les gens ont envie de s'offrir un chiot et on doit leur dire non. Si vous en voulez réellement un, revenez après les fêtes. Immanquablement, ils vont voir un gros con d'éleveur et, pour finir, c'est nous qui récupérons le chien, quand ils se rendent compte qu'il ne tourne pas rond.

Je n'avais vraiment pas besoin de ça aujourd'hui, mais qu'est-ce qu'on peut y faire ? Cette portée a été trouvée dans un sac-poubelle, apparemment, ce qui est charmant. Debs les accepte bien qu'on n'ait plus de place, et une fois de plus le bureau se transforme en parc à chiots.

Ils ont une odeur particulière. Un mélange de toutes

les excrétions corporelles existantes qui auraient séché au soleil. C'est doux et dur à la fois, comme le sexe et la mort. Et comme les bébés, je suppose. Les chiots sentent la vie. C'est répugnant et irrésistible. On est toujours ravies au début – moi la première –, parce qu'on a oublié le travail que ça demande. Même Debs, la seule personne plus morte que moi à l'intérieur, s'enthousiasme pendant un millième de seconde, avant de se rappeler l'horreur – l'horreur ! En plus, il n'y a pas moyen d'empêcher ses enfants de tomber amoureux et chaque fois elle doit leur briser le cœur en leur disant qu'ils ne pourront en garder aucun.

Le problème avec les chiots, c'est qu'ils peuvent être de sacrés salopards. Ils sont adorables, mais, tant que vous ne vous êtes pas retrouvé seul dans une pièce avec une dizaine d'entre eux qui patinent dans leurs déjections et essaient de vous grimper sur la jambe avec leurs petites dents et leurs griffes acérées, vous ne savez pas ce que c'est. Il y a une forme de désespoir chez eux, une vulnérabilité, comme s'ils voulaient vous déchirer pour se cacher à l'intérieur de vous, parce que, dehors, c'est juste un putain de bordel.

Je les comprends, en même temps.

Un jour que j'en voulais à mon copain, je lui ai dit qu'on avait des chiots au refuge et pourquoi il ne viendrait pas jouer avec eux ? Il s'est fait tailler en pièces.

Malgré tout, ils trouvent vite un foyer – parce que même le dernier des crétins aime les chiots –, ce qui me fait de la peine pour nos vieux cabots. J'ai toujours envie de dire aux clients : Écoutez, si vous voulez un animal qui vous mord et vous chie dessus, prenez plutôt papi, juste là. Les vieux de la vieille sont mes préférés. S'il leur manque une patte ou un œil, c'est encore mieux. Ils sont ma vraie famille. C'est pour eux que je me lève le matin, même s'ils sont à peine conscients de mon existence.

Il n'empêche, les chiots sont une distraction bienvenue quand Noël nous chope par la gorge et serre de toutes ses forces. *Tu vas céder, Janet,* entends-je, et je me sens prête à capituler. Puis un chiot me griffe l'œil et je redescends sur terre.

Je n'ai jamais envie d'aller aux réunions, et ce soir encore moins que d'habitude. Les chiots m'ont pompé toute mon énergie.

J'imaginais que je serais touchée par l'esprit de Noël, si près de l'échéance, ne serait-ce qu'un peu. Que dalle. Plus la pression augmente, plus je résiste.

L'appel de ma mère hier n'a rien arrangé. Je lui avais pourtant dit d'entrée de jeu qu'elle n'aurait pas le droit de me harceler à propos de ces pilules. Je suppose que c'est plus fort qu'elle. Elle m'a demandé si j'avais rencontré quelqu'un. J'ai été tentée de lui parler du mec du labo, mais je savais qu'elle dirait : Oh ! Janet, pourquoi est-ce qu'il faut que tu compliques toujours tout ? Et moi j'aurais pu répondre : Parce que c'est ce que je fais le mieux.

Le pire, c'est que ces réunions ne sont même pas si atroces. Je suis devenue championne pour me refermer dès que j'arrive, et en sortant je suis contente de moi parce que j'ai surmonté ma trouille. Je suis comme les chiens : j'ai plus peur de vous que vous de moi.

Mais ce soir, je n'ai pas envie d'y aller. Je veux juste rentrer chez moi, manger l'équivalent de mon poids en patates et en beurre, et m'écrouler. À quoi bon se droguer quand on a des pommes de terre ? Je n'en finis pas de terminer mon travail, et Debs me trouve en train de brosser un chien avec une telle énergie que je menace de lui arracher ses derniers poils.

Mort par brossage, ça vient de sortir, dit-elle, s'appuyant à la porte du chenil. Tu n'as pas ton truc, ce soir ?

Si.

Tu vas où tu veux, mais tu ne peux pas rester ici, dit-elle. Elle me prend la brosse et me pousse dehors.

Je la suis jusqu'au bureau. Même si elle a envie de fermer et d'être tranquille, elle ne me dit pas non plus au revoir.

Alors, c'est comment ? demande-t-elle.

Eh bien, est-ce que ça te plairait de passer ta soirée avec un groupe de traîne-malheur qui sont censés être comme toi ? J'espère qu'elle comprendra – si on est ici, c'est parce que les seules personnes qu'on aime sont des chiens –, mais il est tard, elle est fatiguée, ses gosses ont faim et elle n'a pas l'énergie pour quoi que ce soit d'autre.

Je ne suis pas ta mère, Janet, mais à ta place je ne lâcherais pas. La vie continue.

J'ai envie de pleurer. J'ai envie de pleurer et de la suivre chez elle comme un toutou, de me blottir à ses pieds pendant qu'elle accomplit ses tâches maternelles, et après, quand elle aura terminé, elle me caressera derrière les oreilles, là où c'est tout doux, et alors, peut-être que ça ira mieux.

Mais je suis un être humain de sexe féminin, donc je dis simplement : Oui cheffe, et je pars pour ma réunion.

On sent une vraie différence dans la pièce, cette semaine. Le bourdonnement a changé de fréquence. Quelqu'un a apporté des biscuits. Ils sont moches, mais ils contiennent assez de sucre pour faire oublier au cerveau que ce sont avant tout des minidistributeurs de drogue.

Il y a eu des développements. C'est la cinquième semaine, rien d'étonnant. Je ne connais toujours pas le nom des participants, mais des liens se sont formés. Je me demande un instant ce qui ne va pas chez moi. Ça ne dure pas. Je sais comment je fonctionne.

Les autres sont à fond. Ils consultent leur téléphone, regardent dans leur calendrier, parlent de partir plus tôt. Tout le monde semble avoir quelque chose à faire. Acheter des cadeaux, chanter : les activités des gens normaux à cette période de l'année.

Le seul à casser l'ambiance, c'est Brian, qui a la tremblote le matin. Karen affirme que c'est son corps qui s'habitue aux médicaments. Elle ne l'interroge pas sur sa consommation de café, dommage, car je parie qu'il en boit un max.

Une chose est claire : on transpire tous énormément. Certains pensent que c'est le traitement, mais je sais que ce sont les pulls, le chauffage déréglé et le stress.

Quelqu'un me demande si j'ai déjà fait toutes mes courses et je réponds que j'ai besoin de PQ, ce qui les déconcerte, alors ils rient et s'exclament : Janet, quel boute-en-train tu fais, et moi je me dis que c'est peut-être vrai, après tout.

Karen a une nouvelle coupe de cheveux. Personne ne semble le remarquer. Ça me fait de la peine pour elle, mais pas assez pour dire quelque chose.

Le mec du labo n'est pas là. Pendant une fraction de seconde, je crois que c'est de ma faute, puis je me souviens que ma mère m'a dit une fois – pour mon anniversaire sans doute – que je n'étais pas le centre du monde.

Karen demande si quelqu'un a eu des problèmes cette semaine, et ça ne loupe pas, la spécialiste des effets indésirables lève le doigt. Cette fois, il ne s'agit pas du traitement mais de sa mère.

Karen lui répond qu'elle ne parlait pas de ce type de problème.

À part ça, tout le monde semble satisfait.

Le mec du labo arrive enfin. Il agite la main, s'excuse et s'assied à côté de la porte, comme d'habitude, faisant semblant d'écrire dans son cahier de sitcom. À un moment donné, je jette un regard d'envie vers la sortie et il lève la tête juste à ce moment-là. À tous les coups, il croit que c'est pour lui, alors que pas du tout. Je me sens mal pour nous deux, mais je ne souris pas. Je ne veux pas être une allumeuse. Je hausse les épaules et il baisse les yeux.

En rentrant chez moi, je m'arrête pour acheter une double ration de bâtonnets de mozzarella frits, que je mange sur un parking en pleurant, parce que c'est trop dur. Demain, je me lèverai et je recommencerai.

Le matin, ma mère m'envoie un SMS.

Est-ce que tu veux venir au centre commercial avec moi ? Bisous.

J'apprécie le *bisous*, je me rends compte que c'est difficile pour elle.

Elle sait que je devrais en être capable, à présent : aller au centre commercial avec ma mère sans avoir envie de l'étrangler. C'était dans la publicité à la télé. La fille comme moi en mieux : on la voyait faire des courses avec sa mère et dire bonjour au père Noël. C'était bien tordu. N'importe quoi, je me rappelle avoir pensé. Il n'existe pas de médicament assez puissant.

C'est la première année qu'elle ose me proposer un truc pareil. Je commence à me demander si cette pilule n'a pas été inventée par des mères qui voulaient récupérer leurs filles.

J'écris à mon tour : *Quand ?*

La réponse arrive aussitôt : *Samedi.* Putain, j'aurais dû m'en douter.

C'est le test suprême : samedi au centre commercial, quinze jours avant Noël. Ça ne m'étonnerait pas que ça fasse partie de l'expérience et que j'obtienne un point pour chaque activité de Noël accomplie jusqu'au bout. Le problème c'est que, pour moi, un bon centre commercial c'est un centre commercial désaffecté. Même les ados n'y traînent plus vraiment. Ils y vont encore, mais seulement parce qu'ils sont programmés pour, parce que c'est ce qu'on est censé faire quand on est adolescent.

Un SMS ne serait pas assez long pour rappeler à ma mère toutes les expéditions shopping ratées de notre histoire. Toutes ces sorties de prérentrée, causes de tant de douleur, juste pour acheter un pull. Mon cœur saigne pour ces pulls. Je suppose que les parents d'aujourd'hui commandent les affaires de leurs gosses en ligne, s'épargnant bien des souffrances.

Ma mère ? Elle reste persuadée que c'est important de se fabriquer des souvenirs, tant pis s'ils sont traumatisants.

Plus jeune, je ne comprenais pas pourquoi tout était si difficile avec elle. Le centre commercial qui aurait dû faire office de tampon entre nous ne parvenait qu'à exacerber l'impossibilité de notre relation. C'était au-dessus de ses forces à elle aussi, et c'était pour ça qu'elle prenait toutes ces pilules, mais elle aurait préféré mourir plutôt que l'admettre. Parfois, je me demande si, en secret, elle n'est pas fière de ma résistance, de mon refus de jouer la comédie. En tout cas, ce n'est certainement pas le cas aujourd'hui. Pas quand on a des cadeaux essentiels à acheter et que Noël approche à grands pas, écrasant tout sur son passage.

Melissa veut savoir ce que je vais faire de mon samedi de congé. On n'en a qu'un par mois. Ça ne m'a jamais manqué. Les gens font tout un plat de leurs week-ends, comme si ça allait nous sauver. Mais est-ce qu'un week-end a jamais sauvé qui ce soit ?

Du temps de mon copain, on faisait des trucs de couple le samedi parce qu'on se sentait obligés. On choisissait généralement l'option cinéma. Au moins, ce n'était pas trop exigeant et on avait l'impression d'être ensemble vu qu'on était assis côte à côte, même si on était à des années-lumière dans nos têtes. Parfois, dans le noir, je posais la main sur son genou. Moi, j'avais le droit, mais si c'était lui, c'était trop. On ressortait avec des petits yeux, un peu hébétés, et on allait manger un bout, avant de rentrer et de s'éloigner de nouveau l'un de l'autre. On avait fait le strict minimum pour rester une semaine de plus ensemble. C'était d'une tristesse infinie.

J'annonce à Melissa que je vais au centre commercial avec ma mère. Rien que de prononcer les mots, j'ai la bile qui remonte. Des petits cœurs plein les yeux, Melissa entreprend de me raconter toutes ses expéditions au centre commercial, et pas seulement avec sa mère, avec n'importe qui.

J'ai amené ma fille là-bas pour voir le père Noël la semaine dernière, dit-elle.

Je ne vais pas voir le père Noël, mais je me rends compte que je ne pourrai pas l'éviter éternellement.

Elle rit parce que bien sûr que je ne vais pas le voir, je suis une adulte.

J'ai envie de lui rétorquer qu'elle peut y aller à ma place même si je sais que je ne peux pas.

Le samedi arrive trop vite.

Histoire de rigoler, je fouille dans mon placard et je m'habille pour ressembler à la fille de la pub, mais ça passe complètement au-dessus de la tête de ma mère. Elle me dit de la retrouver à la pharmacie avant : elle a besoin de crème pour les mains de toute urgence. Comme si elle ne pouvait pas vivre une minute de plus avec ses mains desséchées de vieille dame. Dans le magasin, il y a une affiche pour la pilule de Noël, avec mon moi amélioré qui porte le même haut et le même jean que moi. Je me tiens juste à côté d'elle ; ma mère ne voit toujours rien.

Ces affiches sont périmées. Il est trop tard pour commencer le traitement maintenant. À moins qu'ils essaient déjà de recruter pour l'an prochain.

Ma mère me demande si j'ai besoin de quoi que ce soit. Elle pense crème pour les mains ou tampons, et j'en aurais sans doute l'usage, mais je ne veux pas qu'elle les achète pour moi, ce serait malsain. Mon ancien moi aurait répondu un truc sarcastique, genre une enfance heureuse. Pas la nouvelle Janet. C'est Noël et je tâche de ne pas être garce. De toute façon, je ne crois pas vraiment qu'on puisse être heureux, donc, en fait, je n'ai besoin de rien, merci. Ou alors des chewing-gums, à la limite.

Pourquoi est-ce que tu as pris ce manteau ? me demande-t-elle, m'examinant d'un air dégoûté, comme si j'avais un rat mort sur le dos.

Parce que c'est l'hiver.

Mais on est à l'intérieur, dit-elle, avant de réaliser que ce n'est pas le moment, que je suis là et que c'est déjà bien. Elle secoue la tête et sort de la pharmacie, parlant de tout ce qu'elle a encore à acheter et à faire avant le grand jour, comme si c'était un mariage.

Elle discourt et marche avec une admirable détermination, mais n'entre dans aucun magasin. Pendant ce temps, je pense à ce que je pourrais manger, pour que cette sortie ne soit pas une totale perte de temps.

Je lui lance que j'ai fait des biscuits de Noël.

Elle s'arrête net. Une femme et son enfant nous percutent. Vraiment ? demande-t-elle, ébahie.

Je ne précise pas que je les ai dévorés le soir même, seule. Je crois qu'on est censé les apporter au travail ou les offrir à un voisin. À la rigueur, en grignoter un avant de les distribuer. Et je suis sûre et certaine qu'on est censé écouter des chants de Noël en les mangeant, pas Joy Division. Mais je les ai faits. Ça vous en bouche un coin, hein, tous ceux qui pensaient que j'étais totalement morte à l'intérieur ?

Je repars et elle me rattrape. Elle reprend sa litanie et me récite tout ce qu'elle a à faire et à acheter. Voyant qu'elle ne parvient pas à retenir mon attention, elle me dit que j'ai bonne mine, ce qui est un mensonge. Je ne lui retourne pas le compliment, mais ce n'est pas grave, car elle s'en charge toute seule. Elle est plutôt bien conservée pour une femme de son âge, non ? Je me contente de sourire, réfléchissant toujours à ce que j'ai envie de manger. Si ça, ce n'est pas être possédée par l'esprit des fêtes, je veux bien être condamnée à faire les courses avec elle jusqu'à la fin des temps. La magie de Noël m'aide à tenir ma langue. Si seulement elle pouvait aussi m'aider à tenir les sacs de ma mère qui sont remplis de saloperies destinées à des gens dont j'ignorais l'existence, des cousins qu'elle doit inventer juste pour souligner le vide de mon existence.

Nous allons à Gap et je ressors aussi sec. Elle ne s'en rend même pas compte. Vingt minutes plus tard, elle réapparaît avec un sac. Des slips ! s'exclame-t-elle. Pour ton père. Je ne sais pas pourquoi les hommes ne peuvent pas s'acheter leurs sous-vêtements tout seuls, mais c'est un fait, ils ne le peuvent pas. Gap le bien nommé : littéralement, ça signifie le trou. Le gouffre existentiel en chacun de nous, tellement flagrant qu'on ne le voit plus. Je la laisse me traîner dans un magasin de prêt-à-porter féminin. Elle prétend se chercher une tenue pour une soirée. C'est joli, non ? dit-elle, mettant la robe devant moi. Pour toi, oui, je réponds. Puis elle fait tss-tss et ajoute : Si j'avais ta ligne, je ferais des folies. Elle n'a pas vu ma ligne depuis des années. Elle ne sait rien de ma ligne et n'en saura jamais rien. De guerre lasse, je lui dis qu'une robe affreuse est magnifique et elle l'achète, persuadée qu'on a établi une complicité.

À un moment, je lui demande pourquoi mon frère n'a jamais à faire ce genre d'activités avec elle. Mon frère, un quasi-inconnu, que je ne vois que pour les fêtes et les interventions de secours, est plus malin que moi. La preuve : il a emménagé à plusieurs heures d'ici. Il adore les gâteaux, c'est tout ce que je sais de lui.

Parce qu'il a sa propre famille, réplique ma mère, et ça fait mal, ce qui est le but.

Je l'aide à choisir un pull pour mon père. Il l'aimera autant qu'il peut aimer un pull, autrement dit modérément. Il ne veut pas de cadeau. Il veut une autre famille, peut-être, ou alors, mieux, être seul en mer.

J'ai l'impression qu'on fait des courses depuis des heures – ça n'en fait qu'une –, et je sens l'ancienne Janet faire son retour en loucedé, comme si la magie cessait de faire effet. Finalement, je parviens à la convaincre de m'acheter un bretzel de Noël ignoble, couvert de glaçage scintillant rouge et vert. J'en ai vite plein les cheveux et mon estomac émet des gargouillis de protestation pour me rappeler que ce n'est pas de la vraie nourriture. Ma mère me regarde manger en buvant son café. Je crois qu'elle va dire qu'elle est fière de moi, mais non : Est-ce que tu as seulement un peigne ? Au moins, je sais ce que va m'apporter le père Noël, maintenant.

On se brise le cœur encore et encore. C'est précisément la raison pour laquelle j'évite habituellement ces interactions stériles.

Ensuite, on va acheter des produits de toilette aussi inutiles que hors de prix pour son amie Jackie. Tu te souviens de Jackie ? demande-t-elle. Tu sais, celle avec les cheveux ? Comme si j'étais incapable de me rappeler un visage mais que j'avais la mémoire des cheveux.

Il faut que je parte avant de tout gâcher.

Ma mère voit que je ne tiens pas en place. Je n'ai pas terminé, dit-elle en me traînant dans un autre magasin.

Je lui demande si je peux construire un ours. Pourquoi ? fait-elle. Pourquoi est-ce qu'on construit des ours ? je réplique. Elle me regarde avec de grands yeux, genre sur quelle planète tu vis, ma fille ? Puis part d'un éclat de rire comme si j'étais sa copine trop rigolote. Elle pourra dire à mon père qu'on s'est bien amusées et que j'ai fait une blague sur les ours, et il voudra savoir quelle blague et elle répondra qu'elle a oublié, mais Janet va très bien, le changement est impressionnant, ce qui signifie que mon père dormira mieux, sachant que la probabilité que j'assassine ma mère aura baissé.

Notre dernière étape est un magasin qui vend uniquement des bougies. C'est jouer avec le feu, si vous voulez mon avis. Tu ne me demandes pas si j'ai besoin de bougies ? je lui fais et elle comprend que, cette fois, j'en ai ma dose.

Je la raccompagne à sa voiture, c'est mon côté gentleman. Plus que deux semaines, Janet, dit-elle. Venant d'elle, ça ressemble à une menace. *Ne t'avise pas de faire marche arrière maintenant, Janet. Reste dans la lumière.*

On se voit à Noël, lui dis-je avant de l'embrasser sur la joue.

Je regagne mon propre engin, soulagée. Je me dis que c'était presque un modèle d'entente mère-fille. Ça me fera quelque chose à raconter à Karen la prochaine fois, si j'en ai envie, ce qui ne sera sûrement pas le cas. Je ferai sans doute ce que j'ai l'habitude de faire, autrement dit, je prétendrai que ça n'est jamais arrivé. Mais le sentiment sera là, juste sous la surface, si bien que chaque fois que je verrai une mère et sa fille à la télé, j'éprouverai une vague sensation de malaise que j'attribuerai à une indigestion, alors que ce sera le chagrin de ce qui aurait pu être, de ce qui nous attend encore, et de mon incapacité à mettre des mots dessus, qu'il s'agisse de ma mère ou de qui que ce soit d'autre.

L'amour, c'est comme le gluten. Voilà ce que j'aurais dû dire au docteur. Je le digère mal.

VINGT ET UN

Je savais que mon copain pointerait son nez à un moment ou un autre. Je savais que quelqu'un le préviendrait. Il suffisait qu'il lise le journal. Ou qu'il tombe sur une pub à la télé. Nos mères ont dû échanger des SMS pendant tout ce temps et se donner rendez-vous pour prendre un *latte* sous prétexte d'échanger des livres. J'imagine ma mère dire un truc style : Oh, elle est beaucoup plus raisonnable. On a fait du shopping ensemble, on a vraiment passé un bon moment. Je suis sûre qu'ils vont se réconcilier. Et sa mère a répondu : J'espère bien, car j'avais prévu de transformer la chambre de mon fils en bureau. Ou en salle de gym. C'est le genre de choses que font les parents pour s'empêcher de convertir la chambre de l'enfant perdu en sanctuaire. Personne n'a envie de pleurer devant un vélo elliptique. Enfin, moi, je peux, mais vous devriez sans doute éviter.

Je dois trouver le moyen de cesser d'y penser. Ça fait trop longtemps que je laisse la voix de ma mère coloniser une partie de mon espace mental : sa voix à elle, celle de sa mère à lui et peut-être celle de toutes les mères en général, ou au moins de quelques mères télévisuelles. Ce n'est pas à moi de les rendre heureuses. Je m'attends presque à le trouver chez mes parents le jour de Noël, caché derrière la porte, brandissant du gui ou je ne sais quoi. Il faudra que j'esquive son baiser, que je lui rappelle qu'embrasser est un symbole du patriarcat et que je n'ai pas l'intention de le toucher, ni lui ni aucun homme pendant un bout de temps, voire plus jamais. Puis mon père essaiera de m'embrasser aussi – sur la joue, pas de panique – et je devrai sans doute céder parce que c'est mon père et qu'il aura un couteau à la main. Ma mère s'écriera : Ça alors ! Tu as vu qui est là, Janet ? Si ce n'est pas une bonne surprise ! Alors je regarderai mon copain, je regarderai ma mère, puis je regarderai le couteau de mon père et il faudra que je parte.

Heureusement, il réapparaît avant Noël. Tant mieux, ce qui est fait n'est plus à faire.

Je viens d'arriver chez moi après une longue journée de travail. J'ai mal partout. Avant, si mon copain me demandait comment ça allait, je lui répondais que j'étais d'une humeur de dogue. Ça me faisait marrer, lui pas du tout. Franchement, je ne sais pas comment on avait pu se retrouver ensemble, comment on avait pu croire que ça pourrait marcher. Mais on ne pouvait rien dire, vu que nos deux noms figuraient sur le bail et qu'il venait de commander une pizza.

Ce soir, je n'ai même pas l'énergie de retirer mon manteau. Je m'allonge tout habillée sur mon lit. En théorie, c'est toujours le nôtre à tous les deux, mais ne comptez pas sur moi pour lui rappeler que c'est un cadeau de sa mère. C'est trop malsain.

Je pourrais aisément m'endormir comme ça. Se déshabiller uniquement pour se lever et se rhabiller : c'est ridicule. Pareil pour le maquillage, c'est pour ça que je ne fais ni l'un ni l'autre. Je suis donc couchée avec mon manteau et mes pompes, comme le cadavre au début de *New York, police judiciaire*, quand mon téléphone sonne.

Tu es là ? Je suis en bas.

Je suis là.

Je peux monter ?

Oui, dis-je, déjà furieuse qu'il m'ait obligée à me lever.

Salut, fait-il.

Salut.

Tu te rends compte qu'on a dormi l'un à côté de l'autre pendant trois ans, c'est bizarre, non ? Je le pense, mais je ne dis rien, parce que je ne suis pas sûre d'avoir envie de parler de ça. Rayer les gens et les choses de ma vie, c'est plus simple.

Ta mère et la mienne ont bu un café ensemble, ajoute-t-il, sachant que ça va me mettre mal à l'aise. Mais, si je suis honnête, c'est encore la meilleure façon d'entamer la conversation. J'en étais sûre, donc je ne fais pas semblant d'être surprise.

Alors, tu prends ce traitement ?

On ne peut rien te cacher.

Ça se passe bien ?

Super. Je suis la joie incarnée, ça se voit pas ?

Il laisse échapper un immense soupir, comme si ce soupir résumait à lui seul toute notre relation.

Qu'est-ce que tu fais là ? je lui demande, parce que je préférerais qu'il aille voir ailleurs si j'y suis.

Je voulais juste savoir comment ça allait, dit-il, avançant la main vers mon bras. Il s'imagine peut-être que personne ne m'a touchée depuis un moment. Du temps où on était ensemble, il fallait toujours qu'il me touche, alors que je faisais tout ce que je pouvais pour être invisible.

Comment je vais ? ai-je envie de crier. Tu m'as bien niquée et maintenant tu débarques parce que tu penses que je prends un truc qui pourrait me faire ressembler à ta petite copine modèle ? J'aime autant me taire. De toute façon, il le sait peut-être déjà. Je me souviens parfaitement le lui avoir écrit dans un SMS, mais je ne suis pas sûre de l'avoir envoyé.

Je vais bien, dis-je enfin. Puis, pour lui faire un peu mal : Très bien, en fait.

Aller très bien, je ne sais même pas ce que ça veut dire. D'après lui, c'est parce que je n'autorise personne à me faire jouir. J'adore les mecs.

J'ai un truc à faire, j'ajoute, en partie pour lui montrer que j'ai vraiment changé, mais aussi parce que j'ai ma réunion.

Alors, ça y est ? Tu vas te conduire comme s'il ne s'était jamais rien passé entre nous ?

Oui, je réponds.

Ça fait à peine quelques mois et j'ai déjà tranché dans le vif. J'avais peut-être commencé avant qu'on se sépare, mais je lui épargnerai ce commentaire. Dans quelques années, je couperai sans doute toute cette partie de ma vie pour m'en détacher, et je continuerai ainsi jusqu'à ce que ça ne soit plus possible.

Après son départ, je m'assieds dans le couloir, le dos contre la porte.

Il m'envoie un SMS. *Ce n'est pas ce que je veux*, écrit-il. *Peut-être mais c'est comme ça*, je réponds.

Je me sens triste. Ce n'est pas un problème. J'ai l'habitude.

VINGT-DEUX

Sixième semaine. L'avant-dernière. Encore une et c'est la quille. Libre, si ça veut dire quelque chose.

Noël est vraiment tout proche, mais les participants ont un coup de mou. J'ai peur que Karen nous oblige à chanter ou à faire une crèche vivante, juste pour nous égayer. Par chance, elle ne s'y risque pas. Elle doit se douter qu'on partirait tous en courant. J'ai le sentiment qu'on l'ennuie, que tout ça l'ennuie, qu'elle voudrait que ce soit fini autant que nous. Elle a une vie, semble-t-il, et jouer les nounous d'une bande de rabat-joie n'en fait pas partie.

Ça a marché, au sens où on est tous là et que personne n'est mort. Tout le monde dans cette pièce s'efforce d'accueillir à bras ouverts ce putain de Noël qui envahit nos existences. En fait, on est surtout épuisés. C'est l'impression que j'ai, en tout cas.

Karen nous dit qu'il ne reste qu'une réunion. Karen nous dit qu'on est censés signaler le moindre problème. Karen nous dit qu'on se débrouille comme des chefs, mais personne ne la croit.

Je n'exclus pas que Karen soit un robot.

Au moment de partir, une femme me demande quels sont mes projets pour les fêtes. Comme tout le monde, je réponds. Elle hoche la tête. Je ne me souviens pas de son nom, mais elle me plaît. Elle a essayé, j'ai essayé, et c'est assez. J'aimerais que tous mes échanges avec mes semblables aient cette qualité. Réflexion faite, il y avait peut-être des gens avec qui j'aurais pu me lier dans cette pièce. Maintenant, je suppose que je ne le saurai jamais.

On aurait sans doute dû relever la tête, lancer un mouvement, se réapproprier Noël. Mais on est restés là, semaine après semaine, à écouter Karen nous répéter que c'était génial, qu'on faisait partie de quelque chose de plus grand que nous, que les médicaments pouvaient vraiment aider les gens à se reconnecter avec le monde. Je pense que c'est surtout elle qu'elle veut convaincre. Je l'imagine dans sa voiture, chaque samedi, essayant de se motiver. Karen, tu fais quelque chose de bien. Tu aides des gens. Noël est une fête merveilleuse et tout le monde devrait pouvoir en profiter. Tu leur as rendu Noël ! Alors elle rougissait en se regardant dans le rétroviseur intérieur. Oh ! arrête, se disait-elle. Elle mettait son rouge à lèvres corail des années 1980 qui la rajeunissait – croyait-elle, parce qu'elle le portait dans les années 1980 quand elle était jeune –, et elle entrait dans la salle paroissiale d'un pas déterminé. Puis elle nous voyait tous en train de tirer la gueule, et elle réalisait qu'elle avait dû se tromper quelque part en cours de route.

Voilà peut-être ce dont elle aurait dû nous parler chaque semaine.

Il y a deux ans, la veille de Noël, j'ai cherché sur Internet : *Comment retrouver l'esprit de Noël.*

Mon copain dormait déjà. Je lui avais dit que j'irais me coucher dès que j'aurais fini d'emballer les cadeaux, parce que c'est ce que font les gens. En tout cas, c'était mieux que : Je suis tellement triste que je n'arrive même plus à me masturber et demain ce sera encore pire vu que c'est Noël.

Je ne croyais pas vraiment trouver quoi que ce soit. Au mieux, des pubs pour de l'alcool que je passerais rapidement. Je ne m'attendais pas à un guide wiki complet. Apparemment, il n'y avait qu'à suivre les recommandations.

Un programme en dix points, c'est déjà plus facile que les douze étapes des Alcooliques anonymes.

1) *Regardez des films de Noël.* Pour les débiles profonds, il y a même une courte liste. En revanche, aucune mention de *Black Christmas*, qui à mon humble avis est pourtant le meilleur.

2) *Contactez votre famille et vos amis.* Regarder des films de Noël seul sous une couette qui sent le chagrin et les Curly, je veux bien, mais passer directement de l'étape 1 à la 2, c'est un peu le grand écart.

3) *Lisez des livres de Noël.* Comme *Shining.* Même si ce n'est pas précisé, c'est évident. Dickens ? Personne n'en a rien à battre.

4) *Mettez des décorations de Noël partout.* Désolée, mais ça pue le désespoir. La preuve flagrante qu'on essaie de détourner l'attention de la tristesse qui se cache en dessous. Ça me fait penser aux gens qui laissent leur sapin bien après le Nouvel An, parce que ça leur fait trop mal de l'enlever. Certains le gardent presque toute l'année.

5) *Faites la liste de tout ce que vous voulez avoir fait avant Noël.* Je lis donc une liste qui me dit de faire une liste. Merde, je ne suis pas sur Internet pour qu'on me file des devoirs.

6) *Envoyez des cartes de vœux.* Si quelqu'un rece-

vait une carte de vœux signée de mon nom, il penserait que je suis bonne pour l'asile.

7) *Faites une liste de Noël*. Euh, c'était pas le numéro 5 ?

8) *Veillez à ce que tout soit propre et rangé*. Sans déconner ? Je croyais que j'étais censée faire une déco de folie !

9) *Affichez le décompte des jours*. Ou, comme on disait dans ma jeunesse, achetez un calendrier.

10) *Achetez un calendrier*. Hé, c'est du foutage de gueule. Je viens de le dire. Je vais vraiment finir par croire que je suis sur écoute. Serait-ce un complot sournois pour nous inciter à acheter des calendriers ? Les fabricants de calendriers sont-ils des génies fourbes et rusés ? Tous ces adorables chatons et ces pompiers sexy ne sont-ils qu'un piège machiavélique ?

Il était tard et j'étais sûre qu'Internet me jouait des tours. Je me suis laissée tomber sur le lit, vaincue. Mon copain dormait du sommeil du juste, rêvant de truffes au chocolat ou de ce à quoi rêvent les garçons, pendant que je me rongeais les sangs. Comment allais-je survivre ? L'unique solution, c'était d'oublier qu'on était Noël et de prétendre que c'était un jour comme un autre. Un jour normal où je devrais faire un tas de choses que je n'avais aucune envie de faire. Si j'avais pu, je serais allée travailler.

Je savais que je n'étais pas la seule. À penser que c'était beaucoup trop de pression. Mais personne ne voulait l'admettre, parce que Noël était censé être merveilleux.

Il était grand temps d'inventer ces pilules, vraiment.

Un chien arrive deux semaines avant Noël. Un corniaud miteux à qui on ne trouvera pas de foyer, car de nos jours les gens exigent de connaître la race de leur animal, et aussi parce qu'ils veulent qu'il ait l'air cher. Ils veulent des bébés de marque, des chiens de marque et des vagins de marque. Je me présente. Il tremble un peu et je me demande s'il va pisser sur mon pied, mais il se contente de me regarder, genre J'espère que t'es pas ma nouvelle maman, j'ai entendu parler des filles comme toi. Selon Debs, ses maîtres n'avaient pas les moyens de fêter Noël et de garder le chien. Il a fallu choisir. C'est tellement déprimant que je ne sais même pas par où commencer. Debs a une technique quand elle a affaire à des individus de cette espèce. Couper le son quand ils parlent et se concentrer sur l'animal. C'est ce que je fais d'habitude, mais aujourd'hui, j'ai vraiment envie de débarquer chez eux pour les traiter de salauds, leur dire que Noël n'a pas besoin d'être cher, qu'ils peuvent reprendre leur chien et être tous ensemble. C'est là que je me rends compte que mon cerveau ne m'appartient plus.

Melissa apparaît soudain et fait une fête au nouvel arrivant. Cette fille est un vampire, et de la pire espèce qui soit, le genre qui surgit de nulle part, qui a de bonnes dents, mais qui ne se charge jamais de la mise à mort.

Ils auraient mieux fait de nous amener les gosses, dis-je à Debs. On les aurait recasés plus facilement.

Tout le monde veut un carlin et on n'a jamais de putain de carlin. Ils sont tous trop occupés à être des stars sur Internet. On n'abandonne pas les chiens de luxe, on ne les maltraite pas. C'est à se demander si les propriétaires de carlins sont un peu plus humains que leurs semblables, ou si c'est juste qu'ils ont peur d'endommager leur investissement.

Parfois, on a des visiteurs qui font le tour du refuge et veulent savoir si on n'a rien d'autre. Comme si on cachait nos chiens les plus précieux à l'arrière pour les clients spéciaux. Je n'ai pas de temps à perdre avec ces gens. Ce sont les mêmes qui refusent d'acheter une carotte tordue et qui ont hâte que le monde ressemble à Gattaca pour avoir des mioches sur mesure. Je les refile à Melissa : elle est plus tolérante. Parfois, je me dis que, sans elle, Debs et moi serions dans une vraie prison au lieu d'être seulement dans la prison des chiens.

On a des gens qui recherchent un animal très particulier. Ils ont même déjà choisi le nom. Ce sont les tarés qui font la liste des qualités qu'ils souhaitent chez leur conjoint, qui imaginent qu'il s'agit de cocher des cases. Travail. Mariage. Voiture. Maison. Famille. Est-ce qu'ils croient vraiment qu'il n'y a qu'une seule route, et que ceux qui prennent un chemin de traverse iront en enfer ?

Bientôt le jour J. Je devrais me sentir d'humeur festive, mais je me sens surtout grognon et fatiguée.

Lorsque je rentre chez moi, je zappe sans faire exprès sur la chaîne qui diffuse en continu des films de Noël. Je ne suis pas sûre que je contrôle encore ma main.

Avant Melissa, organiser une fête de Noël au refuge ne nous serait jamais venu à l'idée. On n'était que deux, de toute manière. Donc, on aurait picolé et on se serait regardées dans le blanc des yeux en se demandant de quoi on était censées bavarder – la télé, le travail, voire nos sentiments –, ce qui ne nous inspirait pas trop, car, si on avait un point commun, c'était qu'on trouvait que les autres parlaient bien assez.

Mais Melissa attend quelque chose, elle veut quelque chose, et elle estime que c'est son devoir de nous motiver. Une fête nous remontera le moral, pense-t-elle, même si elle ne le dit pas, car elle sait qu'on ne tient pas plus à avoir le moral remonté que les seins. Ils sont très bien là où ils sont. Ce qu'on veut, c'est une bonne sieste. Un massage de pieds. Non, pas moi, je n'aime pas vraiment être touchée, mais je pense que ça ne ferait pas de mal à Melissa. Ses pauvres petons n'ont pas dû être caressés depuis des décennies. Quand le livreur de croquettes passe, je fais comme si de rien n'était. Mais Melissa rougit. Quelque part dans son cerveau, une lumière se met à clignoter et une alarme hurle : *Homme, homme, homme*. Je sais qu'elle doit mobiliser toute son énergie pour ne pas s'accrocher à lui et le supplier de l'emmener loin d'ici. Debs hausse à peine un sourcil. Chaque mois, il essaie de descendre les énormes sacs de nourriture à la cave, et, chaque mois, elle le repousse pour s'en charger elle-même.

Il me fait penser à un ancien détenu d'une prison de haute sécurité qui aurait perdu toute capacité à échanger avec ses semblables, ce qui me le rend plutôt sympathique. Il ne dit pas bonjour, et ça lui vaut quelques bons points supplémentaires. Chaque mois, quand il arrive, Melissa vient se planter à côté de son camion et, entortillant une mèche autour de son doigt, elle lui demande à quoi ressemble le monde. Il lui manque vraiment une case.

Debs ne refuserait sans doute pas un massage de

pieds si le gars des croquettes insistait. Elle garde les épaules crispées et rentrées par fierté. *Tu peux avoir mes pieds, mais je t'interdis de toucher à une partie de mon corps à laquelle je tiens encore un peu.* Je l'imagine bien dire un truc comme ça. Je suis en train de me voûter comme elle, j'en suis consciente. Je ne sais pas si c'est le travail ou si c'est par mimétisme, comme dans les vieux couples. Nos corps décrépits sont le reflet de notre environnement décrépit. Pour l'instant, Melissa résiste à la dégénérescence ambiante. Elle se vernit encore les ongles, mais, tôt ou tard, ils seront aussi rongés que les nôtres.

Debs et moi ne tenons ni l'une ni l'autre à avoir Melissa sur le dos, donc, cette fois, quand elle réclame une fête de Noël, on accepte : Si tu veux, Melissa, si tu veux. Un dîner, peut-être, propose Debs. Elle pense à un endroit sombre avec de l'alcool. Pas de cadeaux. Pas de chapeaux pointus. On ne le précise pas, mais Melissa nous connaît assez pour ne pas franchir certaines limites.

Une semaine avant Noël, Melissa veut nous emmener dans un restaurant qu'elle dit *a-do-rer.* Comme Debs tente de se défiler, Melissa ajoute qu'ils font de bonnes margaritas, ce qui finit par l'amadouer.

Je porte mon haut noir le plus festif, celui qui sent le moins sous les bras, et Debs s'est brossé les cheveux. (Je le sais uniquement parce que l'un de ses enfants me l'a dit.) Elle demande à ses parents de les garder en notre absence. Il faut qu'il y ait toujours un adulte sur place, en cas de problème. Debs sort rarement, ce qui lui convient très bien. Les gens croient qu'elle sauve les chiens. En réalité, ce sont eux qui la sauvent, mais attention : rien à voir avec toutes ces citations niaises qu'on peut lire sur les cartes de vœux. C'est juste que ça lui donne une bonne excuse pour éviter de faire un tas de conneries que la vie ordinaire nous impose.

Les parents de Debs sont gentils et tout ce qu'il y a de plus normaux. Des braves gens. Et c'est terrible pour nous. Son père ne désespère pas de me convaincre de reprendre mes études, et Debs lui répète qu'il devrait arrêter d'essayer de débaucher ses employées avec des promesses creuses, mais il continue dès qu'elle a le dos tourné. Il me demande ce que je lis, sans doute pour s'assurer que mon cerveau fonctionne encore. Mon propre père ne sait pas quoi me dire, donc je lui suis plutôt reconnaissante de ses efforts, même si la plupart du temps je me contente de marmonner que j'ai du travail.

Appelle-moi s'il se passe quoi que ce soit, dit Debs à son père, qui est déjà devant un film sur la guerre. Certaines personnes ont une vraie passion pour la guerre. Je n'ai jamais bien compris si c'était à cause des costumes ou des cris.

S'il arrive quoi ? demande-t-il, comme chaque fois. S'il y a du barouf, par exemple, dit Debs. Si un chat vient narguer les chiens, si quelqu'un essaie d'en voler un, s'il y en a un qui s'échappe ou s'ils se prennent soudain pour les 101 dalmatiens. Les parents de Debs ont l'habitude de ses sarcasmes, parce que ce sont eux qui l'ont faite.

Il ne se passe jamais rien au refuge, la nuit. C'est étonnamment silencieux. La plupart des chiens sont idiots, mais ils savent quand il est l'heure de se coucher. Il n'y a pas de cabot qui raconte des histoires de fantômes alors que les autres essaient de dormir, pas de dogue qui pète sous la couverture en gloussant.

Quand j'étais petite, je suis allée deux fois dormir chez des copines et c'est ce qui s'est passé les deux fois. Après, on voudrait nous faire croire que les filles valent mieux que les garçons. Tous ceux qui ont pénétré dans des toilettes pour femmes savent qu'on est des monstres, comme eux.

Il arrive qu'un nouveau venu gémisse un peu, ce qui risque de déclencher des geignements en cascade, mais, en règle générale, les chiens sont calmes. Debs fait toujours un dernier tour de contrôle après avoir couché les enfants, pour s'assurer que ses idiotes humaines n'ont pas laissé un seau sur lequel quelqu'un pourrait trébucher (ma spécialité) ou oublier de fermer la réserve (celle de Melissa).

On va au restaurant. L'établissement est bondé parce que les gens aiment picoler, mais on se tient bien. Aucune de nous trois n'a très envie de manger, ni même de boire, et encore moins de parler, alors on regarde les autres clients. Aussi loin que je me souvienne, j'ai observé les gens. Ils aiment ça, de toute manière. Ils aiment se donner en spectacle. Avec leurs télés géantes pour qu'on voie ce qu'ils regardent de la rue. Ils pourraient aussi bien nous dévoiler leur système digestif, ce qui est plus ou moins ce qu'ils font lorsqu'ils nous montrent leur dîner sur Instagram. Je laisse mon téléphone en mode vibreur, mais ça n'a pas vraiment de conséquence, étant donné que je l'oublie en général quelque part. Le seul à pouvoir se sentir désiré quand il vibre, c'est un coussin de canapé. Mon ex me répétait que j'étais irresponsable, que les gens pouvaient avoir besoin de me joindre. Je ne suis pas quelqu'un d'important, avais-je envie de répondre. Tu sais où me trouver.

Je repère un groupe de collègues de travail à l'autre

bout de la salle. On dirait une fête de bureau des années 1980. Le genre qui fait fantasmer Melissa. Il y a des décorations de Noël sur la nappe et tout le monde porte des chapeaux pointus. Une femme déjà ivre tombe de sa chaise et essaie de se relever en s'accrochant à la table. Mais elle n'a pas de force dans les bras, parce qu'elle travaille dans un bureau et ne passe pas ses journées à pelleter de la merde et à promener des chiens plus lourds qu'elle qui veulent lui déboîter l'épaule. Elle a des bras de dame, qui typiquement ne font pas le poids face à cette table. Dave du service compta, qui soulève de la fonte et se paluche devant tout ce qui ressemble de près ou de loin à une photo féminine, se serait relevé sans problème avec ses gros biscoteaux. Je sais qu'il s'appelle Dave, parce qu'un chauve a demandé : Une autre bière, Dave ? Oui, je les écoute. Il faut bien que je sache comment vivent ces gens.

Ces joyeux lurons sont mon pire cauchemar. Plus je les regarde, plus je dois me rendre à l'évidence. Ils ne viennent pas des années 1980, mais de l'âge de la pierre, d'un temps où les hommes étaient des hommes et les femmes une espèce éméchée et menacée. En ce moment, ils débinent tous une certaine Melody qui n'est pas là. J'aime déjà cette Melody, si c'est son vrai nom.

Qu'il existe encore des gens comme ça me fascine. Je pourrais passer ma vie à les étudier. Une part de moi voudrait les suivre chez eux, louer leur chambre d'ami pour voir ce que c'est de vivre leur vie. Ce serait horrible, mais au moins ce serait une horreur différente de la mienne. En plus, ils sont totalement inconscients de leur propre abjection. Moi qui suis plutôt d'une lucidité paralysante, ça me ferait des vacances.

Je sais à quoi ressemblent leurs journées : j'ai travaillé dans un bureau, une fois. C'est un fait trop peu connu. On a tendance à se focaliser sur mon gros manteau, mes godillots et mon humeur chagrine, alors, bien sûr, on imagine que j'ai toujours travaillé au refuge ou au fond d'une mine. Je suis surprise que ma mère ne le mette pas en avant quand elle parle de moi : elle a travaillé dans un bureau, tout espoir n'est pas perdu. Parce que les bureaux sont des endroits où s'accomplissent des choses essentielles, c'est bien connu ; ce ne sont pas que des entrepôts moquettés où des employés regardent fixement leurs ordinateurs jusqu'à l'heure de rentrer s'abrutir chez eux. J'ai oublié ce que faisait la boîte pour laquelle je bossais et comment j'ai atterri là-bas. L'épisode entier me semble un rêve, aujourd'hui. J'ignore qui était cette personne qui imaginait pouvoir faire croire aux autres qu'elle était aussi fonctionnelle. J'ai donné le change pendant deux mois, ce n'est pas si mal.

Noël était obligatoire, là-bas. Je n'en ai vécu qu'un, mais je m'en souviens encore. Ce jour-là, à 17 heures, les lumières se sont éteintes. Une femme des ressources humaines s'est pointée avec un radiocassette, une autre a apporté un plateau de biscuits apéritifs déprimants et on s'est retrouvés coincés pendant une heure qui a semblé durer des semaines, assis à nos bureaux dans le noir, avec la sensation d'avoir été terrassés par une attaque d'apoplexie collective. Un intrépide employé du service informatique s'est levé pour jeter un coup d'œil au plateau, mais c'était une vision tellement affligeante qu'il est resté là pendant douze bonnes minutes, tétanisé. Sa bravoure m'a impressionnée. Moi, je n'ai pas quitté mon siège et j'ai continué à travailler dans le noir. C'est un peu comme apporter un livre à une fête, ce qui serait tout à fait mon style.

Au restaurant, Debs commence à avoir des fourmis dans les jambes. Je la vois qui jette un coup d'œil à sa fausse montre. Fausse, car elle n'en porte pas. Regarder son poignet semble la réconforter, peut-être parce qu'elle espère nous communiquer ainsi l'envie de partir.

Je ne devrais pas les laisser trop longtemps, dit-elle. Elle parle des chiens, pas des enfants. Mes parents aiment être rentrés chez eux pour *New York, police judiciaire*, ajoute-t-elle.

Je les comprends ! répond Melissa, et on hoche toutes les trois la tête en souriant.

Au bout d'environ soixante-dix-huit minutes, on remballe tout. On a essayé. Personnellement, je pense qu'on peut s'estimer heureuses d'avoir réussi à s'éclipser sans éveiller l'attention des gens de la ville.

On monte dans la voiture de Melissa. Quand elle allume la radio, Mariah Carey se met à beugler comme si elle était enfermée à l'intérieur du poste. Melissa veut changer de station – elle connaît notre peu de goût pour les chansons de Noël nunuches –, mais je l'arrête. C'est bon, je dis, soudain habitée par un sentiment inhabituel. Je ne suis pas sûre que ce soit l'esprit de Noël. La pitié, peut-être. Ou alors les margaritas, qui n'étaient pas horribles. Melissa regarde Debs qui hausse les épaules et dit : Soyons folles. En ce qui la concerne, c'est clairement à cause des margaritas. On n'est pas ivres, juste assez pompettes pour choisir nos batailles.

Melissa nous ramène en chantant en chœur avec

Mariah. Elle a l'air sincèrement heureuse et on la laisse faire parce que c'est Noël et que Noël fait de drôles de trucs aux gens. Comme leur faire essayer de filer des médocs à ceux qui n'en veulent pas. Je regrette de ne pas avoir pris ma voiture. J'ai encore la dalle et mon frigo est vide. Mais je sais qu'arrivée à la porte de mon appartement, la simple idée de devoir échanger trois mots avec un autre être humain me semblera insurmontable. Je verserai trois larmes, puis je m'endormirai devant *New York, police judiciaire* comme une personne normale.

L'avantage, avec Melissa au volant, c'est qu'elle ne peut pas essayer de nous prendre dans ses bras. Je lui adresse un petit geste de la main et dis que c'était – j'hésite – *sympa*. Debs me regarde avec de grands yeux, genre je ne te connais pas, mais je sais qu'elle m'aura pardonné d'ici le matin.

À demain, dis-je. Debs me fait un salut militaire et c'est tout.

Alors que je cherche mes clés dans mon sac, je lance à voix haute : Vous voyez ? Je peux le faire.

Ça va, personne ne m'entend.

Le lendemain, Debs m'envoie à la banque. Elle refuse d'utiliser le service en ligne, car elle ne fait pas confiance à Internet. Elle ne fait pas confiance aux gens non plus, mais elle aime autant voir qui l'arnaque.

Il fait déjà nuit et il y a des guirlandes lumineuses partout. Un truc à te rendre épileptique si tu ne l'étais pas déjà. C'est la seule réflexion que ce spectacle m'inspire. Il paraît que des jeunes ont arraché des décorations en ville. Connaissant ma mère, je suis sûre qu'elle croit que c'est moi. J'aimerais avoir l'énergie nécessaire pour faire ce genre de choses.

Dans les rues, tout est étrangement silencieux. Personne ne transporte de piles de cadeaux, personne ne chante aux carrefours. Personne ne porte de cache-oreilles non plus, dieu merci. On dirait un lundi normal, qu'on a simplement décoré de guirlandes lumineuses. Malgré tout, il flotte dans l'air une certaine expectative, le sentiment que quelque chose va se produire. Bien sûr, on pourrait en dire autant si on était dans un film d'horreur.

Toutes les vitrines ne sont qu'une déclinaison autour d'un thème unique – regarde cette camelote ! Tu as besoin de cette camelote ! – avec des lutins joyeux et des lumières clignotantes arrangés de manière à ne laisser aucune chance au cerveau. Même la boulangerie est dans le coup. Il y a un gâteau géant dans la vitrine, avec la grosse trogne rouge du père Noël dessus. J'imagine ce que ça ferait d'enfouir son visage dedans, comme les hommes font avec les seins, sauf que ce serait beaucoup mieux. Je m'achète un cookie de Noël et en sortant je me dis que j'aurais dû en prendre plusieurs pour les apporter au travail, mais il est trop tard. Je veux que mon amour soit spontané. De toute façon, ce n'est pas vraiment de l'amour, c'est le sentiment du devoir. Ou les cachetons.

Même la banque a un sapin de Noël. Ils auraient pu faire un petit effort, mettre un arbre aux quarante écus, je ne sais pas, ou de la monnaie-du-pape. Je devrais peut-être leur en parler pour l'an prochain. L'employée au guichet est de ces femmes qui portent des boules de Noël en guise de boucles d'oreilles. Elle voit l'adresse du refuge et dit : Oh, ce n'est pas vous qui venez habituellement. Elle me dévisage un peu trop longuement. Je la laisse faire, parce que c'est Noël et parce que me regarder longuement dans mon grand manteau est un bonheur dont je ne voudrais priver personne. C'est Noël, lui dis-je sans autre explication. Puis j'ajoute : On m'autorise à sortir une fois par an, et maintenant elle ne sait pas si c'est du lard ou du cochon. Elle a entendu les rumeurs au sujet des femmes-chiens dans les bois. Eh bien, joyeuses fêtes, me dit-elle enfin, une fois la transaction terminée. Elle a l'air de croire que je danserai nue dans les bois après avoir fait un sacrifice pendant qu'elle découpera sa dinde.

Joyeuses fêtes à vous ! je lui lance, ravalant mon rire. Le rire est si rare et précieux que je veux me le garder pour moi – pour plus tard, dans la voiture peut-être, comme quand on fume un pétard dans un lieu confiné pour en accentuer les effets.

Avant de retourner au refuge, je m'achète un gros sac de bonbons. Les gens croiront que c'est pour des enfants – ou, pire, une fête –, alors que tout est pour moi. Je fais toujours des réserves quand je sors de ma tanière, et ça n'a rien à voir avec les pubs pour les chocolats et les confiseries de Noël. On en trouve toute l'année, vous savez ! ai-je envie de crier à la cantonade. Il n'y a pas besoin d'autorisation ! Dommage que je ne sois pas sur Internet. Je serais trop forte pour hurler dans le cybervide.

Sur le trajet du retour, je remarque que *La vie est belle* passe au Rialto. Je l'ai vu une fois, par curiosité, parce que je me disais qu'un film de Noël sur le suicide, c'était pour moi, mais j'ai été déçue. Moi aussi je me jetterais d'un pont si j'avais des mouflets pareils. Et le pire des sorts qui aurait pu arriver à

Mary, c'était de finir bibliothécaire ? Tout le monde sait que les bibliothécaires sont des gens géniaux.

Melissa me voit me garer et m'adresse un signe. Je m'en veux de ne pas lui avoir apporté de biscuits de Noël, mais elle a sans doute de la crotte de chien sur les mains, de toute manière.

Chaque fois que je m'aventure dans le monde et que je vais faire un tour au pays de Noël, j'ai l'impression d'être jugée. Comme si Karen me suivait et prenait des notes.

Comme si le mec du labo m'observait, allez savoir pourquoi.

VINGT-TROIS

Dernière réunion. C'est pour ainsi dire Noël. Je pourrais perdre connaissance maintenant, me réfugier une fois de plus dans le coma éthylique et calorique des fêtes, et ce serait une affaire réglée. Je me réveillerais le jour d'après et je demanderais est-ce qu'il est venu ? Le père Noël, ou n'importe qui. Si je tombais dans les pommes chez mes parents, au moins, je pourrais dire que j'étais là. Que veulent-ils de plus ?

Karen nous accueille avec un sourire radieux qui me donne la nausée. Je suis sûre qu'elle est surtout contente de nous voir tous vivants, de n'avoir perdu personne en route. Chaque semaine, je m'étonne qu'on ne nous fasse pas subir d'examen médical, qu'on ne nous palpe même pas pour vérifier s'il ne nous manque pas un membre.

Le mec du labo n'écrit pas dans son cahier, aujourd'hui. J'ai envie de penser qu'il a fini son scénario, mais je suppose qu'il a laissé tomber.

J'ai hâte que la réunion – toute cette histoire, en fait – soit terminée. Je n'ai qu'une peur, c'est que quelqu'un essaie de me serrer contre son cœur ou de me remettre un certificat. Je suis venue chaque semaine et j'ai fait ce que j'ai pu. Si vous voulez savoir ce que j'ai préféré, c'est que personne n'avait l'air plus heureux que moi d'être là. Même pas Karen. Et pourtant elle est payée pour.

Elle nous dit encore qu'elle est très fière de nous et nous souhaite à tous un joyeux Noël. Personne ne rit. On fait tous partie de la bande, maintenant. L'expérience semble avoir réussi. Enfin, ne vendons pas la peau de l'ours. Voyons d'abord si on passe les fêtes sans assassiner personne. Tout le monde croise les doigts, le mec du labo le premier.

Lorsque je m'approche de la porte, il me tape sur l'épaule. Salut, dit-il. Il est trop tard pour se cacher. Salut. Malaise.

Si tu as envie qu'on sorte ensemble à l'occasion, appelle-moi, dit-il. Son choix de mots me fait rire, mais intérieurement seulement. À l'extérieur, je reste imperturbable, parce qu'il doit bien se douter que je ne l'appellerai pas. Tout ce que je ressens pour lui, c'est de la peine, et il y a déjà assez de choses qui me font de la peine comme ça.

Il est loin d'être horrible, en plus. Et il a un chien super. Mais je n'ai pas envie de sortir avec qui que ce soit en ce moment, et peut-être pendant un bout de temps.

Je ne peux pas lui dire : Désolée, j'aime bien être célibataire, parce que j'estime que je n'ai pas à donner cette précision. Alors, je lui dis simplement : Cool, et il répond : Cool. Il sourit et il me fait encore une fois de la peine. Sérieux, il travaille pour un grand méchant labo dont la mission est de tous nous gaver de médicaments qui nous bousillent la santé, qu'est-ce qu'il croit ? Il n'a aucune chance. Mais allez savoir.

Les gens adorent les antidépresseurs. C'est peut-être un bon parti.

Je dis : à plus, et je le laisse planté là. Il rentrera peut-être encore avec Karen. Ça pourrait être pire, franchement, pour lui comme pour nous.

Le lendemain soir, les bénévoles débarquent au refuge, même ceux qu'on a à peine vus de l'année. La fille de Melissa est là. Les enfants de Debs sont je ne sais où en train de choper la rage.

La veille de Noël, on promène tous les chiens ensemble, ce qui est moins sympa qu'on pourrait le croire, parce que beaucoup d'entre eux sont des sociopathes qui ne s'entendent pas avec les autres. Comme moi. Ceux qui ont plus d'expérience, autrement dit Debs, un ancien militaire, le policier et moi, partent devant avec les chiens les plus difficiles. Les bénévoles suivent avec l'animal de leur choix, regrettant que Debs ait des règles aussi strictes concernant les chants de Noël et la joie.

Les chiens ont droit à un os chacun et à un jouet qui couine mais dont on a ôté le son, ce qui est une métaphore pour toute ma putain de vie. Il y a du vin chaud préparé par Melissa pour ceux qui en veulent. En temps normal, je me méfie de tout ce qu'elle fait, mais la présence d'alcool devrait limiter les risques.

Je fais mon possible pour éviter les enfants, qui sont persuadés que c'est un jeu hilarant. Je ne tiens pas à passer mon réveillon à insulter des gamins.

Une fois le dernier bénévole parti, on ferme boutique et on se dit au revoir.

Je rentre chez moi. L'appartement est vide, mais ce n'est pas du tout horrible. Je peux manger ce que je veux, regarder ce que je veux, et je n'ai pas besoin de faire semblant d'éprouver quoi que ce soit. Tout compte fait, Noël ne sera peut-être pas si terrible. Les gens qui se plaignent d'être célibataire ont tort.

Il est trop tard pour acheter un sapin. Je déniche des guirlandes lumineuses que j'entortille autour d'une plante. Les lumières sont jolies. La plante est morte, mais ce n'est pas à moi de le lui annoncer.

Pelotonnée sur le canapé, je ne me sens pas à proprement parler enthousiaste, mais je ne suis pas terrorisée non plus. Je suis surtout soulagée. Noël aura lieu et ça ira. Après tout, j'ai plusieurs options : c'est ce qu'on veut tous, non ?

Je suis arrivée jusque-là. Ce serait idiot de tout foutre en l'air maintenant.

VINGT-QUATRE

D'habitude, le 25, j'arrive chez mes parents en retard, je mange et je me casse. J'essaie de rester cool. De ne pas m'impliquer. Je n'y passe la nuit que si je n'ai pas le choix, ce qui ne s'est pas produit depuis la fac. Une année, j'avais même envisagé de louer une chambre d'hôtel, mais je ne voulais pas faire de peine à mon père. Dans ces cas-là, je dormais beaucoup, j'émergeais pour manger, puis je faisais mes valises et je retournais à ma vie. Ma mère était dans son monde. Elle prenait les pilules nécessaires pour sortir de son lit, jouait la comédie pour les voisins, et je la laissais faire. J'étais la fille absente, même quand j'étais à la maison.

Cette année, je fais comme si c'était un jour normal. Je me lève et je vais au travail, sauf qu'aujourd'hui, le travail, c'est ma mère.

J'arrive trente minutes avant l'heure à laquelle on mange habituellement, sachant que ma mère est toujours en retard. Si elle a décidé unilatéralement que cette année serait celle de la ponctualité, eh bien, tant pis, vu que de toute façon je suis déjà vouée à la damnation éternelle.

Joyeux Noël, je ne peux pas parler, il faut que j'aille faire pipi ! je crie en grimpant les marches quatre à quatre. Ils penseront sans doute à un effet secondaire du traitement.

Au moment où j'arrive devant les toilettes, mon frère ouvre la porte. Qu'est-ce que tu fous ? Tu rôdes devant les W-C, maintenant ? demande-t-il.

Je le pousse pour entrer. Je m'enferme et je m'assieds, envahie de pensées positives. Il n'y a pas plus grande joie que de pisser quand on en a envie. Je suis parcourue d'ondes de plaisir lorsque l'horreur de la situation me revient, en même temps que les notes d'un chant de Noël provenant du rez-de-chaussée. Le tueur est dans la maison, je murmure en tirant sur le rouleau de papier.

Je me lave les mains et les essuie au peignoir de ma mère. Si elle est assez bête pour le laisser accroché derrière la porte, elle doit bien se douter que je vais m'en servir. J'hésite à le renifler pour voir s'il a l'odeur de mes souvenirs d'enfance, puis je me dis que ce serait malsain, et je m'efforce de ne pas l'être, donc je résiste.

Mon frère rôde dans le couloir quand je sors.

Joyeux Noël, voyeur ! dis-je.

Il me toise et je pense qu'il va critiquer ma tenue. Maman ne voulait pas que je te le dise, lâche-t-il enfin, mais je trouve que c'est super, ce que tu fais.

C'est-à-dire ? je demande, vu que la dernière chose que j'ai faite, c'était de pisser dans les toilettes. C'est bien, mais il n'y a pas de quoi me décerner une médaille. Certains chats en font autant.

Ça, dit-il en agitant les mains autour de moi comme un magicien. Je crois qu'elle pensait qu'elle devrait finir par te payer.

Attends, elle était prête à me *payer* ? Tu déconnes ?

Ça fait des années qu'elle me paie pour ne pas être un enfoiré, dit-il en souriant.

Et pourtant tu es toujours un enfoiré.

Un peu moins. Je te laisserai peut-être même garder mes enfants, maintenant.

Comme c'est aimable à toi, mais n'oublie pas que je redeviendrai une citrouille dans quelques heures. Alors profites-en pour balancer tes saloperies tant que je ne peux pas t'écrabouiller la tronche.

J'aimerais trop avoir une pilule qui m'empêcherait d'avoir envie d'écrabouiller la tronche des gens, dit-il.

Et moi donc, je réponds en commençant à descendre l'escalier.

Au fait, maman m'a aussi demandé de ne pas te répéter que j'avais eu une promotion et qu'on attendait un autre bébé. Mais je pense que tu peux l'entendre, hein ?

Pourquoi est-ce que je ne pourrais pas l'entendre ? C'est pas le genre de truc qui me fait envie.

Ma foi, tu sais, elle veut qu'on… te ménage. Maintenant que tu vas super bien et tout. Parce que tu vas super bien, hein ?

Super bien ! dis-je, me souvenant de la date.

Les gens ont des attentes, Janet, ajoute-t-il, comme si j'avais besoin qu'on me le rappelle.

Ma mère apparaît dans le vestibule. Est-ce que vous allez descendre un jour ? lance-t-elle, ce qui est idiot vu que c'est précisément ce qu'on est en train de faire.

On partageait un petit moment de complicité fraternel, dit mon frère en l'embrassant sur la joue.

Je me répète : Tiens le coup jusqu'à la fin du repas sans rien dire de stupide. Ce n'est pas si compliqué.

Je le fais chez moi tous les soirs. Bien sûr, la plupart du temps, je suis seule, mais quand même.

Tout le monde est surpris et ravi de me voir, mais je me rends compte qu'ils ne veulent pas manifester trop ouvertement leur enthousiasme, de peur que je me renferme dans ma coquille. Ne l'effrayez pas, a dû leur chuchoter ma mère pendant que j'étais aux toilettes.

Mon frère est là avec ses deux gosses plus celui à l'intérieur de sa femme, ce qui bizarrement me réconforte, car je préfère les inconnus. Mon oncle et sa famille sont là aussi, qui n'arrêtent pas de sourire et de dire bonjour à tout le monde. Est-ce qu'ils se figurent vraiment que les salamalecs vont faciliter quoi que ce soit ? Ma tante est venue avec son second mari, qui ressemble trait pour trait au premier. D'ailleurs, on fait tous comme si c'était lui et ça ne semble pas leur poser de problème. Il y a deux femmes en tenue de sport, qui doivent être des copines de ma mère. Elles me sourient et me complimentent sur mes yeux, ce qui signifie que le reste de mon visage craint. S'il n'y en avait eu qu'une, encore, j'aurais répondu merci et remâché ma rancœur en silence, mais elles le disent toutes les deux en chœur, ce qui crée tout de suite une petite ambiance *Shining*, accentuée par la moquette hideuse de ma mère.

Soudain, le téléphone de mon frère se met à brailler « Step into Christmas » d'Elton John et il me le colle sous le nez. Je l'écarte. Il recommence. Je me demande si j'ai fait un bond de vingt ans en arrière, quand Elton John squattait le hit-parade et que mon frère ne voulait pas me lâcher la grappe.

Mon père s'empare du téléphone. Arrêtez, dit-il. Tous les deux.

J'ai lu quelque part que si on leur passait cette chanson, ils perdaient les pédales, explique mon frère.

Ils ? je fais.

Ta sœur n'est pas un robot, intervient mon père.

Je n'en suis pas si sûr, ricane mon frère, récupérant son portable et remettant la chanson, comme s'il avait dix ans, que c'était une crotte de nez et que ça m'énervait vraiment.

Assez ! Mon père prend le téléphone et le range dans sa poche.

Ce n'est pas grave, dis-je à mon père. Va te faire foutre, dis-je à mon frère.

Pour éviter que ça dégénère, je vais à la cuisine et je demande à ma mère si je peux l'aider. Elle accuse le coup, puis se ressaisit et me propose d'écrire les noms des convives sur des petits cartons. Je suis tentée de mettre celui de leurs médicaments à la place, pour que tout le monde sache ce qui nous réunit réellement en ce jour de fête, mais j'écoute la voix de la sagesse.

À Noël, ma mère ne s'assied quasiment pas de la journée. Pendant le repas, elle a un pied dans la salle à manger et l'autre dans la cuisine. Cette pauvre cuisine lui a sacrifié ses plus belles années. Son agitation nous rend inutilement anxieux. Comme si on n'avait pas déjà assez de bonnes raisons de l'être. Sans parler des mystérieuses femmes en Lycra. Si l'une des deux se met à couper la viande de son clone, je vais devoir leur demander ce qu'elles font ici.

Lorsque je retourne à la cuisine, je trouve ma mère devant son ordinateur portable. Est-ce qu'elle regarde une recette ? Une série qu'elle ne veut surtout pas rater ? Elle me ressemble peut-être plus qu'elle ne veut bien l'admettre.

Dès qu'elle me voit, elle ferme l'ordinateur.

Je le rouvre, espérant tomber sur quelque chose de croustillant.

Elle était en train de parler de moi avec ses copines sur Facebook.

Une certaine Maggie dit qu'une femme qui prenait le même traitement que moi aurait essayé d'avoir une relation sexuelle avec un arbre de Noël. *Est-ce que Janet a vu ton sapin ?* écrit-elle. *Est-ce que ça l'a excitée ?* J'imagine Maggie murmurer *relation sexuelle* avec un cheveu sur la langue.

Ma mère : *Elle l'a touché, oui, est-ce que je devrais m'inquiéter ?* (Elle a raison, je l'ai touché, ainsi que les décorations. Je dirais même plus : je les ai tripotées. Je voulais que ma mère voie que j'appréciais ses efforts. Et peut-être aussi qu'elle croie que j'étais défoncée.)

Une autre appelée Joyce : *Elle chante ?*

Ma mère : *Non, pas encore. Enfin, je crois l'avoir entendue fredonner. Je vous tiens au courant.* (C'est vrai, je fredonnais à mon arrivée, mais pas un chant de Noël, hélas. C'était Rihanna : « Bitch Better Have My Money ».)

C'est un ange ! s'écrie ma mère. C'est Noël et elles veulent toutes un ange. Elle essaie de les impressionner.

Je la regarde.

Elle hausse les épaules. Les gens ont envie de savoir, Janet, dit-elle.

Tu peux dire à Maggie que ton sapin n'est pas

mon genre. Je les aime avec des grosses boules, je marmonne en sortant de la cuisine.

Je ne risque pas de lui dire ça, réplique ma mère, qui m'a entendue.

Dans le salon, on affiche toutes les deux des sourires insipides de parfaites maîtresses de maison.

Elle lève son verre pour dire qu'elle est heureuse de nous voir tous réunis en ce jour heureux. Si elle prononce encore une fois le mot heureux, je ne réponds plus de moi. Comme d'habitude, elle en fait trop. J'en fais juste assez. Les enfants de mon frère ont clairement besoin de Ritaline ou peut-être de tranquillisants pour chevaux. En attendant, ils sont libres, et j'ai d'étranges réflexes protecteurs quand je les regarde. J'ai envie de les attirer à l'écart pour leur souffler qu'ils ne sont pas obligés de prendre quoi que ce soit, s'ils ne le souhaitent pas.

C'est le moment des cadeaux. Ma mère m'offre une carte Amazon et un peigne. Elle dit que c'est une plaisanterie entre nous, sauf que ça n'en est pas vraiment une, dans la mesure où il est évident que je ne possède pas de peigne. J'aurais dû tout raser, me faire la boule à zéro, mais les gens ont gâché ça, comme le reste. L'ancienne Janet aurait sans doute levé les yeux au ciel à la vue de la carte-cadeau, hurlé des imprécations contre le capitalisme, le consumérisme et je ne sais quel mot en *isme*. La nouvelle Janet décide qu'elle achètera des livres et qu'il n'y a pas de quoi en faire un drame. J'ai l'habitude. Cette année, je suis d'humeur magnanime et je pardonne à mes proches leurs faux pas éthiques. On dira que c'est mon cadeau de Noël.

Des livres gratuits et un peigne, il y a du progrès. L'an dernier, elle m'a offert un pantalon de yoga rose si moche que je ne voulais pas le porter à la maison, de peur que mon copain se fasse des idées et imagine que j'étais le genre de personne susceptible de se mettre au yoga. Je ne l'ai pas essayé non plus, parce que je risquais de ne plus pouvoir l'enlever et d'être condamnée à être cette personne quand même. Pour éviter tout risque de contamination, je l'ai vendu sur eBay. Ça n'a pas suffi. J'étais obsédée par ce pantalon. J'étais sûre que ma mère allait me l'offrir encore cette année, que j'allais découvrir que c'était elle qui me l'avait acheté sur eBay et qu'on allait se retrouver à jamais prisonnières de cette boucle mère-fille, nous adressant mutuellement des reproches, sans réussir à savoir laquelle des deux est la plus ingrate.

La vérité, c'est que je ne veux rien de spécial pour Noël. Même pas être heureuse, sincèrement. À quatorze ans, j'avais bien réclamé du laudanum mais c'était à moitié pour rire.

C'est quoi ? avait demandé ma mère.

Je lui avais expliqué. Je n'avais pas lu tous ces romans gothiques pour rien.

Dieu du ciel, Janet, si j'avais une chose pareille, tu crois que je te la donnerais ? avait-elle répondu.

Le repas en lui-même ? Rien à signaler.

Voyant que tout le monde me regardait manger, j'en ai rajouté un peu, mastiquant consciencieusement, comme un chameau qui aurait lu quelque chose en ligne au sujet de l'importance de bien mâcher.

La bouche pleine, j'ai interrogé les intruses. J'étais curieuse de savoir qui était ma mère à l'extérieur de la maison, quelqu'un qui passait ses matinées en position du chien la tête en bas dans une salle de sport, sans nous à côté pour nous moquer d'elle. Elle était la même, semblait-il, ce qui était décevant.

Mon frère n'arrêtait pas de répéter que c'était vraiment super. Il parlait de sa promotion et du bébé, pas du repas, qui n'avait rien de spécial. Les carottes avaient le goût de carottes.

Personne ne m'a posé de question sur ma vie, ma mère ayant dû leur demander à tous d'éviter les sujets sensibles dans un e-mail commun. Une des femmes en Lycra s'est extasiée sur mes dents. D'abord mes yeux, maintenant mes dents, génial. Merci, elles sont vraies, ai-je répondu, car ma mère me regardait. J'ai levé mon verre en son honneur. Nous sommes fiers de toi, a-t-elle dit.

On a bien mangé, bien bu et bien parlé pour ne rien dire. On était tous contents de manger. Celui qui a eu l'idée de répartir les repas au cours de la journée pour nous distraire de nous-mêmes a eu un trait de génie. Jésus, le père Noël : tout ça, c'est bien joli, mais le vrai héros, c'est lui.

Après l'agitation initiale – la leur, pas la mienne –, tout s'est bien passé. Je pense avoir souri à plusieurs reprises. J'ai ri une fois. À cause de la télé, d'accord, mais ça compte quand même. J'ai écouté mon oncle discourir sur le sport et, pour tenir le coup, j'ai imaginé qu'il parlait de bouquins, songeant que le monde serait meilleur si on supprimait le sport pour le remplacer par la littérature. Ça m'a évité de hurler : *Essaie d'ouvrir un livre une fois dans ta vie, abruti !* Je n'ai fait pleurer personne et je n'ai traité personne de connard.

Une fois le repas terminé – et ma mère nous ayant fait savoir à son habitude que personne ne pouvait l'aider à débarrasser, car jouer les martyres est son petit plaisir –, on s'assied tous devant *Harry Potter et le truc du machin*. Il faut croire que c'est ça le véritable sens de Noël, mais peu importe, étant donné qu'on dormira tous bientôt. Lorsque je jette un coup d'œil par la fenêtre, histoire de voir s'il fait assez nuit pour que je puisse m'éclipser, j'aperçois un tourbillon blanc qui tombe du ciel.

Je me lève et je crie : Il neige ! Qui a dit que j'étais morte à l'intérieur ?

Bien sûr, les petits se mettent à hurler, mais d'une manière agréable. Ils bondissent comme seuls les enfants peuvent le faire. Même mon frère se redresse, sans doute convaincu que je leur ai tendu un piège mortel.

J'arrive la première à la fenêtre et je m'aperçois de mon erreur dès que je vois le vol d'oiseaux dans le ciel.

Est-ce qu'il neige, papa ? demande le plus jeune des gamins, regardant mon frère style : S'il te plaît, dis-moi que c'est de la neige ! Car je suis un tout petit enfant et j'aurai besoin de ces souvenirs pour ne pas devenir taré quand je serai grand.

Mon frère se tourne vers moi et me murmure : C'est pas de la neige, c'est de la fiente d'oiseau. À sa progéniture, il dit : Fausse alerte, et il retourne s'asseoir.

Les gamins restent à la fenêtre avec moi, fixant la merde.

C'est quoi, tatie Janet ? disent-ils avec de grands yeux.

C'est… euh… de la *préneige*.

Qu'est-ce que ça veut dire ?

Que la neige sera bientôt là, dis-je en les ramenant

en lieu sûr, auprès des adultes qui se gavent de friandises.

Je passe devant la cuisine, pour éviter mon frère et aussi pour tenter de m'enfuir en douce par la porte du jardin, quand je surprends une conversation entre ma mère et ma tante.

Ces pilules sont un don du ciel, dit ma mère.

Je me mords la lèvre au sang. C'est un progrès : je m'en prends à moi-même au lieu d'agresser quelqu'un d'autre.

L'ancienne Janet aurait fait savoir qu'elle avait entendu, elle serait intervenue, aurait dit : Tu parles du ciel, alors que c'est un cador de l'industrie pharmaceutique qui s'est fait larguer par sa femme. Quelque chose pour anéantir tous les espoirs qu'elle avait pu concevoir à mon sujet.

La nouvelle Janet laisse pisser. Qu'elle profite pleinement de cette journée ridicule comme elle en a toujours rêvé.

Je suis devenue vraiment forte pour regarder passer la vie, laisser les choses me glisser dessus. Pas parce que je suis plus dure à l'intérieur, mais au contraire parce que je suis plus tendre, presque à l'aise. Pas heureuse, comprenez bien, en paix. C'est du moins l'impression que j'ai.

Vers 20 h 30, quand tout le monde somnole confortablement installé devant la télé, j'enfile mes gants et j'adresse un petit signe d'adieu aux paupières closes et aux filets de bave luisants. Une bonne chose de faite.

Me voilà en route pour mon Noël suivant, qui a l'avantage de se tenir dans mon immeuble.

Plus rien ne peut m'arrêter, désormais. Si je suis capable de supporter ma mère, tout est possible. Je peux débarquer chez des inconnus et être sociable. Je me sens audacieuse. Je me sens putain d'invincible. Je pourrai peut-être enchaîner deux, voire trois Noëls ! Faire la fête jusqu'au petit matin ! Débouler dans toutes les soirées du voisinage. Je serai Janet, la reine de la nuit. Janet, la fille trop délire. Les gens me taperont dans la main, crieront mon nom dans la rue.

JANET ! ESPÈCE DE LÉGENDE !

Le temps de me garer devant chez moi, l'euphorie est retombée. Si j'avais un référent, je l'appellerais pour lui dire que je pense faire une rechute. J'aurais dû prendre de *l'eggnog*[1] pour la route. J'ai besoin d'une recharge d'esprit de Noël, et fissa.

Puis ça me revient : Min-seo.

Je l'imagine qui m'attend en haut de l'escalier. Alors, tu as survécu, dira-t-elle. Je me suis bien tenue, répondrai-je. Puis je la suivrai chez elle et mon tout petit monde s'entrouvrira, juste assez pour laisser pénétrer la lumière. Sa famille m'accueillera d'une manière qui me conviendra. Personne pour se lever, essayer de me toucher, me demander quoi que ce soit, mais chacun sourira, hochera la tête ou fera ce qui lui plaît. Son frère aura l'âge où on ne sourit qu'à la vue d'un mannequin de Victoria's Secret ou d'une pizza. Je m'estimerai donc heureuse s'il ne me regarde pas avec dégoût ou n'appelle pas ses potes pour les inviter à venir voir la bête curieuse. Personne ne demandera qui je suis et ce que je fais. Et surtout,

1. Genre de lait de poule avec de l'alcool, traditionnellement servi à Noël.

personne ne me dira de partir, comme ma mère l'a fait plus d'une fois.

Je ne gâcherai pas tout en disant des trucs idiots, style : Je ne savais pas que vous fêtiez Noël, car je ne suis pas raciste. Ce sera manifestement une fête et ce sera tout ce qui compte.

En réalité, Min-seo ne m'attend pas. Personne ne m'attend. J'entends des bruits dans son appartement. Pas des bruits de Noël, simplement les bruits de la vie. Des pas. Une porte de frigo. La télé. Le bourdonnement indistinct d'une famille.

Je pourrais y aller. Je pourrais frapper : Je passais juste dire bonjour. J'espère que c'est toujours OK. Mais est-ce que ce serait vraiment cool de débarquer comme ça, même si on a dit que ça l'était toutes les deux ? Est-ce qu'elle a réellement envie de me voir chez elle ? Je n'en sais rien. Difficile de savoir. Elle est peut-être géniale et je passe à côté d'une nouvelle amitié. Mais elle ? Est-ce qu'elle a besoin d'une amie ? Je crois qu'elle veut juste être sûre que la fille d'à côté ne va pas la poignarder dans son sommeil.

Ce n'est pas parce que maintenant je suis le genre de personne qu'on invite aux fêtes que je vais soudain devenir le genre de personne à y aller.

Je ne m'arrête pas. Derrière chaque porte, j'entends un Noël différent. Certains appartements sont silencieux. Des pièces vides. Les habitants partis pendant les fêtes pour être d'autres versions d'eux-mêmes avec d'autres gens. C'est ce qu'on est censé faire. Si on en est capable. En ce qui me concerne, je ne suis même pas capable d'être moi quand je suis toute seule.

C'est dans ces appartements vides que j'aimerais entrer. Frapper à la porte et être accueillie par un fantôme amical. Qui me laisserait rester un petit moment, mais ne me hanterait pas. Qui me foutrait la paix.

Je pourrais aller chez Min-seo et au moins lui souhaiter un joyeux Noël. M'excuser. Dire que je suis fatiguée, malade. Le problème, c'est que j'ai l'impression que je ne pourrais pas lui mentir. Pas plus que je ne pourrais mentir à Debs.

C'est ce qui m'intrigue, chez Min-seo. Cette fille, cette inconnue. Elle semble savoir qui je suis.

Elle verrait tout de suite que je n'ai pas pris les pilules. Pas une seule.

Debs le sait déjà, j'en mettrais ma main au feu. Ils croient tous que j'ai fini par rentrer dans le rang, rejoint le reste du monde. Capitulé. Pour l'instant, c'est notre secret.

Mais les secrets, je suppose que Min-seo s'en fout, parce que ce n'est pas une écolière. Elle dirait sans doute un truc comme : Ah ouais, c'était évident de toute façon. Tu veux qu'on mange de la glace au yaourt et qu'on se moque de tous ceux qui prennent ça au sérieux ? Et je dirais : Oui, carrément.

Un jour, je lui avouerai que je regrette de ne pas lui avoir parlé avant. Elle répondra : Il fallait que tu fasses le chemin toute seule pour en arriver là. Et par *là*, elle signifiera au-delà du petit monde étroit dans ma tête.

Un jour, peut-être, je raconterai tout à ma mère.

Pourtant, tu es allée aux réunions, protestera-t-elle, déconcertée.

Oui, j'y suis allée. Je voulais profiter de tout ça, expliquerai-je, indiquant l'atmosphère lourde des effluves de Noël. Mais pas trop non plus.

Je le dirai peut-être même à mon ex, si je le recroise.

Il faut toujours que tu contrôles tout, hein ? répondra-t-il.

Oui. Pas toi ?

Pour être honnête, j'aimais bien ces réunions. Être attendu quelque part, c'était bizarre et précieux. Tant que c'était temporaire. Parfois, le temporaire, c'est bien. Ça me sortait de moi-même, de ma tristesse. Me retrouver dans une pièce avec d'autres personnes et leur déprime me permettait d'oublier la mienne, de respirer un air différent. Un air qui puait moins le chien. Moins la Janet.

Je me suis ouverte à autre chose, à d'autres sensations. C'était timide, mais c'était un début. Une proposition.

Quelques jours plus tard, je croise Min-seo dans l'escalier. Elle porte un tee-shirt qui dit LES CHIENS SONT DÉLICIEUX, avec le dessin d'un chien sur une assiette.

J'aime bien ton tee-shirt, lui dis-je.

Merci. En général, il fait un flop.

Parce qu'elle est coréenne. Moi, ça me fait marrer.

Je travaille dans un refuge pour chiens, dis-je.

Je suis au courant.

Puis elle demande comment s'est passé mon Noël. Elle ne me dit pas : Hé, tu m'as posé un lapin, mon père avait fait des bagels façon pizza parce qu'il ne savait pas quel genre de truc bizarre pouvait manger une fille blanche déprimée.

Moi, je voudrais dire : Beurk, cette période entre Noël et le jour de l'An, ça pue la mort, tu trouves pas ? Mais je ne peux pas, parce qu'on est censé aimer des fêtes. Même si on n'aime pas tant que ça la vie en général, il faut aimer des fêtes.

J'ai perdu ma langue. Je ne sais pas quoi dire.

Moi aussi, fait-elle, comme si elle avait lu dans mes pensées. Puis elle ajoute : On s'en tamponne le coquillard.

Ouais, on s'en tamponne le coquillard, je répète. Je croyais être la seule à dire encore ça.

Je lui souhaite une bonne soirée et je rentre chez moi, songeant que si tous les échanges humains étaient de cette qualité, je ne les fuirais peut-être pas autant.

Le lendemain de Noël, on prend un demi-comprimé par jour pendant deux semaines et c'est fini. Le sevrage progressif est très important, nous a-t-on dit. La magie doit s'écouler lentement, comme quand on va aux toilettes après le sexe.

Le seul souci c'est qu'il faut retourner chez le médecin pour qu'il s'assure qu'on est toujours vivant. Je repousse la visite jusqu'à la dernière minute, histoire d'entretenir le suspense.

Quand je me pointe enfin, il ne se rappelle même plus pourquoi je suis là.

Qu'est-ce qui ne va pas, Janet ? demande-t-il.

Je suis enceinte, dis-je. Cette fois, il se souvient de moi. Et il ne trouve pas ça drôle.

Je suis censée avoir le sentiment d'avoir accompli quelque chose, apparemment. De faire partie d'un monde nouveau. Un monde où chacun peut être heureux à Noël. Mais je ne ressens rien de tout ça. Ma tristesse commence à me manquer, merci. Je suis peut-être prête à retrouver l'ancienne Janet.

Il ouvre un grand tiroir dont il tire mon dossier – le dossier de la société pharmaceutique. Je ne sais pas ce qu'il y a dedans. Peut-être que j'ai couché avec le mec du labo. Que j'ai du mal à m'engager. Je me penche par-dessus le bureau pour essayer de lire.

Alors, il dit.

Alors, je dis.

J'ai d'autres patients, Janet, ajoute-t-il, et ça fait mal, j'avoue.

Il devrait savoir que je ne suis pas bavarde. Je suis le mur à qui ça ne sert à rien de parler. Ça doit être dans mon dossier.

Alors, tu as survécu, reprend-il, se renversant sur sa chaise, espérant que j'en ferai autant. Mais je suis un mur.

Je réponds oui. J'ajouterais bien *Youpi*, mais je n'ai pas envie de lui faire plaisir. Je ne veux pas qu'il imagine que j'ai le cœur en joie, maintenant.

C'était pas mal, j'ajoute, laissant échapper une grande quantité d'air pour qu'il comprenne que je fais un gros effort.

As-tu réfléchi à la possibilité de prendre un autre traitement ? demande-t-il. Avec ces petites pilules magiques, tu pourrais passer une année différente. Il dit *différente* parce qu'il devine que c'est mon point faible. Il me connaît assez pour se douter que les mots comme *meilleur* n'ont aucun effet sur moi. Je ne veux pas que ce soit meilleur. Je ne sais même pas ce que ça signifie. J'ai toujours voulu que ce soit différent.

Tu n'as pas apprécié le soutien dont tu as bénéficié ? Les réunions, précise-t-il, au cas où j'aurais totalement rayé de ma mémoire ces dernières semaines – ce qui n'est pas complètement idiot, vu que j'étais censée être complètement shootée aux médocs.

Il ne me demande pas franchement mon avis sur le traitement.

Je lui réponds que je n'ai pas encore réfléchi à la

suite, ce qui est vrai. Je me sens très fatiguée. C'est cette conversation. Mais je le remercie pour qu'il croie que j'ai fait des progrès.

Puis il gâche tout. Qu'en pense ta famille ? La personne avec qui tu vis ? Les gens emploient souvent ce type de périphrases avec moi, parce qu'ils supposent que je suis lesbienne, ce qui ne me pose pas de problème. Je ne lui dis pas que je suis redevenue célibataire, ça ne le regarde pas.

Il ne s'agit pas d'eux, dis-je.

Il retire ses lunettes. Je ne sais pas pourquoi les gens font ça avant une grande déclaration, comme si le fait d'y voir clair risquait d'ôter de leur poids aux paroles profondes qu'ils s'apprêtent à prononcer.

Je ne te laisserai pas tomber, Janet, annonce-t-il. C'est probablement un mensonge vu qu'il a l'air super vieux et qu'il ne doit pas être loin de la retraite. J'imagine le croiser dans un supermarché d'ici quelques années et essayer de me cacher. Janet ! s'écriera-t-il. Et moi je marmonnerai un bonjour. Je ne suis plus médecin, ajoutera-t-il, et j'en déduirai qu'il a été radié de l'ordre pour une raison quelconque, jusqu'à ce qu'il pense à préciser qu'il profite à fond de sa retraite. Puis je me souviendrai qu'il aime le golf et, parce que je m'efforce d'être positive, je me dirai que, l'avantage, c'est que lui et ses semblables sont tous parqués au même endroit, comme ça, on saura où les trouver si on a besoin d'eux, ce qui de toute façon ne risque pas d'arriver. Je serai sans doute au rayon biscuits salés et son apparition interrompra ma quête de chips. Il remarquera que j'ai l'air distraite et, au lieu de penser que c'est peut-être à cause de sa conversation, il se grattera la tête et s'excusera : Je suis désolé. C'était mon travail. L'industrie pharmaceutique, tu sais. Et il haussera les épaules, croyant que ça suffit. D'accord, je dirai. Il m'adressera un regard presque implorant pour que je lui accorde mon pardon, là, dans le supermarché, ce que je ferai peut-être si, après, il me laisse à mes chips.

J'espère que tu es contente de ton nouveau docteur, ajoutera-t-il en poussant son Caddie. Je n'aurai pas le cœur de lui avouer que j'ai juré de ne plus jamais mettre les pieds dans un cabinet médical, même si je suis à la porte de la mort. C'est fini, je ne reviendrai pas en arrière. Si j'ai vraiment besoin d'un docteur, je ferai ce que j'aurais dû faire depuis longtemps, j'irai dans la forêt la plus proche trouver une sorcière ou quelqu'un qui comprend à quel point les hommes peuvent être dangereux et qui me proposera autre chose que des pilules. Une potion peut-être, ou juste une lotion. Je suis même prête à danser au clair de lune s'il le faut, tant qu'on me laisse garder ma tête comme je l'aime, une tête un peu embrouillée et un peu triste, mais une tête que je reconnais.

Au cabinet, le docteur me dit : Très bien, Janet, on se voit l'année prochaine, alors. Ou peut-être avant ? Il pense que je suis une cause perdue. Il y a une tristesse en lui, maintenant, je le sens. À croire qu'ils ont tout misé sur moi, persuadés que si je prenais ces pilules, ça ferait d'eux des pionniers. Que je serais l'heureuse annonciatrice d'une nouvelle ère. Un traitement personnalisé ! La haute couture de la thérapie médicamenteuse ! Un bonheur sur mesure ! Quelle que soit la formule à la con qu'ils comptaient plaquer dessus. Ils n'ont jamais trouvé la pop star, le mannequin ou l'actrice qu'ils voulaient pour vendre leur soupe. À une réunion, j'ai suggéré la mère Noël : elle doit avoir besoin de reconnaissance, elle accepterait sans doute de travailler pour une misère. Allez comprendre pourquoi, ça n'a pas plu.

Ce qui m'énerve, c'est que le docteur m'ait dit *ou peut-être avant*. Comme s'il croyait que je ne pourrais jamais revenir à mon ancienne vie maintenant que j'avais goûté aux délices de la médication. Mais je savais depuis le début que c'était leur but, qu'ils voulaient nous appâter avec une drogue douce, espérant que ce serait un premier pas vers des substances plus dures. Ils se sont servis de Noël sans vergogne. Ils ont volé nos rêves d'enfant pour en faire un obscène attrape-couillon. Tout ce que je voulais, c'était m'oublier un peu, prendre quelques jours de vacances, faire semblant.

Tous ces gens qui prétendaient vouloir mon bien, ils se fichaient de ce que je voulais.

Ils espéraient juste que je serais assez satisfaite du traitement pour le recommander à mes amis. J'ai oublié que j'étais censée être reconnaissante. Et ils ont oublié que je n'avais pas d'amis.

Tu n'es pas heureuse, Janet ? demande le docteur. Tu n'as pas passé un joyeux Noël ?

Au moins, je n'ai poignardé personne et je n'en ai même pas eu envie. C'était pas mal, je dis. Ce qui n'est pas la bonne réponse.

Parfait ! Donc tu es prête pour un traitement régulier ? fait-il, sortant son carnet d'ordonnances.

Ces pilules ont un gros succès, ajoute-t-il.

D'où vous tenez ça ? Pas de moi, en tout cas.

Le monde entier en parle, affirme-t-il. Il veut dire Internet.

J'ai l'air dubitative.

Elles ont changé la vie des gens.

Je n'en suis pas si sûre. J'ai vu quelques témoignages, de nouvelles images dans les publicités à la télé – *Je ne pensais pas pouvoir remettre un jour un pull de Noël*, ou *Je n'ai même plus envie de rugir quand quelqu'un chante « Last Christmas » de Wham ! devant moi* – mais ils sont clairement payés par l'industrie pharmaceutique. C'est du pipeau. Mon super-pouvoir, c'est de voir à travers. Le problème, c'est que les gens adorent se faire rouler dans la farine, alors j'ai pris l'habitude de me taire.

Je ne regarde pas les informations, dis-je.

Beaucoup de personnes sont satisfaites du traitement et elles ont envie que ça continue. Pas toi, Janet ?

Je commence vraiment à me demander s'il n'y a pas du crack dans ces pilules.

Je n'ai vu personne de mon groupe à la télé, dis-je. Ils pourraient être morts, en fait. C'est comme s'ils s'étaient mystérieusement volatilisés, s'ils ont réellement existé un jour. Noël n'est peut-être qu'une hallucination collective. Et cette histoire de médicament en fait partie.

Tous ceux qui venaient aux réunions semblent avoir disparu, docteur. Disparus, présumés morts.

Ils sont peut-être simplement heureux, maintenant, répond-il. Je n'y crois pas. C'est à se demander s'ils ne sont pas tous enfermés quelque part, dans les limbes peut-être.

Ils sont passés à autre chose, Janet.

Je veux bien passer à autre chose, mais c'est moi qui décide quand.

Avant de me laisser partir, il essaie une dernière fois. Son stylo flotte au-dessus du bloc d'ordonnances.

C'est aussi simple que ça, Janet, dit-il.

Pour vous peut-être, je réponds en me levant.

Ma porte est toujours ouverte, lance-t-il, alors qu'elle se referme derrière moi.

Je travaille le 31 et le jour de l'An. Comme ça, je n'ai pas vraiment le temps de faire ni de ressentir quoi que ce soit. Je dors et je mange, c'est tout. Je dors quand le monde acclame la nouvelle année et je n'ai pas l'impression de rater quoi que ce soit.

Heureuse nouvelle année, écris-je à Emma.

Année, me répond-elle, car elle sait ce que je pense du bonheur et de la nouveauté.

Elle ne vit plus que dans mon téléphone et dans mon cœur, maintenant, et je trouve ça triste et bizarre. J'aurais dû plus la renifler quand elle était encore là. Les chiens savent que c'est important.

VINGT-CINQ

C'est la première semaine de la nouvelle année. Noël est derrière nous, ou devant, si vous voulez déjà commencer à me prendre la tête.

J'ai l'impression qu'on essaie tous d'oublier, en faisant comme si ce n'était jamais arrivé. Mais les rues sont toujours parsemées d'aiguilles de sapins et de restes de guirlandes fantomatiques. Tout cet excès, ces décorations, aucune surface épargnée, un vomi de paillettes, une débauche de lumières affolante, des pulls de mauvais goût que leurs propriétaires trouvent désopilants. Des adultes en pyjamas de bébé… Sérieusement ? On s'est ridiculisés et, pour une fois, je n'étais pas la seule. On était tous possédés – par le diable peut-être, et aussi par les types en blouse blanche. C'est énorme et tout le monde regarde ailleurs en sifflotant. Dans quelques mois, quelqu'un osera peut-être y faire allusion, dire que c'était un peu bizarre, mais pour l'instant on fait mine de rien.

La vie reprend son cours. Une semaine passe, puis une autre et encore une autre, comme la plus ennuyeuse des chenilles. Ma mère est en deuil de sa fille perdue. Coucou, c'est moi, Janet, ai-je envie de lui dire. Je suis là. J'ai toujours été là.

Je reprends mes vieilles habitudes. Je me réveille, je vérifie qu'il n'y a personne à côté de moi, pas d'ancien copain, pas de nouveau. Je vais au travail, ma seule constante, même quand je suis au bout du rouleau. Parfois, je me demande si je n'en ai pas marre des chiens. Et puis arrive une pauvre bête qui n'a jamais connu la bonté, et ça me brise le cœur. Je tâche de ne pas penser à la dégueulasserie de l'être humain jusqu'à l'heure de rentrer chez moi pour boire et m'écrouler.

Au moins, je continue de me brosser les dents.

Tout le monde est déçu en silence. J'ai essayé, mais le changement n'a pas survécu aux fêtes. Debs est la seule à se réjouir que ce soit fini. Jusqu'à la prochaine fois.

Melissa ne lâche rien. Elle n'arrête pas de dire que les guirlandes lumineuses dans le bureau sont trop belles et que c'est vraiment dommage de devoir les enlever. Après avoir jeté le sapin, elle fait semblant d'oublier les lumières et Debs laisse passer une semaine avant de le lui rappeler.

Je vais bien. Je suis mon bonhomme de chemin. Ce n'est peut-être pas le chemin sur lequel on aimerait me voir, mais c'est le mien. C'est déjà bien d'avancer, même si on ne va nulle part.

Un jour, le flic débarque. Celui que je soupçonne Debs de se taper en secret.

Il se recoiffe toujours avant de descendre de voiture, comme si c'était le plus important pour nous, alors qu'on sait qu'il a une bite et un pistolet, deux attributs que nous n'approuvons pas.

Je passe la serpillière dans le bureau. Un chien qui vient d'être adopté a pissé partout d'excitation. Sur le moment, on a eu peur que la famille change d'avis, parce que les gens peuvent être très cons, mais ils ont trouvé ça mignon, et ils sont repartis avec le chien, me laissant avec ma serpillière.

Debs sort pour accueillir le flic, mais elle n'est pas exactement avenante. Debs, elle n'est pas du genre à attendre sur le seuil en remettant du rouge à lèvres, c'est plutôt le style arrière, mécréant. Elle ne gronde jamais, en revanche, elle fait un truc avec ses yeux qui signifie clairement : Si tu m'emmerdes, je te démonte la tronche. Il l'aime bien, même si elle le rend nerveux.

Melissa et moi les espionnons ouvertement. Je mets mon doigt sur mes lèvres et elle explose presque de joie à l'idée qu'on est complices. Le problème, c'est qu'on est trop loin pour entendre. On en est réduites à regarder et à imaginer.

Melissa pense qu'il lui demande sa main, parce qu'elle est incorrigible.

Je pense qu'elle lui dit de partir et de ne jamais revenir.

Enfin, la voiture s'éloigne. Debs nous voit à la fenêtre quand elle fait demi-tour. On s'attend à ce qu'elle nous passe un savon, mais elle nous annonce juste qu'une femme est morte et qu'on doit aller chercher son chien.

Scoop : parfois, les gens meurent. Même quand ils ont un chien. Et si on ne fait rien, il y a toujours le risque que Médor mange son maître. Les chats ignorent leur humain, qu'il soit mort ou vif. En revanche, si vous avez un chien, on vous aura prévenu.

Quand une personne âgée décède et que la famille ne souhaite pas recueillir son animal, on nous l'apporte. On n'a pas trop de mal à leur retrouver un foyer, car les vieux aiment les vieux chiens. Parfois, leur nouveau vieux succombe à son tour, alors on le récupère et ça continue jusqu'à la mort du chien. Une fois, pour rigoler, j'ai dit à Melissa que c'était peut-être eux qui tuaient les vieux et maintenant elle ne veut plus s'en occuper.

Celui d'aujourd'hui refuse de quitter l'appartement de sa maîtresse et le flic n'a pas eu le cœur d'ajouter au traumatisme du pauvre toutou, qui a déjà eu une sale semaine. Il a donc dit à la famille qu'il connaissait des dames. Il nous appelle comme ça, les dames, ce qui me fait gerber.

Melissa se propose pour aller chercher le chien, mais Debs veut que je m'en charge. Elle me donne les clés et l'adresse. Je commence à me demander si ce n'est pas un piège, si le flic ne m'attend pas là-bas en peignoir avec une bougie, ce qui achèverait de me dégoûter des hommes.

Il faut que j'arrête de regarder des mauvais téléfilms.

J'essaie de ne pas y penser en me garant. Ma vie est déjà assez compliquée comme ça. Je respire, m'efforçant de retrouver mon état d'inconfort modéré habituel.

Je me prépare à trouver un bordel innommable, l'appartement d'une vieille dame atteinte du syndrome de Diogène. En fait, pas du tout. D'abord, l'occupante des lieux n'était pas vieille. Si je me fie aux photos sur le frigo, elle avait la trentaine.

C'est le moment du film où vous vous apercevez

qu'en réalité, c'est moi et que je suis morte depuis le début. Non, je déconne, ce n'est pas moi et je ne suis pas morte. Enfin, je ne crois pas.

L'appart est classieux. Ce n'est pas du Ikea. Je ne me sens pas assez habillée pour l'occasion, même si, d'une certaine façon, je le suis trop, avec mon jean doublé de flanelle, mes deux sweats et mon grand manteau.

Bien qu'elle ne soit plus là pour pouvoir en profiter, je trouve le moyen d'être jalouse à cause de toutes les belles choses qu'elle possède, y compris son visage, qui est sûrement resté beau jusque dans la mort. Le chien est une boule de poils grise, un loulou de Poméranie, je crois. Il ne jappe pas. Il est juste assis sur le tapis – à l'endroit où on a trouvé le corps, je présume –, qui me regarde comme pour dire : Qu'est-ce que tu fichais ? Salut, dis-je en lui grattant la tête. Toutes mes condoléances, mon petit gars. Il n'a pas l'air agressif, ça devrait être facile. Je fais un rapide tour des lieux, je le prends et je me casse. J'ignore combien de temps une personne est autorisée à hanter son appartement après sa mort et je ne tiens pas à l'apprendre.

Il y a un sapin de Noël dans le salon. Mourir, c'est encore la meilleure excuse pour ne pas enlever les décorations. C'est un arbre parfait, qui a dû coûter un bras, comme ceux qu'on voit dans les magazines et les vitrines. Chic, dirait ma mère. Aucun rapport avec ceux dont j'ai l'habitude, qui semblent toujours avoir été décorés à l'arrache. Il y a une boîte de chocolats de qualité ouverte sur la table basse. Je la ferme, car le chocolat, c'est mauvais pour les chiens. En tout cas, il n'a pas l'air d'y avoir touché. Il ne bave pas ni rien. Il devait être trop déprimé pour penser à manger.

C'est à peine s'il semble remarquer ma présence. Il se laisse caresser, mais ne réclame pas d'être câliné, nourri ni sorti. C'est peut-être simplement sa personnalité. Il est altier. C'est ce qu'on dit des chiens et des mannequins. Je ne pourrais pas être altière, même si j'essayais. Un garçon m'a dit une fois que j'étais mystérieuse. Mais c'était juste parce que je refusais de lui dire si j'étais mineure ou non.

J'examine un peu plus attentivement les lieux. Je me suis trompée, c'est bien du Ikea, mais la version haut de gamme. Et c'est propre. Elle devait avoir une femme de ménage. Et elle devait avoir un vrai travail, elle, sans rapport avec les crottes de chien. Je me demande même si elle ramassait celles du sien.

Je constate avec soulagement qu'elle a des livres sur une étagère. Je me demande si c'est juste pour faire genre, des livres qui donnent l'impression qu'elle est intelligente mais pas trop intello, cultivée mais pas rabat-joie. Je passe le doigt dessus. Quand je vois un livre, je ne peux pas m'empêcher de le tripoter, c'est mon côté pervers. Je parie qu'elle en a un sur sa table de chevet. Elle voulait le lire, mais ce n'était jamais le moment. Un roman avec le mot *fille* dans le titre, décrété *incontournable* par un magazine quelconque.

Je me rends dans la cuisine, trouve des croquettes et en verse dans une gamelle. Le loulou les dédaigne. Ça ne m'étonne pas : la bouffe pour chiens est infecte.

J'étudie les photos de la morte de plus près. Je dirais qu'elle avait environ cinq ans de plus que moi, mais de toute façon je suis nulle pour deviner l'âge des gens. L'acné que j'ai sur le menton me conforte dans l'idée que je suis encore jeune. Elle avait de bonnes dents, ou en tout cas une dentition complète. Sur l'une des photos, elle embrasse un garçon au sommet d'une montagne. C'était donc ce type de fille. Le type de fille qui embrasse des garçons au sommet des montagnes. Je parie qu'elle faisait aussi du kayak, ou je ne sais quelle autre activité infâme.

J'ouvre le frigo. Le réfrigérateur, c'est instructif. Je n'entre jamais chez quelqu'un sans jeter un coup d'œil dedans. Ma conclusion est toujours la même : les gens sont bizarres. Chez cette femme, il n'y a pas grand-chose. Houmous. Céleri. Un yaourt déprimant, style bon pour le transit. Du Coca Light. Rien qui puisse nourrir une Janet. Pas de grande pizza qui pourrait me servir de masque pour le visage.

Dans le congélateur, je trouve quand même une bouteille de vodka. Je ne bois pas au goulot – on n'est pas chez les sauvages, ici –, je sors un verre. J'essaie d'être respectueuse. Elle aurait voulu que je trinque à sa santé, j'en suis sûre. D'accord, c'est un peu tard pour sa santé, et je bois surtout pour moi, mais je lui rends service, mine de rien, ou au moins je rends service à son chien.

Avant même de pénétrer dans la chambre, je sais que c'est le genre de fille qui possède plusieurs robes, va régulièrement chez le coiffeur et la manucure. Une fois, j'ai porté une robe. C'était traumatisant pour tout le monde. Un regard dans son armoire confirme mes pires soupçons : beaucoup de sacs à main, aucun sac à dos. Si je me mettais à me balader avec un sac à main, j'aurais l'impression de vivre une expérience de sortie du corps, comme si mes jambes n'étaient plus les miennes, puis mes bras et bientôt tout le reste. J'aurai sans doute la même sensation si je me retrouve un jour derrière une poussette.

J'avais raison, il y a un livre sur sa table de chevet. *Bernadette a disparu*. Pas de fille dans le titre, sauf si on compte Bernadette, je suppose. Il y a un flacon de Xanax. Soupir. Si seulement on laissait tomber les pilules pour revenir au marchand de sable. Je suis sûre que les hipsters adoreraient ça. Je n'ouvre pas ses tiroirs, parce que j'ai fait cette erreur une fois, chez un garçon, et je ne pourrai jamais effacer l'image du monstrueux vibromasseur de sa mère, relique des années 1980. C'est le principe du chat de Schrödinger : si je ne regarde pas, cette femme peut s'être ou ne pas s'être prodigué du plaisir dans la vie.

Sur la commode, je remarque une photo d'elle enfant, assise sur les genoux du père Noël. Je la reconnais à ses dents. Et là, mon cerveau imbibé de vodka a une drôle de réaction : la photo me fait penser à Vyla Shirk. La première Janet. Je ne sais pas du tout à quoi elle ressemble. C'est juste que ça pourrait être la vie de Vyla. Un beau chien, un appartement immaculé, elle gravit une montagne, quitte le grand patron du labo, et se retrouve assise sur les genoux du père Noël. Je me demande si elle en a toujours pincé pour lui.

C'est peut-être pour ça qu'elle s'est enfuie avec son père Noël de centre commercial.

En fait, ça n'avait rien à voir avec le traitement.

Debs m'envoie un SMS. *Qu'est-ce que tu fous ?*

C'était censé être rapide : prendre le chien, prendre le large. Je ne sais pas quoi dire, alors je ne réponds pas. Je ne peux écrire : *Désolée, je suis sur le point de craquer*, parce que je ne suis sûre qu'à 50 % que c'est ce qui est en train de se passer.

Je retourne à la cuisine, me sers une autre vodka et m'assieds dans le salon pour admirer le sapin de Noël parfait. J'ai le cerveau en ébullition. Je vois la pile de CD de Noël à côté de la chaîne, le sapin, la photo du père Noël. Et, dans un tourbillon de rouge, de vert et d'alcool, je décide que la morte était bien Vyla.

Pauvre, malheureuse Vyla.

Quand le patron du labo en a eu assez d'elle, Vyla est venue ici pour essayer de repartir de zéro, mais c'était trop dur. Elle prenait déjà tous les antidépresseurs qu'on est censé prendre pour continuer à avancer, sauf qu'elle ne pouvait pas continuer, et puis ça a été de nouveau Noël, et tout lui est remonté d'un coup : sa tristesse, son mari qui avait tenté de la réparer et avait seulement réussi à la détraquer un peu plus.

La première version de la pilule donnait envie aux gens de coucher avec le père Noël, vois-tu, dis-je au chien, à côté duquel je me suis allongée sur le tapis. Ta maman Vyla s'est amourachée d'un père Noël de centre commercial. C'est ton papa, je présume. Elle s'est enfuie avec lui, en tout cas, c'est ce que dit la légende.

L'animal me regarde, genre les humains sont complètement à la ramasse.

Je ne me laisse pas décourager. Alors Vyla a arrêté son médicament. Mais elle n'avait plus envie de coucher avec lui. Pauvre père Noël. Je me demande s'il l'a assassinée.

Le chien reste imperturbable. Je plaisantais, lui dis-je. Toujours rien. Je soupire. Le public est exigeant. J'espère qu'elle n'a pas été assassinée, mais c'est plus croustillant que si elle était simplement morte de tristesse, hein ? Même si c'est peu probable. Tu ne crois pas ?

Le chien ne croit rien. Il pète, ce qui est déjà pas mal. Je pète à mon tour pour être polie. J'essaie de nouer un lien. Je sors mon téléphone pour lui montrer un site destiné aux gens qui sont obsédés par le père Noël. Le chien le renifle et plisse la truffe. Une réaction saine.

Donc Vyla voulait continuer à avoir envie de lui, envie de son père Noël. Elle avait déjà annoncé à sa famille que c'était l'homme de sa vie. Ne vous arrêtez pas au costume, avait-elle dit. Je le ferai se raser pour le mariage. C'était à cause du traitement. Elle était obsédée par les mariages, les bébés et toutes ces âneries. Ce n'est qu'après le sevrage qu'elle a compris que c'étaient les pilules. Mais elle ne voulait pas passer pour une idiote, alors elle a commencé à en prendre d'autres à la place, et le père Noël n'y voyait aucune objection, tant qu'elle avait envie de coucher avec lui.

Ça ressemble à n'importe quelle relation, si je suis honnête. On a certaines attentes, puis, quand on réalise qu'on s'est trompé, on s'est trop investi pour reculer et on fait n'importe quoi pour que ça tienne.

Vyla est entrée dans une spirale médicamenteuse. Le père Noël a décidé qu'il ne l'aimait plus, surtout qu'on lui proposait un emploi avec des vêtements normaux, donc il l'a quittée. La pauvre Vyla a essayé de récupérer le patron du labo qui avait créé la pilule de Noël pour elle, mais il ne voulait plus d'elle non plus.

C'était triste pour tout le monde, dis-je en caressant les oreilles du chien.

Voilà pourquoi je suis ici. Sur ces mots, je me lève, me sers une autre vodka et reprends ma visite. L'appartement, les meubles, le chien : toutes ces belles choses donnent l'impression qu'elle s'efforçait de se construire un refuge, une niche où lécher ses plaies. Et pour finir elle s'est enroulée sur elle-même et elle est morte.

J'ai un éclair de lucidité. Vyla est morte. C'était peut-être la seule personne au monde qui aurait pu me comprendre, et maintenant elle est morte. Et par je ne sais quel concours de circonstances, je me trouve chez elle. Ça ressemble à une révélation à la Dickens, sortie du *Conte de Noël*. Comme si un fantôme me montrait mon avenir. Mais je délire peut-être. Tout ce que je sais, c'est que je suis très saoule et que je pleure une fille que je n'ai pas connue. Deux, peut-être. Trois, en me comptant.

Si cette pauvre Vyla représente mon Noël futur, le chien est mon Noël actuel et je suis mon propre Noël passé, parce que ça fait des années que je me hante. Je ris à haute voix. Le chien s'en moque toujours éperdument.

J'ouvre la penderie de Vyla et ça ne loupe pas, elles sont là, les robes que j'étais sûre de trouver et que je ne porterai pas. Quand même, j'en essaie une par-dessus mon jean et mon pull, mais je ne me regarde pas dans le miroir. Mon apparence ne m'intéresse pas, ne m'a jamais intéressée. Le monde serait beaucoup plus heureux si les miroirs n'existaient pas. Je suis complètement bourrée, et après ? Les pétasses de la téléréalité n'ont pas le monopole de l'ivresse. Au moins, je ne m'exhibe pas dans une tenue ridicule en couinant. Bon, d'accord, je porte la robe d'une morte, mais je ne montre mes seins à personne.

Je mets un des CD de Noël et je danse avec le chien. Je parviens par miracle à éviter de trébucher et de le tuer. Je devrais peut-être. Au moins, il irait retrouver sa maîtresse. Pauvre malheureuse Vyla, qui imaginait qu'un animal pourrait la sauver. Elle aurait dû me demander. Des chiens, j'en ai plein, et j'attends toujours le salut.

J'enfile une autre robe par-dessus celle que j'ai déjà et mes propres vêtements. Je dis au loulou de Poméranie : Regardez, c'est moi : Chandler ! Est-ce que je pourrais porter plus de fringues ? Mais il ne capte pas la référence et je ne veux pas vivre dans un monde où je dois expliquer *Friends* aux chiens. Ne répète pas à Debs que je regarde *Friends*, je lui dis. Sinon, j'ai pas fini de l'entendre.

Ça va, Janet, fait le chien.

Mais non. Ça ne va pas. Ça ne va pas du tout.

La première Janet est morte et je me casse encore la figure. Cette fois, une chaise me rattrape. L'animal saute sur mes genoux. Je suis sa maîtresse, maintenant, et il n'a pas besoin de savoir que j'ai failli trébucher et le tuer. Ou que j'ai inventé toutes ces histoires au sujet de sa mère. Ce n'était pas Vyla, je ne suis pas complètement folle. Ce n'était pas son appartement. Sa mère était juste une meuf plus classe que moi.

Lorsque je reviens à moi, Debs est là qui me secoue l'épaule.

Qu'est-ce que t'as foutu, Janet ?

Je la sens qui me soulève et me porte à sa voiture.

Je savais que tu te tapais le flic, je bredouille dans la banquette.

Je croyais que tu pensais que je me tapais la femme aux chats, dit-elle. Faudrait te décider.

Debs n'a eu aucun mal à faire sortir le chien de l'appartement. Maintenant, il est assis à l'autre bout de la voiture et fait celui qui ne me connaît pas. On obéit tous à Debs. C'est la boss. Bien sûr, il m'aurait sans doute suivie si j'étais partie, au lieu de traîner, de me déguiser, d'essayer de rejouer *Psychose* en interprétant tous les rôles à la fois, pour faire un remake sordide où tout le monde s'enfuit, où je suis à la fois le tueur et la victime.

VINGT-SIX

J'ouvre les yeux sur le canapé de Debs, un bras mort sous moi. Je n'ai toujours pas appris à dormir sans me réveiller avec des fourmis. À croire que notre corps ne supporte pas d'être oublié un instant.

Je m'attends à trouver un de ses gosses en train de regarder un dessin animé assis sur moi ou agenouillé par terre, sa bouille toute proche de mon visage, prêt à me demander si je suis vivante, ce à quoi je serais bien en peine de répondre. Quand ils étaient petits, ils adoraient fouiller mes poches ou mon sac pour en extraire des tampons. Ils me harcelaient, toujours à demander le pourquoi du comment. Mais qu'est-ce qu'ils voulaient que je leur dise ? Si j'avais eu la réponse, est-ce que j'aurais été là ? Est-ce que je n'aurais pas transcendé tout ça ? Est-ce que je ne serais pas au moins capable de me secouer ? J'avais beau savoir que tous les gamins posaient ce genre de questions, j'avais l'impression qu'on me les avait envoyés pour me mettre à l'épreuve. Ignore-les, me disait Debs. C'est ce qu'elle faisait et ils ne l'en aimaient pas moins, au contraire.

Aujourd'hui, cependant, la maison est silencieuse.

Les enfants sont sortis. On n'entend pas un aboiement.

Je veux me rendormir, mais j'ai soif. Plusieurs chats sont morts dans ma bouche, entre le moment où j'ai quitté l'appartement et maintenant.

Je me traîne jusqu'à la cuisine. Coucou ? Personne.

Je vois les chenils de la fenêtre. Il n'y a rien d'inhabituel, hormis un calme rare. Les vieilles portes pourries qui battent au vent sont silencieuses. Même les gouttes qui tombent des toits semblent s'être évaporées.

Je suis peut-être passée dans l'autre monde. Ça me traverse l'esprit, mais je sens mon bras encore un peu ankylosé, donc le reste de mon corps doit être vivant. Je ne suis pas plus morte que d'habitude.

Où est-ce qu'ils sont tous ? dis-je à haute voix. Je regarde l'horloge au mur. Il est 8 h 30. Melissa ne devrait pas tarder. Pour une fois, je serai contente de la voir, à condition qu'on ne soit pas les dernières personnes sur terre, ce qui n'est pas à exclure. Si c'est le cas, je devrai faire mon possible pour ne pas l'assassiner. En même temps, si c'est plus fort que moi, qui viendra me le reprocher ?

J'appelle Debs mais je tombe sur sa boîte vocale. Je ne laisse pas de message pour ne pas l'énerver.

Melissa se gare et agite la main. Je la regarde se diriger vers les cages. La porte grince, comme il se doit, pour avertir les chiens de son arrivée. Les premiers aboiements retentissent et ils ne cesseront pas avant ce soir. J'aime autant ça que le silence à mon réveil, le silence qui nous menace tous, celui qui s'installe quand on ne croit plus en soi, le silence qui nous accueille dans une maison déserte inconnue, un lieu qui n'est que fantômes et poussière.

Je prends l'exemple de Melissa et me mets au travail. Je trouve une note scotchée sur la porte. Dessus il est écrit JANET. Oui. C'est bien moi. J'existe.

Je l'ouvre.

Janet, je dois m'absenter. Je te confie le refuge jusqu'à mon retour. Debs.

C'est tout.

Je suis dégoûtée. Pas parce qu'elle me refile le bébé, pas parce qu'elle ne dit pas où elle est partie ni pourquoi. Même pas parce qu'elle ne précise pas pour combien de temps. Elle doit *s'absenter* ? Ça veut dire quoi ? Une heure ? Un mois ? Un cycle de vie ? Je suis dégoûtée parce que je n'ai rien vu venir. J'étais tellement obsédée par mon nombril que je n'ai pas pensé à ce qui se passait dans sa tête à elle, ce qui est malheureusement la règle dans les relations humaines.

Je suis dégoûtée parce que les gens changent et oublient de prévenir les autres.

Ça doit être à cause d'hier soir. Me trouver dans cet état. Devoir nettoyer derrière moi : j'ai été la goutte d'eau.

Je me doute bien que ce n'est pas seulement à cause moi. Je suis sûre qu'elle a une véritable urgence. Mais j'ai aussi le sentiment qu'elle avait besoin de s'aérer la tête et qu'elle pensait que je comprendrais.

Je ne sais pas quoi dire à Melissa. Elle va me poser un tas de questions auxquelles je ne pourrai pas répondre. Il faudra que je sois ferme. Que je lui ordonne de m'écouter, car Debs, c'est moi, à présent. À tous les coups, elle va demander : Et moi, alors, je suis qui ? Et Janet, elle est où ? Et je n'aurai pas la réponse.

Pour finir, je lui dis simplement : Maintenant, on

doit se débrouiller seules, ma petite. Même si elle a mon âge.

Parfois, les gens en ont juste assez : des autres, et aussi d'eux-mêmes. On passe son temps à tirer et à pousser dans mille directions, jusqu'à ce qu'on soit trop crevé pour bouger d'un centimètre. Ce qui reste, c'est la vie qu'on partage tous. Une nouvelle vie, si on veut, mais construite sur les ruines de l'ancienne. C'est quand même un changement, et parfois ça suffit.

Malheureusement, je ne suis pas sûre que ce soit assez pour moi. Pas encore, en tout cas.

VINGT-SEPT

Pendant toute une semaine, j'imite Debs de mon mieux. C'est la semaine la plus dure et la plus longue de ma vie. Je m'installe chez elle, parce que quelqu'un doit rester sur place et que ce quelqu'un, c'est moi, désormais. Je dors mal, car j'ai peur qu'il y ait un problème quand j'entends du bruit et j'ai peur qu'il y ait un problème lorsque c'est calme. C'est comme avec un nouveau-né. Je suis convaincue que je fais tout de travers, que je suis passée à côté de quelque chose d'essentiel, que je n'en fais pas assez. Debs a commis une erreur catastrophique en pensant que j'étais capable de la remplacer. Ou bien elle savait que j'allais me planter et elle s'en fichait. Même quand les gens sont investis, arrive un moment où ce n'est plus possible.

Je suis trop fatiguée pour que Debs me manque. Trop fatiguée pour m'énerver après Melissa. Trop fatiguée pour me demander si je suis heureuse ou triste.

Le septième soir, je vois débarquer le flic. Je m'y attendais un peu. Il cherche Debs.

Je fais preuve de ce qu'il faut d'hostilité quand on s'adresse à la police.

Je ne l'invite pas à entrer. Je suis une jeune femme seule au milieu des bois. Tout peut arriver. Et par *tout*, j'entends *tout*. Je pourrais même avoir envie de lui sauter dessus, pour compliquer encore une situation qui l'est déjà assez comme ça. Compliquer les choses, c'est un peu ma spécialité.

Il vient juste prendre des nouvelles du chien.

Je lui dis qu'il va bien, vu les circonstances.

Je veux savoir comment elle s'appelait. La morte.

Sarah quelque chose, répond-il en regardant sur son téléphone, comme si c'était là qu'il avait la liste de toutes les filles mortes. Sarah Chapman.

Pas Vyla ? Je veux être sûre que j'ai bien pété un câble.

Non, Sarah Chapman, dit-il, décontenancé, se demandant s'il y a une autre morte dont il devrait avoir entendu parler. Pourquoi ?

Je ne peux pas lui expliquer ce qui s'est passé, lui raconter que j'ai vidé la bouteille de vodka de cette femme et décidé qu'elle était la première Janet. Simple curiosité, dis-je finalement.

Comme il va pour partir, je l'arrête.

Elle est morte comment ?

S'il veut savoir pourquoi, je dirai que c'est pour son chien. Les chiens ont besoin de faire leur deuil eux aussi.

Elle a glissé dans la baignoire.

Pas de drogues ni de médicaments ?

Non. Elle a bêtement glissé dans la baignoire. Alors soyez prudente, maintenant. Il doit m'imaginer dans mon bain, et j'ai envie de lui répondre que je ne prends que des douches, mais je ne tiens pas à l'encourager.

Je lui souhaite une bonne soirée et je soulève mon faux chapeau en guise de salut. Il me lance un regard genre tu es vraiment bizarre. Il n'a pas tort, il n'empêche, je sais qu'il m'imagine encore dans la baignoire.

Je le regarde partir, consciente que je suis en train de perdre la boule. J'ai toujours envisagé cette éventualité, mais je ne voyais pas ça comme ça.

Une heure plus tard, le frère de Debs se pointe. Sérieusement ? Qu'est-ce qu'ils ont tous aujourd'hui ? Peut-être que je suis en chaleur et qu'ils le flairent. Pourtant, à l'intérieur, je ne me suis jamais sentie aussi froide. J'essaie de plaisanter.

Tu es le second monsieur qui me rend visite ce soir.

Ah oui ? dit-il, allumant une cigarette.

Elle n'est pas là, Debs. Je ne précise pas que je suis seule. Après tout, les enfants pourraient être avec moi.

Je croise les bras pour l'avertir que je mords.

Il rigole. Tu n'es pas aussi baisable que tu le crois, Janet, dit-il avant de me planter là.

Si, je le suis ! ai-je envie de crier, mais je me tais, parce que je ne sais même pas ce que je cherche.

C'est presque impossible d'être une femme. De toute manière, ce que je veux, c'est être une personne.

Cette nuit-là, je ne bois pas. Je ne dors pas non plus. Si la folie me guette, je serai prête. Je m'assieds sur la terrasse et j'attends, comme un péquenaud américain, mais avec un Twix à la place d'un fusil.

Je m'assoupis une heure et je rêve qu'Emma m'annonce qu'elle ne rentrera jamais à la maison.

Je me réveille en larmes. J'essaie de l'appeler. Elle ne répond pas. Les gens ne sont jamais là quand j'ai besoin d'eux.

Je regarde le soleil se lever, pensant que ça me remontera le moral de savoir que je peux compter sur quelque chose. Mais ce n'est pas aussi beau qu'on essaie de nous le faire croire. C'est juste le soleil qui fait ce qu'il est censé faire. Il est prisonnier comme nous, enchaîné à quelque chose qu'il ne comprend pas.

Je descends aux chenils. Les chiens, qui n'attendent pas de visite à une heure aussi matinale, sont à moitié dans le cirage. Il n'y a pas de quoi aboyer. C'est juste cette bonne vieille Janet. La dame aux croquettes.

Mon téléphone sonne. C'est ma mère, qui a dû sentir qu'il se passait quelque chose.

Tu sais qu'il a une nouvelle copine et qu'ils vont avoir un bébé ?

Elle ne précise pas qui. C'est inutile.

Je lui raccroche au nez.

Je ne suis pas surprise. C'est classique. On rompt avec quelqu'un, il rencontre quelqu'un juste après et, dans la foulée, ils se marient, ils ont des gosses et leur tronche satisfaite est partout sur Facebook. Je ne peux pas m'empêcher d'avoir de la peine pour eux : en arriver à de telles extrémités parce qu'on a peur de la tristesse.

Il devait déjà sortir avec elle quand il est venu me voir. Il ne souhaitait pas me récupérer, il voulait tourner la page. Au moins, j'ai pu lui donner ça.

Je ne suis pas triste parce que je voudrais être à la place de la fille, je suis triste parce que je suis contente que ce ne soit pas moi. Je devrais me sentir libre, mais j'ai surtout l'impression que mon cerveau surchauffe. J'ai besoin d'accomplir un geste spectaculaire pour m'empêcher de faire une bêtise. Je veux faire comme les hommes : me défouler au lieu d'intérioriser et de me rendre malade.

Avant, je pense à Melissa. À ce que ça va lui faire à elle.

Je l'imagine qui arrive. Elle sort de sa voiture. Se dirige vers les cages et voit la porte ouverte. Elle me maudit et m'appelle. Elle sanglote à genoux, disant : Qu'as-tu fait, Janet ?

Non, en réalité, je sais qu'elle vaut mieux que ça. Dans les situations de crise, les gens révèlent leur vraie personnalité, et, toute la semaine, Melissa a été géniale. Elle a assuré, quoi que je lui demande.

Alors j'ouvre la porte du chenil, je monte dans ma voiture et je démarre.

Je n'ai pas envie de rentrer chez moi. Je dois aller de l'avant. Droit devant.

Je continue jusqu'à la ville voisine, m'assieds à la terrasse de plusieurs cafés, mais n'entre dans aucun.

Je vais chez mes parents, je me gare en face de la maison et j'attends une heure dans la voiture. Je crois voir ma mère regarder par la fenêtre. Elle ne sort pas. Comme je ne reçois pas de SMS disant *Janet, est-ce que tu nous espionnes ?*, j'en conclus qu'elle ne m'a pas remarquée.

Je me rends dans un motel miteux. Rien que pour une nuit. J'ai besoin d'un territoire neutre. C'est glauque à souhait, un endroit idéal pour un meurtre. Ça me permet de penser à autre chose.

J'allume la télé. Les pubs de janvier habituelles : clubs de gym, meubles, bière.

Puis les informations. La pilule de Noël, ainsi

qu'on l'appelle, a rencontré un franc succès, affirme un présentateur au visage brillant. C'est vrai, Alex, les gens comptent déjà les jours jusqu'à novembre ! renchérit sa comparse.

C'est ma pilule ! ai-je envie de dire. Mais je n'en ai pas pris une seule, de quel droit est-ce que je la revendiquerais ? Le jour où j'étais censé commencer le traitement, j'ai ouvert le flacon, j'en ai versé une au creux de ma main, et j'ai réfléchi. Je l'ai tâtée, je l'ai même reniflée du bout du nez. Mais je n'ai pas pu m'y résoudre.

J'irai aux réunions, me suis-je promis. Je les persuaderai que je suis le protocole. Et je le suivrai à ma manière. J'ai donc retrouvé le groupe une fois par semaine pendant près de deux mois, et, franchement, à la fin, les autres m'ont paru aussi tristes qu'au premier jour.

Une publicité interrompt le bulletin. C'est justement une annonce pour le traitement, ce qui est quelque peu suspect, si vous voulez mon avis. *Vous êtes plus nombreux que jamais à avoir passé un joyeux Noël grâce à ce médicament révolutionnaire ! Les fêtes arriveront plus vite que vous ne le pensez. Parlez-en à votre médecin aujourd'hui !* Ils mentionnent même une nouvelle formule, un supplément pour ceux qui ont déjà un autre traitement et voudraient combiner les deux. Ma mère va adorer.

Je me demande si les membres de mon groupe étaient plus heureux à la fin, ou s'ils étaient juste satisfaits qu'on prenne en compte leur tristesse. Est-ce qu'ils ont seulement bouffé leurs pilules ? Ils sont peut-être comme moi : ils ont fait semblant pour ne pas décevoir leurs proches.

Tout va donc recommencer, avec un nouveau lot

de cobayes, et ainsi de suite jusqu'à ce qu'on soit tous drogués. De nouvelles Janet vont découvrir que leur famille les a désignées. J'espère que certaines réaliseront qu'elles ne sont pas obligées si elles n'en ont pas envie.

Ça fait beaucoup d'émotions et de sentiments pour une chambre d'hôtel crapoteuse.

Quelqu'un baise de l'autre côté de la cloison, mais il est peut-être seul.

Je m'endors en faisant défiler les cursus de troisième cycle sur mon téléphone. Ceux qui sont loin et largement au-dessus de mes moyens. Je peux toujours regarder, ça ne coûte rien.

VINGT-HUIT

La sonnerie de mon téléphone me réveille. C'est Debs. Je ne décroche pas.

Je reçois un SMS. *Qu'est-ce que tu as fait, Janet ?* Je ne réponds pas.

Dis-moi où tu es. J'arrive.

Elle sait que je ne vais pas bien. Évidemment, est-ce que quelqu'un qui va bien ferait une chose pareille ?

Je lui dis où je suis.

Vingt minutes plus tard, elle arrive avec un pack de six bières.

Tu dois me parler, Janet, me dit-elle, s'asseyant sur le lit.

Alors je lui parle. Je lui balance tout. Que je suis fatiguée d'essayer d'être bien – pas heureuse, juste bien – quand je ne le suis pas. Que je n'ai jamais pris le traitement. Elle dit qu'elle s'en doutait, vu que j'étais toujours aussi chiante.

Je lui raconte que j'ai cru que la morte était Vyla, la première Janet. Elle s'excuse de ne pas y être allée elle-même et m'assure que, pour elle, je serai toujours la première Janet.

Elle ne mentionne pas les chiens et je suis trop inquiète pour poser la question.

Tout le monde me quitte, je continue. Physiquement ou mentalement. Je n'ai personne dans ma vie qui peut me donner tout ce dont j'ai besoin.

Ça n'existe pas, dit Debs.

Elle est désolée d'être partie comme ça, mais son ex-mari a eu un accident de voiture. Elle le déteste et elle l'aime à la fois, est-ce que je vois de quoi elle parle ? Je vois très bien.

Je lui avoue que je croyais qu'il était enterré sous le parquet quelque part. Ça serait plus facile, dit-elle.

Alors elle me demande de quoi j'ai besoin. Ce n'est pas elle qui devrait me poser cette question, pourtant, le simple fait qu'on me la pose me fait du bien et je pleure.

Je réponds que j'ai besoin d'avoir une autre mère. C'est la vérité, mais ce n'est pas juste.

Et ton père ?

Il n'a jamais vraiment été là non plus.

Elle se tait. Je pense qu'elle va me faire la morale et me rappeler qu'il y a des gens qui n'ont pas de parents, mais non. Elle dit simplement : Je suis là, Janet, et je la laisse me prendre dans ses bras. Je ne l'ai jamais vue enlacer qui que ce soit, pourtant ça doit bien lui arriver : elle a des enfants, des enfants géniaux. Je suppose qu'elle fait les trucs importants dans l'intimité.

Debs ? je demande enfin. Et les chiens ?

C'était assez marrant, en fait, dit-elle. D'abord, elle a cru devenir folle, puis elle a entendu aboyer et elle a regardé autour d'elle. Ils étaient tous là, dans les bois, à folâtrer et à se pourchasser. Les enfants sont aussitôt descendus de la voiture et ils l'ont aidée à les rassembler. Pour eux, c'était un jeu. Ça faisait une éternité qu'on ne s'était pas autant amusés, dit-elle. Les chiens et nous. Tu as raté une sacrée tranche de rigolade. C'était Noël !

Excuse-moi.

Personne n'est blessé, me rassure-t-elle. Comme quoi nos chiens sont de bons chiens. C'est juste les humains qui sont des enfoirés.

Et Melissa ?

Elle est encore sous le choc, mais elle s'en remettra.

Malgré tout, je vais être obligée de te renvoyer, ajoute-t-elle. Je la comprends.

Je lui dis timidement que je pensais peut-être reprendre mes études.

C'est une très bonne idée. Tu étais trop intelligente pour nous, de toute façon.

Peut-être, je fais.

J'ai mes enfants et mes problèmes, mais tu pourras toujours compter sur moi.

Personne ne m'a jamais dit ça. Je croyais que personne ne voulait de moi. Pas telle que je suis, en tout cas.

Si seulement tu arrêtais cinq minutes d'être chiante, conclut-elle, ce qui gâche tout. Mais je lui pardonne.

Donc, il semblerait que maintenant, tu as un but, dit-elle, me tendant une autre bière.

Ah bon ?

Ben ouais. Tu dois déclarer la guerre à l'industrie pharmaceutique.

J'éclate de rire. Je ne suis même pas capable de descendre du bus au bon arrêt.

Je ne plaisante pas. C'est ça ou un truc à la con, genre oui aux smacks, non au Prozac, ce qui n'est pas trop ton style, je crois.

Pas si sûr, dis-je en souriant. J'ai changé, tu sais. Elle me flanque un petit coup de poing amical dans les seins. C'est vrai, admet-elle.

Il y a matière à réflexion, en tout cas, poursuit-elle. Il faut que j'y aille. J'ai laissé les enfants dans la voiture et je n'ai pas entrouvert la vitre.

Avant de partir, elle regarde la tache sur le lit. Tu vas vraiment dormir ici ? demande-t-elle. Oui, c'est moi, la fille qui veut défier l'industrie pharmaceutique et qui n'est même pas capable de tenir un verre sans le renverser.

Dire que je trouvais ma baraque déprimante, soupire-t-elle en voyant le trou dans le mur.

Je l'aime bien.

Ça ne m'étonne pas.

Ce soir-là, je me masturbe devant la photo floue d'un acteur dont j'étais fan autrefois. Je l'imagine m'embrassant dans le cou et me disant que tout ira bien. Après, je pleure et je me caresse les cheveux.

Le lendemain matin, je suis réveillée par mon téléphone. Je suppose que Debs veut prendre de mes nouvelles.

Tu as vu les infos ? demande-t-elle. Allume la télé, Janet.

J'obéis.

Richard Grossman fait les gros titres. Il a été arrêté. Je ne comprends pas tout, mais il semble que des informations internes aient fuité. Sa pilule serait un mélange chimique d'ingrédients dont je n'ai jamais entendu parler. *Stéarate de magnésium*, dit le présentateur. *Cellulose microcristalline, amidon prégélatinisé et saccharos*e.

Hein… saccharose ? Est-ce que ce n'est pas…

C'est énorme, Alex, dit la présentatrice. *La pilule qu'on surnommait la meilleure amie du père Noël était en fait un placebo.*

Il n'y a pas eu d'étude scientifique. Il n'existe pas de remède chimique ciblant la dépression des fêtes.

Tu as vu ça ? demande Debs, toujours à l'autre bout du fil.

Je ne comprends pas.

C'est une grosse arnaque, explique Debs. Je tombe encore une fois, mais cette fois j'ai l'impression d'avoir été poussée.

Les détails s'accumulent, révélés par une succession de scoops, de communiqués et d'éditions spéciales. Je suis collée contre la télé dans ma chambre glauque, tremblante de colère.

Une fois la fuite confirmée, la société doit avouer que l'histoire, la recherche, tout a été fabriqué.

Une grosse arnaque, comme dit Debs. Il n'y a jamais eu de pilule de Noël. Nous étions le seul filon qui n'avait pas encore été exploité, alors ils y sont allés au marteau-piqueur. Après ça, pensaient-ils, ils nous feraient avaler ce qu'ils voudraient.

Je change de chaîne et je tombe sur le gars du labo en personne, le mien, le représentant local de Grossman. Le journaliste l'a surpris devant son immeuble, débraillé et penaud. Nous donnions aux gens ce qu'ils voulaient, dit-il sans conviction. Ils voulaient acheter un joyeux Noël, nous l'avons rendu possible.

Il s'appelle Jason, si j'en crois le bandeau. Je n'ai jamais pris la peine de lui demander son nom, ou bien j'ai préféré l'oublier.

Pour la première fois de ma vie, je suis d'accord

avec les commentateurs médiatiques. Ils crient au scandale. Le public a été trompé. Ce n'est pas juste. Devant mon poste, je hoche la tête frénétiquement et je finis par m'endormir.

Ça ne dure pas.

Du jour au lendemain – littéralement du jour au lendemain –, le discours change.

Le matin, j'allume la télé à mon réveil et je tombe sur Richard Grossman, déjà sorti de prison, donnant une conférence de presse.

Le monde a besoin de quelque chose qui rassemble les gens, dit-il. *Et c'est ce que nous avons fait. Le comment importe-t-il vraiment ?* Il regarde autour de lui et marque un temps, pour donner plus de poids à ses mots.

Vous ne voyez pas ? Ça a marché. À travers tout le pays, des gens ont passé un joyeux Noël. Ils ont trouvé le véritable esprit de Noël : en eux. Et cela grâce à notre traitement.

J'attends que les journalistes lèvent les yeux au ciel avec moi.

Je peux attendre longtemps. Ils gobent tout.

Richard Grossman a réalisé quelque chose d'incroyable, Alex, n'est-ce pas ?

Soudain, ce n'est plus une supercherie, c'est un miracle de Noël. Il affirme ni plus ni moins avoir sauvé les fêtes et ils sont tous là à boire ses paroles.

C'est assez pour me donner envie de vomir, ce que je fais, et abondamment.

Je reconnais une fille de mon groupe qui donne une interview. Elle se doutait depuis le début que c'était un placebo, mais ce n'est pas un problème.

Ça l'a aidée à voir ce qui lui manquait, et elle a déjà commencé à prendre du Prozac ! Hourra !

Personne ne semble scandalisé, sauf moi. Et je n'ai même pas avalé une seule de ces putain de pilules.

Le lendemain, un journal à sensation publie une grande interview confession de ce bon vieux Dickie. Je n'ai pas besoin de sortir l'acheter, on ne parle que de ça à la télé. Il prétend qu'il a d'abord vraiment essayé de créer une pilule de Noël – pour l'amour de sa vie – mais c'était impossible. Ça ne marchait pas. Il ne savait plus quoi faire. Alors il a inventé une histoire. Pour Vyla.

Le seul élément authentique était donc Vyla Shirk. Il en fait des caisses à propos de sa dépression, de son apathie et de son sentiment d'impuissance à lui. Je les imagine de là, ceux qui liront l'interview : Quel homme prévenant ! Il aimait tellement cette femme qu'il lui a fait une pilule. D'accord, il n'a pas réussi, mais il le voulait vraiment.

Moi, tout ce que je vois, c'est un homme qui parle à la place d'une femme et qui lui explique qu'elle a besoin de se faire soigner.

Il sort même des vieilles photos d'eux pour étayer sa défense. Regardez, j'étais juste un homme amoureux. Je voulais la rendre heureuse. Je voulais rendre le monde heureux, dit-il, et tout le monde de sangloter et de l'acclamer.

Chacun voit ce qui l'arrange. En ce qui me concerne, je retiens de tout ça que Vyla est vivante. Je me concentre là-dessus. Dickie peut se le mettre là où je pense, son petit cœur éploré. Il est comme mon ex et ma mère. À vouloir toutes nous soigner. C'est Vyla qui m'intéresse.

Où est Vyla ? demandent justement les journalistes. Il ne sait pas. C'était il y a longtemps. Il espère seulement qu'elle est heureuse. Puis il verse quelques larmes de crocodile et tout le monde boit du petit-lait.

Après, il y a une annonce du laboratoire de Grossman. Ils sont désolés d'avoir trompé les gens, mais ils ont reçu un tel soutien public qu'ils ont un projet qui les rachètera peut-être : cette nouvelle pilule du Noël sera désormais accessible à tous.

Le monde est en liesse. Ma mère voit son rêve se réaliser. Plus c'est gros, plus ça passe.

Je hurle devant mon écran. Je m'interromps une minute pour savoir si d'autres m'imitent. Que dalle.

Ils ont trouvé l'esprit de Noël ! s'enthousiasment les présentateurs. *Sans médicament !*

Personne n'écoute, principalement parce que je suis seule dans une chambre de motel. De toute façon, je peux dire tout ce que je veux, ça n'y changera rien. C'est déjà reparti pour un tour. À la différence que, cette fois, il n'y aura pas de réunions. Rien que les pilules.

Ça te plairait, n'est-ce pas, Janet ? dira mon médecin.

Ma mère appelle à plusieurs reprises. Je ne décroche pas. À force de pleurer, de me masturber, de crier et de vomir, je me sens aussi creuse qu'une pomme de terre évidée, que personne n'a l'intention de remplir d'une farce délicieuse.

Le fait que je n'ai pas pris le traitement n'a aucune importance. J'ai l'impression qu'on m'a spoliée. Refuser cette pilule était la seule chose sur laquelle j'avais un minimum de contrôle, et voilà que je découvre que je n'ai jamais eu la moindre prise sur rien. Le monde est encore plus pourri que je le croyais.

J'entends de là la voix de ma mère : Tu vois, j'étais sûre que tu en étais capable ! Tu avais juste besoin d'un coup de pouce. Un coup de pouce ? Une grande baffe dans la tronche, oui. Je veux qu'elle prenne conscience du ridicule de la situation, mais je sais qu'elle ne verra jamais les choses de la même manière que moi. Tout ce qu'elle verra, c'est que je me complique la vie pour rien.

On a créé une pilule exprès pour toi et tu n'as même pas voulu la prendre, dira-t-elle.

Je dois me tirer de ce motel avant de flanquer un coup de poing dans le mur. Il y a déjà assez de trous comme ça. C'est peut-être dans les motels que vont les filles qui ont besoin de flanquer des coups dans les murs. Qui l'eût cru ?

Je suis surprise du calme qui règne dehors. Seule ma tête est pleine de bruit et de chaos. Il n'y a pas d'équipe de télé ni de journalistes qui se précipitent sur moi, réclamant mon témoignage. Je ne suis toujours personne, ce qui est une bonne nouvelle.

Je rentre chez moi et j'ai l'impression de revenir en arrière.

Dans l'escalier, je tombe sur Min-seo, le téléphone à l'oreille. Salut, lance-t-elle.

Salut, dis-je, espérant que je n'ai pas de vomi dans les cheveux.

J'ai vu les infos. Désolée.

Pourquoi désolée ?

Parce que les gens ne veulent pas te ficher la paix.

Je m'assieds à côté d'elle et je soupire : Je ne sais plus ce que je dois faire.

Moi, je l'ai jamais su et je le saurai jamais, dit-elle.

J'ai beau avoir fait une croix sur les contacts physiques, en ce moment, j'aimerais la connaître assez pour poser ma tête sur son épaule. Ce n'est pas le cas, donc on reste juste assises dans l'escalier et c'est très bien comme ça.

Je voulais seulement me sentir différente pendant quelque temps, je dis.

Et alors ?

J'ai éprouvé du soulagement. De l'espoir, peut-être. Je ne sais plus.

Eh bien, il paraît qu'ils vont faire la pilule pour de vrai, maintenant. Ça te laisse quelques mois pour y réfléchir, hein ?

Ou pas, dis-je, un petit moment de joie intime réservé aux Janet.

Elle ne dit pas : Je suis là si tu as besoin de moi, parce qu'on ne se connaît pas vraiment, en revanche, elle dit : On devrait peut-être aller boire un verre à l'occase. Carrément, je fais.

Je rentre chez moi, ferme la porte et me roule en boule sur le sol, me balançant un peu. C'est quelle pose de yoga ? dis-je à voix haute.

On frappe.

Je suppose que c'est Min-seo qui a déjà besoin d'aller boire un verre, mais non. C'est une femme que je ne connais pas.

Janet ?

Oui.

Désolée de débarquer comme ça. C'est Jason qui m'a donné votre adresse. Il pensait qu'on devrait se voir.

Pourquoi est-ce que le gars du labo envoie des bonnes femmes chez moi ?

Et soudain, je sais.

Je m'appelle Vyla, dit-elle.

Je souris.

Bonjour. Moi, c'est Janet.

Bonjour, Janet. Son sourire est un peu de travers, comme si elle n'avait pas l'habitude – il ressemble au mien –, mais elle essaie.

Elle existe vraiment. J'existe vraiment. Je ne sais pas pour le reste, mais ce n'est pas important.

Avant de quitter le motel, Debs m'a dit qu'il y avait un moment où il fallait arrêter de penser aux gens qu'on n'avait pas pour se concentrer sur ceux qu'on avait.

J'ai Debs. J'ai Melissa, pour le meilleur et pour le pire. J'ai Min-seo, et maintenant j'ai Vyla. Ensemble, on a trois cent quarante-sept jours pour décider de ce qu'on veut faire au sujet de Noël et de tout ce qui nous attend d'ici là.

On est des femmes. On fera au mieux.